風雲時代

風雲時代

尋龍記

卷4 闖關

無極 著

目錄

第一章 會稽風雲

項少龍正心下暗自大急著，室內嘀咕的殷通和屈集二人也已聞聲提劍縱出。

借著火把晃動的朦朧光影，項少龍不經意的目光落在了二人身上。

卻見那殷通年約四十，膚色白，臉型修長，體態肥胖，一雙小小的眼睛在滿臉橫肉的堆聳下更是瞇成了一條縫。而那屈集年紀約在三十五六許間，中等身材，相貌清奇，留著一撮山羊長鬍鬚，一雙眸子更是精光閃閃，予人深沉奸險的感覺之外，一看也可知道此人是個能言善辯之輩。

肥胖的殷通滿面怒容的攔住了一個奔來身邊的侍衛喝叱道：「什麼人這麼大膽？竟然敢來郡府行刺？不是叫你們加強防衛了麼？怎麼還叫刺客進了內府？給我多派人手！一定要生擒這個刺客！」

那侍衛受得這一頓訓斥，嚇得渾身發顫，不敢抬頭與殷通對視，可見殷通平時對眾下屬是如何嚴厲。聞聽得後面兩言，侍衛頓然應「是」，轉身往人聲鼎沸處跑去。

項羽湊到項少龍耳邊道：「爹，是不是項伯父啊？我們現在該怎麼辦？」

項少龍心下雖急，但還是冷靜的道：「先靜觀其變！若真是你項伯父，他自會發出信號告訴我們的！」

二人正耳語間，突地聽得一侍衛對刺客暴喝道：「你是什麼人？膽子可不小啊！竟然敢單人匹馬的夜闖郡守府。哼！到底有什麼目的？快快束手就擒！否則……」這侍衛話未說完，一陣熟悉的哈哈大笑聲傳入項少龍、項羽二人耳中。

只聽那人道：「憑你這狗奴才還不配作我敵手！哼！叫我束手就擒？老子先取下你的狗腦袋！」話音甫落又是一陣兵器相交擊之聲，緊跟著就是一聲慘叫和眾多喝叱聲。

項羽暗握了一下腰中的麟龍神鞭鞭把，身體欲往前衝，低聲道：「爹，果是項伯伯呢！我們殺下去接應他！」

項少龍沒有吭聲，沉吟了一番後搖頭道：「不，我們還有一招不用動武的殺手鐧呢！待你項伯伯不支了時，我們再出面！」

項羽聽得一頭霧水，大是不解，正待發問時，突聽得殷通一陣哈哈大笑道：「閣下果然好身手！但不知壯士來到卑府有何貴幹？若是可能的話，在下有個提議，就是雙方停手下來，心平氣和的來解決彼此的矛盾，不知壯士意下如何？」

眾人聞聽得此言，均都愕然。但殷通卻是心知肚明自己說出這一番出人意外的話來，其實是大有深意。

原來他方才在旁見得項梁一人力敵自己這方二十幾個侍衛而遊刃有餘，心下頓生收籠此人之心，但也對他的身分來歷大感懷疑，怕他是國師曹秋道或金輪法王派來查探自己底細的心腹之人，種種疑慮之下，頓時出言制止場中打鬥。

可誰知項梁稍稍一怔之後，竟不買他的賬，冷然笑道：「哼！我來汝府有何貴幹，你自是清楚！趙高的虎狼之心，皇上早有預知。你現在與趙高手下的金輪法王他們貫通一氣，意欲對皇上不利！嘿！我若是把此事回京告知皇上，你頸上人頭……」

項少龍聽了項梁這一席胡編之話，心下拍案叫絕。如此一來，殷通必會懷疑他是國師曹秋道一方的人，這樣殷通就不敢對他強行用武，且他為了實施他的什麼「一石二鳥之計」，必會虛與委蛇的對項梁恭謹有加，而此著正合吾意也。

項少龍正如此美滋滋的想著，只聽得殷通心下虛怯的冷喝道：「閣下到底何人？請報上名來！免得到時傷了朋友，那可不好說話！」

項少龍和項羽此時趁眾人聚焦在項梁身上時，已從會客室房頂轉移了隱身之地。聞言項少龍突地發出一陣哈哈大笑，身形飄然躍於地上，目光逼視著殷通，傲然道：「郡守大人不會是傻瓜，猜不著我等的來歷吧？」說罷又冷冷的掃視了一遍場中眾人。

項梁乍見項少龍和項羽現出身來，本是心下大驚，這即聽了項少龍這句話，看著項少龍這等神態，頃刻明白過他的意思，臉上也露出幾份傲然之色，緩緩的送劍入鞘。

殷通目光與項少龍相觸，心中一寒，頓覺對方目光如利刃般似可穿透自己的肺腑，同時被對方的大家氣勢所懾，見狀聞言臉色微變。但他終究也乃一代奸才，很快就平靜下了波動的情緒，朝項少龍一拱手沉聲道：「這個還真恕在下眼拙，不知閣下等乃是何方……」

項少龍想不到此人竟也如此奸詐沉著，心下暗暗敬服，看來他欲陰謀反秦，確也是有點道行的老狐狸。心下想來，嘴上卻是冷笑道：「郡守大人心知肚明我們的來歷，我想不須我等自報身分吧！」說罷忽地朝身旁虎虎生威的項羽躬身道：「少門主，你看……」

項羽見得父親暗使過來的眼色，當即會意，肚裡雖是暗笑不已，但虎臉卻是一沉的冷哼一聲後，猛地拔出腰間的麟龍鞭，默運玄意真氣落注鞭身，猛的朝身旁一丈之遙的一個碩大的石礅劈去，只聽得「轟」的一聲巨響，鞭至石開，碩大的石礅竟被他用鞭硬生生的劈成了兩半。

連項少龍在內的在場眾人正心下驚駭不已時，項羽手中的長鞭又捲起了那被劈開的兩半石礅，在空中隨鞭一陣翻滾，接著又聽得項羽暴喝一聲，手中長鞭一抖，兩半石礅隨鞭飛出，往人群空檔的一堵牆壁飛去，牆壁竟被石礅撞出兩個大洞來。如此神乎其技，天下間有幾人會得？

殷通眾人看了項羽的這一手功夫，嚇得面色蒼白。試問有誰能承受得往項羽這一手威猛絕倫的鞭法呢？如此小小年紀，功夫就達到如此之境，天下間可能只有一個，那就是國師曹秋道最得意的盡力栽培的稷下劍派的少門主解儀！他……他怎麼親自來吳中了呢？

殷通面色慘然的態度頓時恭謹起來，喏喏道：「諸位莫不是國師的門下？卑職斗膽，還請少門主出示信物，如此卑職就好放心的與少門主報告金輪法王的一些事宜了！」

項少龍想不到殷通卻也如此行事小心，心下暗急，因為善柔給他的那塊虎頭皇上御賜金牌在他身上，項羽又怎拿得出什麼信物呢？總不成叫自己這項羽「屬下」拿出如此「貴重」的信物吧！

正是左右為難時，項羽卻是對那殷通嘖聲道：「嗯，郡府大人若是一向行事都如此慎重，前途一定是無限光明啊！」

殷通聞言尷尬之極，但心下卻是得意，正冷冷的看著項羽時，卻不知何時他手上已拿了一面虎頭金牌，笑意冷然瞪著自己冷聲道：「大人竟然連本公子的身分也有懷疑！哼！這金牌大人不會不識吧？」

殷通此時已是堅信了項羽的身分，聞言當即臉色大變的跪身恭聲道：「卑職恭迎皇上聖駕！吾皇萬歲萬萬歲！」

殷通及手下眾人見狀，大驚之下自也是隨之對項羽恭敬跪身行禮。

項羽傲然的道了聲：「平身！」

那威凛不可一世的霸氣，讓得在旁的項少龍看了直是發呆。

待得殷通眾人站定後，項羽又冷然道：「現在郡府大人相信本公子的身分了吧？不過，對於我來吳中之事，決計不可外洩！違令者殺無赦！」

殷通駭然應「是」，對眾侍衛厲聲囑咐了一番後，又恭謹的朝項羽、項少龍、項梁三人躬身道：「剛才卑職多有得罪，還請少主降罪！」

項羽揮了揮手道：「算了！不知者不罪！」

殷通低頭道：「如此謝過少門主不罪之恩！」說完又對三人作了個請的手勢道：「這裡不是說話之地，還請三位到客廳去一述！」

項羽微微點了點頭，隨了殷通向客廳行去。那屈集遣散了眾侍衛後也尾隨了過來。

坐定後，項羽輕品了一口由婢侍奉上的香茶後，有條不紊的道：「郡府大人，本公子據聞金輪法王他們日前曾來過卑府，不知大人……」

殷通未等項羽把話說完，立即臉上堆滿笑容的拍馬屁道：「少門主的消息真是靈通如奔雷風行啊！這個……兩位法王確是來過卑府，但……唉，少門主還是請聽卑職慢慢說來吧！」

原來那金輪法王和千毒法王是趙高一明一暗兵分兩路派來吳中，逼迫殷通歸降他的。金輪法王確是被趙高命以打著視察豐縣的「厭氣台」掩人耳目而來吳中的，這傢伙乃是趙高從西域收羅的一個邪派高手，一手「倒轉金輪」配合以他的「無相神功」在西域罕逢敵手，來中原後除了主子也是目空一切。這次被趙高派來吳中，途中遇著主子的暗對頭國師曹秋道的徒弟善柔一行，本想借侮辱項梁、項羽二人以殺殺善柔他們的氣勢，以氣氣國師曹秋道，但誰料善柔拿出了一面皇上御賜的金牌，讓得金輪法王偷雞不著反蝕一把米，給善柔羞辱了一番。心下晦氣之餘全力趕來吳中，剛巧千毒法王也正趕到。

二人會合後，便依趙高之言來找殷通，豈料殷通心下也懷不詭，雙方談判失敗，金輪法王氣極敗壞之下，便取出趙高給他的中丞相令符，當場釋解了殷通的兵權。千毒法王見事已成僵局，便依了金輪法王之言。雙方不歡而散。

殷通說到這裡歎了口氣道：「少門主，卑職對朝廷可是忠心耿耿從無二心，豈料中丞相卻做出……這個，請少門主定奪，賜回卑職的兵權！卑職會誓死效忠少門主！效忠皇上！」

這幾句話說得可謂是正氣凜然，若是不知他肚子裡野心的人，可會被他騙個正著，但可惜遇上的是也在打他主意的項羽、項少龍幾人！

項羽點了點頭，目中露出贊許之色道：「嗯，郡府大人此次表現得果是對朝廷忠心一片！我會如實稟告皇上，叫皇上對你嘉獎的！」

頓了頓又道：「至於幫你收回兵權之事，還得請郡府大人也要幫一下忙！」

殷通聞言當即道：「只要屬下能做到的事，一定赴湯蹈火在所不辭！」

項羽點頭冷森森的道：「好！只要在郡守把兵符大印交給金輪法王他們之

前，把金輪法王和千毒法王諸人約來與本公子會上一面，我自會有對付他們的辦法！還有，派人監視金輪法王他們的行蹤！我這次要讓他全軍覆沒！」

殷通聽得渾身直起雞皮疙瘩，冷冷的打了個寒顫，怔怔的看著項羽發愣。

項少龍和項梁相視一笑。哈！殺雞儆猴的目的快要達到了！只要殺了金輪法王和千毒法王，再抖出你這傢伙的老底，還怕你不乖乖的與我們合作？

辭過殷通後，項梁拍了項羽的肩頭哈哈笑道：「嘿！你小子演戲可真還有幾分派頭，連殷通這樣的老狐狸也被你給震懾住了！」

項羽臉紅道：「都是爹反應速度快呢！若不是他趁著殷通諸人乍然被我們唬住的一刻，暗地裡遞給了我那虎頭金牌，我可真不知怎麼應付呢！」

項梁詫道：「是嗎？三哥何以把金牌遞給羽兒的？我當時怎麼也沒看見？」

項少龍聞言鬆了一口氣道：「如此甚好，我還真怕此著被殷通他們發現呢！現在既是連你也沒看著，嘿！他們自是免提了！」

項梁怪笑道：「三哥可別誇我了呢！我看殷通那手下屈集就是個十分精明的人物！」

項少龍心神一斂道：「嗯，此人確是不可小視！將來若是不能收為己用，就必須殺之以除後患！」

項梁一震點頭道：「三哥此言不錯，若不能成為朋友，屈集就確是個難對付的敵人！」

項羽突地道：「你們看殷通會不會是屈集擺出來應付朝廷的一個傀儡啊？實質上真正想反秦的幕後主使者則是屈集！」

項少龍和項梁聞言心神均是劇震。項少龍心中更是掀起了複雜難言的思潮。

若事實正像羽兒所言這樣，事情就更複雜了！但是歷史上屈集只是殷通的一個門客，並沒有說他才是吳中意欲反秦的主謀啊！難道是歷史記載有錯？不過話說回來，歷史也並沒有記載自己項少龍曾參與了與項梁、項羽一起預謀奪吳中的事呢！如此的話，真正的歷史或許是自己和屈集鬥智取吳中，屈集敗了呢！如此想來，項少龍頃刻只覺有一種自己在創造歷史的動人感覺在心中翻湧。

嘿！不錯呢！歷史上威震幾千年歷史皇朝的秦始皇是由自己締造的！現在，流芳千古的西楚霸王也正在自己的締造之中！

哈！如此活過一生，真是痛快已極也！

項少龍正這樣怪怪想著，項梁沉重的話音打斷了他的沉思道：「三哥，你看羽兒說的會不會大有可能？」

項少龍脫口道：「若這樣正好！」

項梁和項羽聞言均都大是愕然，項羽不解的問道：「爹，為什麼如此最好？若屈集是幕後主使人，我們就不知道他的底細，對比起來更是困難呢！」

項少龍此時才知道自己又因興奮過度而說漏嘴，當下胡編道：「嘿，敵人愈是強大，當我們打勝了他時，才愈顯出我們是強人的風範嘛！」

項羽聞言虎軀一震，細細的咀嚼起父親的這句話來，目中向父親投過崇拜的目光。唉，無論項少龍怎樣能未卜先知，卻是怎也不知就是因自己隨口說出的這句話烙在了兒子項羽心上，以致可以說是定格了他一生的命運。

項少龍和項梁、項羽三人回到「悅來」客棧時，突覺著客棧有一種異乎尋常的沉寂。三人的心都猛地直往下沉。怎麼？善柔、蕭月潭他們難道遭人暗算了？是什麼人武功這麼高，能一舉制伏他們呢？客棧裡的一切擺設都是依舊，看似沒有發生過什麼打鬥。難道是用毒？三人同時想到了千毒法王，心神猛地一震。

項少龍沉喝一聲道：「小心！不要碰這屋子裡的任何東西！」

話音剛落，突聽得一陣沉猛的哈哈大笑聲傳來，客棧樓上周圍頃刻亮起了火把，只見金輪法王旁邊站著一個身形瘦長，眉毛頭髮全白，雙目精光閃閃的五十歲左右的老者，望著樓下三人，目光落在項少龍身上，喋喋笑道：「閣下果然有些見解！不過有些似曾相識的感覺，不知……」

項少龍聞言劇震，打斷他的話笑道：「閣下說笑了。在下也只是江湖中的一介赤腳醫生，哪裡會曾與閣下這等貴人見面？但不知你把我的朋友們怎樣了？」

千毒法王陰笑道：「嘿！對於項上將軍的朋友，卑職怎敢把他們怎麼樣呢！只是趙丞相和皇上有些話叫我帶來傳給你，在下只是讓他們暫時睡得踏實些，不要來打攪了我們罷了！」

項少龍冷靜的沉聲道：「在下不懂閣下語中之意！不過還請能高抬貴手，放過在下的一眾朋友，在下必定銘謝在心了！」

千毒法王聞言冷冷道：「這個……只要上將軍與我們合作，在下自是不會為難他們！」

項少龍心下雖是氣極怒極，但是只得忍氣吞聲道：「在下再次聲明我並不是你所說的什麼上將軍！只要你不為難我朋友，我自是可聽聽你所說的合作之事。不過，話也說在前頭，在下只懂一點醫術，其他可是不太在行。」

千毒法王冷笑道：「好！你這上將軍也只是昔日的頭銜了，我現在自也不放在心上。只要你們歸伏到趙丞相手下，我就放過他們。不過嘿，在歸伏之前必須得表示一下你們的忠心。就是給我把善柔、徐靖、莫為他們全給殺了！」

項少龍聞言雙目噴火道：「你好狠毒！」

千毒法王嘴角抹過一絲陰險的笑意，狠狠道：「嘿嘿，有句俗話說『無毒不丈夫』嘛！」

項少龍的心劇烈的震慄著，受人威脅的滋味可真是不好受。怎麼辦？現在自己稍有一著處理不慎，就有可能導致善柔他們……

項羽咬牙切齒的低聲道：「爹，跟他們拚了！」

項梁忙道：「不可硬拚！只能拖延時間，伺機擒住兩大法王中的一個，我們就可有資格跟他們談條件了！」

項少龍苦笑道：「兩大法王都是高手，我們若是一擊不中，可就……」

就在三人一籌莫展時，突地聞聽得善柔的聲音緩緩道：「就憑你那一點毒家道行可以難倒我嗎？迷魂子午散！小意思而已！倒是『檀香無影毒』，不知法王你可聽過？」

項少龍等聞聽得善柔聲音，心下大喜，而千毒法王聞聽得善柔說到「檀香無影毒」時，臉色大變，嘴唇發抖的顫聲道：「毒中至毒『檀香無影毒』？你……你是何人？怎麼會有這種毒？」

善柔這時已婀娜站了出來道：「這個法王就不用管了，不過檀香味法王可是聞到了吧！」

千毒法王臉色煞白，忙閉住呼吸，目中極是驚駭的望著善柔，但還是禁不住發聲道：「你……你……拿出解藥來！」

善柔哈哈大笑道：「千毒法王乃用毒行家，怎會有什麼毒他不能解的呢？」

千毒法王突地沉聲道：「如果你給我們解藥，我就告訴你有關你兒子解儀的事情！」

善柔聞言似定住似的，惶聲道：「儀兒，他……他怎麼了？你……你快說啊！我給你解藥。」說著從革囊裡拿出一個碧綠的玉瓶給他道：「這是天山萬年雪蓮液，喝一小口就可解毒了！」

千毒法王接過後狂喜的顫聲道：「天山萬年雪蓮液！天啊！這乃是克制萬毒至寶也！」說著自己拔開瓶口猛喝了一口，金輪法王見狀，忙也自他手中搶過玉瓶，往口就倒。

千毒法王這時平靜下了心懷，又恢復了傲慢之態，冷冷的道：「少門主他在我來吳中之前神經失常，瘋了！現在被國師關禁了起來。」

善柔聞言玉容慘變道：「什麼，儀兒他……」話未說完人就已昏過去，還虧得莫為見機得快，一把扶住了夫人，才讓她沒得倒地。

項少龍見了心下大急的脫口道：「柔柔！」

千毒法王這時見自己這方已是大勢已去，向金輪法王使了一個眼色，二人竟不顧手下的死活就欲各自行逃去，卻被怒目相對的項羽攔住，冷冷道：「你們今天難道還想活著離開這『悅來客棧』嗎？」

千毒法王和金輪法王均都色變的同聲道：「那你這小鬼想怎麼樣？」

項羽狠聲道：「自是要留下你們的狗命來！免得你們繼續為虎作倀！」

項少龍這時亦也動了殺機，目中厲芒一閃道：「不錯！今天絕對不能讓他們活著離開這『悅來客棧』！」

兩法王驚恐而又凶狠的望向剛甦醒過來的善柔道：「夫人，你可知道殺我們將要付出的代價？嘿，國師少了少門主之助，聲勢已是如江河日下，趙丞相若找他問起罪來，我想會禍及你們整個稷下劍派的門人吧！」

項羽冷喝道：「死到臨頭還凶巴巴的來威脅我柔姨！」

善柔亦氣得杏眉倒豎，玉手指著他們道：「老娘今天就要大開殺戒殺了你們這幫社會人渣！哼，至於其他，待取下了你們二人項上人頭再去跟趙高說吧！」

善柔的話剛說完，項羽已拔出了麟龍鞭橫勢一抖，向金輪法王和千毒法王分掃過去。

金輪法王目中凶芒忙閃，身形虛式一閃，避過項羽掃來的長鞭後，已自背後取下一對金光閃閃的金輪，暴笑一聲道：「哼！想殺本法王？投胎轉世下輩子吧！」

說話間已揮動雙輪身前身後泛起一片金光，展開攻勢。

千毒法王身形則是騰空幾個翻斗，退離項羽一丈多遠處站定，也緩緩自背後拔下了一對烏黑發亮的判官筆，雙手各握一支，左手判官筆揮出一道圓弧向不遠處向他劍攻來的項梁手中長劍格擋開去，右手判官筆則是成點鉤之勢直擊項梁面門。項梁則是來個「醉翁倒掛」身體向後傾倒，同時手中長劍由右下方向上斜挑過去，逼得千毒法王身形後退兩步。

金輪法王雙輪施展開來，確是剛猛威倫。時削時砍，時劈時挑，時雙輪長出，時單輪飛出，與項羽大開大闔的鞭法確是鬥個不下上下。

項羽見連使十多招鞭法都被對方格擋和避開，心下不由大是惱火，麟龍鞭如狂風掃落葉般迅猛劈出，一時間他周身二丈之內全是鞭影，身形亦也是隨鞭影而晃動。

但金輪法王身形卻似楊柳隨風飄蕩一般的搖晃不定，讓項羽竟是看不清他的真實身形來，只覺滿眼全是金輪法王晃動的身影。

這是什麼鬼身法?竟然……項羽心神焦急不下，鞭勢一慢，但金輪法王這時卻是如鬼影附體，突地在項羽左側顯出真身，雙手金輪往項羽左臂砍去。

項少龍和善柔見了頓即驚叫出身。

「吱」「噹」兩聲不同異響傳出。卻見項羽危急之中玄意真氣頓時釋放而出，渾身周圍泛起一片紫瑩之光，真氣飛迅旋轉帶動他的身形，像練陰陽大法剛才時一般，他的身形竟是沖天而起，同時手中長鞭向金輪法王手中金輪捲去。

又是一聲駭異之聲驚叫起來，卻見金輪法王左手金輪被項羽長鞭捲手而出，右手飛出去的金輪與項羽長鞭抖出的金輪碰個正著。

金輪法王被項羽強大的真氣之流嚇得驚叫出聲的同時，亦也強壓心神，袖中突地射出兩束極是細小的白光向空中金輪捲去。

善柔見了嬌口驚叫道:「啊!天蠶絲!羽兒，小心!他要施展他的絕招『倒轉金輪』了!」

話音剛落，金輪法王已重新控制了金輪。卻見他雙目圓瞪，頭上毛髮皆都向上直立，臉上釋放出紫紅色之光，渾身袈裟都被一股真氣漲起，呼呼作響，雙手則是各揮動著一根透明如玉的天蠶絲，金輪在他天蠶絲的舞動之下竟是在或縱或橫錯蹤複雜的角度向空中的項羽襲去。一時眾人只覺空中全是金輪飛舞的光影。

善柔這時又怪叫道：「無相神功！」

項少龍聞聽得善柔的這兩聲驚叫和見了金輪法王的架勢，知道他已使出了壓箱功夫，不由得為項羽大是擔心起來。但項羽卻是突地發出一陣哈哈大笑道：「這樣打起來有點味道嘛！」

話語間卻見他已自背上取下了「玄月神弓」，甩手拋至麟龍鞭尖上，沉喝道：「我也讓你見見我鞭弓相合的『乾坤元無極十三式』！」

說完，卻見他鞭勢如長江黃河，弓身時吐吞出一條條龍形的鞭光往金輪射擊過去。

「噹噹噹噹」一時只見金輪上金光直冒，如星星跳躍，金輪亦被鞭光射偏了正常軌跡。

啊！羽兒竟然如此也能使出「無敵乾坤箭法」！

項少龍心下大喜的暗握了一下善柔冰涼的小手笑道：「羽兒贏定了呢！」

金輪法王見項羽又出怪招，倏地金輪往身前一收，接著再一回一收，雙輪或成斜飛或成直劈或成橫掃的往項羽攻去。

項羽展開「無極十三式」，眾人頓覺鞭影弓影在他四身形成了一道圓形的影環，並且影環的每一個點上都會出其不意的射出一道道鞭光來。

這就是所謂的「乾坤混元無極」了！當年乾坤真人創出此套「混元神功」時，就是把天地想像成了一個球形，而自己就如這天地，既可自然而然的把自己融進一個球體之中，混然成天地，無招不破無招不解，且守中兼攻，無堅不摧無硬不毀，可硬可軟，可守可攻。

金輪法王感覺自己的金輪劈在項羽四周的影環中如入無蹤的空氣，力道發出竟是沒有著力點，頓時亡魂大冒，驚駭出汗。

這……這是什麼邪門功夫？借力禦力？不可能達到如此之境啊！難道……難道他竟能吸納自己的真氣？金輪法王駭異的思忖著。

項羽這時突地冷喝一聲道：「不跟你玩了！」

說完這團帶刺的影環竟像一陣龍捲風般往金輪法王衝擊。金輪法王此時已是鬥志全無，見狀暗呼一聲「我命休矣」時，突地覺著脖間一寒，只感蚊子叮了一口般，全身頓然知覺全無，龐大的身形向後倒去，空中的金輪也隨之跌地。

原來項羽的玄月神弓弓弦已「削」下了金輪法王碩大的腦袋，一張口還張大著，銅鈴般的眼睛更是睜得大大，頭上的長髮遮去了半邊的臉上血色還未褪盡，斷頭頸處還在冒著鮮血。如此快捷乾淨俐落的殺人手法的確是天下一流！

善柔的驚叫聲使得正跟項梁鬥得難分難解的千毒法王嚇了一大跳，目中餘光見得金輪法王被項羽「削」下的斷頭，心下更是驚慌至極，目中露出對死亡的恐懼之色。要知道他只是用毒高手，武功卻是比不過金輪法王的。現在自己憑仗的用毒手段被善柔破了，金輪法王也被項羽宰了，只剩了孤身一人……千毒法王越想越是害怕，竟禁不住小便也給失禁了。

項梁正被千毒法王纏鬥得大感沒得面子時，見得此狀，哈哈大笑道：「哈，原來你這毒鬼竟然還是怕老子的！」說完，氣勢陡增，手中長劍如長虹貫日江河傾泄般的施展開來。

項羽在一旁好整以暇笑道：「項伯伯，要我來幫你效勞宰了這毒老鬼呀？」

項梁邊展開劍法邊搖頭大笑道：「嘿！不用了！已借用侄兒你的威勢了！」

千毒法王此時已成為強弩之末，優勢殆盡，但在驚懼之中目中突地閃過一絲陰險歹毒的厲芒，竟然突地停住了手中的判官筆，兩支合為一支，左臂硬受了項梁一劍，但右手突地一旋判官筆手柄，只聽得「嗖嗖」兩聲暗器破空之聲，即見十幾支細如牛毛的寒芒向項梁射去。

項梁見千毒法王突地收勢，本已暗暗凝神，知他會玩什麼花樣，但當一劍破中他的左臂心下大喜時，突見得這麼多讓人避無可避的飛針向自己射來，不由得心神大震。

但又只見項少龍手腕一抖也發出了一把飛針，「叮叮叮叮」一陣針碰之聲不絕於耳，千毒法王判官筆中射出的飛針被悉數擊落。原來項少龍見千毒法王把兩支判官筆接在一起之際，頃刻知道他是想發射什麼歹毒的暗器，馬上自腰間皮革中拔了一把飛針在手，準備隨時防備千毒法王，不想果也用個正著。千毒法王見自己的最後絕招也被破了，頃刻面如死灰，長歎了一聲，扔了手中判官筆，閉目受死。就在項梁驚怒交擊之下發出了迅猛一劍就要砍落千毒法王的腦袋之時，千毒法王突地喃喃自語道：「我想天下間除了我能除少門主解儀身上的毒之外，再無二人。就是『天山萬年雪蓮液』也不成！」

聞聽得他此音，項梁和善柔同時一震。善柔頓即高喊道：「劍下留人！」

而項梁本也一震之下劍勢即時緩了下來，再加上善柔之一喊，即刻收了劍勢。而就在這時突聽得千毒法王喋喋冷笑道：「你們中計了！」

話音剛落，袖中又已飛出了兩支袖箭直向項梁喉間射出。項少龍和善柔諸人見了同時失聲驚叫，項梁也心中一驚自認必死無疑時，突見得項羽凝神運氣將玄月神弓空弦連拉兩下，只得「嘣嘣」兩聲弓弦之聲後，即又聽得「噹噹」兩聲，已是迫近項梁喉間的袖箭竟被項羽用空弦射出的玄意真氣給震落下地。

項梁自死亡邊緣撿回一條老命，驚魂稍定之後，怒喝一聲，手中長劍已是毫不留情的向那詭計多端，差點要了自己老命的千毒法王頭頸橫掃過去。千毒法王正自認為自己這招「絕殺」必能取項梁之命，心下狂喜之時，突見得袖箭落地長劍劈至，亡魂大冒已是避無可避，只得「咔嚓」一聲之後，一股鮮血四射空中，千毒法王的腦袋也給項梁一劍砍了下來。白髮白眉毛的他頓給他自己的鮮血給染成了個「紅髮洋毛鬼子」來，圓圓的腦袋骨碌碌的在地滾了幾圈。

這時金輪法王和千毒法王的那眾手下，見自己這方的兩個「頭子」都成了「無頭之軀」，不由得嚇得屁滾尿流，全都跪地叩頭求饒起來。

項梁見了這幫傢伙的熊樣！「嗤」笑道：「三哥，怎麼處置他們？讓人看了想吐呢！」

項少龍冷冷道：「全拉出去給殺了！」

那幫「叩頭蟲」一聽，即時嚇得面無人色！

第二章　再生突變

殘酷的現實讓項少龍不得不狠下心腸來殺人，因為在這個以武制武、以暴制暴的時代裡，你若不先殺了敵人，敵人就會反過來殺了你。

千毒法王剛才對項梁就是最現實的例子。

唉！或許每一個想成就一番霸業的人，以殺止殺就是他賴以生存的一種生活方式吧！

這個道理項少龍在幫小盤登上秦國王位的那段日子裡，就已深深體會到，現在再次湧生這種感覺，心中一時也不知是個什麼滋味，只覺著木木然的全身有點冷哩哩的感覺。

唉！強者？千古以來的英雄豪傑都拚命的為這兩個字奮鬥拚搏，但其中所蘊含的到底是生命的輝煌？還是生命的悲哀呢？終日生活在殺人和防止自己被殺的緊張精神境地裡，是一種多麼勞累的生存方式啊！

項少龍突地又回憶草原的那種無慮無憂的生活，想起了自己的幾位嬌妻愛妾。她們也一定在掛念著自己吧！

項少龍緩緩的歎了一口長氣。

現實終究是現實，自己既然已選擇了為羽兒爭霸的風雨兼程之路，就一定要無怨無悔的走下去！或許這也可以說是在為歷史負責吧！

項少龍正這樣心情沉重的胡思亂想著，項梁突地風風火火的闖進了他的房間，急聲道：「三哥，殷通的師爺屈集求見，說是有要事相商！」

項少龍聞言心情倏地一沉，斂神道：「現在已經是四更天了，他有何緊急之事呢？會不會是在耍什麼花樣？」邊說著已隨項梁出了廂房。

剛進得客廳，那留著一把山羊鬍的屈集迎了上來，神色慌張的道：「少門主呢？卑職有要事與他稟報呢！」

項梁語氣不爽的道：「跟我們大管家說也是一樣！少門主現在正在休息呢！」

屈集略略遲疑了一下道：「這個……嘿，事態很是嚴重，不知大管家能否作得了少門主的主呢？」

項梁不耐煩的道：「他說就像少門主說的一樣！他是少門主的老師。」

項梁本是想說：「他是少門主的老爹。」

話到嘴角邊了，忽地見項少龍朝他皺了一下眉頭，當即會意過來打住話頭，急中生智下改為「老師」。

屈集精明而狡猾的眼中閃過一絲異色，但轉瞬即逝，當即朝項少龍躬了一身道：「原來大管家是少門主的老師，卑職多有失禮了！」

項少龍冷冷道：「好了！快說出你所謂緊要之事吧！我們還需要休息呢！」

屈集聞言神色頓時一緊道：「朝廷忽地派來了章邯將軍，下了一道聖旨，說要調走吳中的兵馬，去抗擊陳勝眾亂黨賊子呢！」

項少龍聽了失聲道：「什麼？章邯也來吳中了？」

見了項少龍聞聽得章邯之名，項梁心下大是納悶不解，而屈集則是似喜又訝道：「先生莫非與這章邯認識？但不知有什麼交情沒有？」

項少龍此時也覺出了自己的失態，但就是連他自己也似乎不能明白，自己為何聞聽得章邯就心神不由自主的緊張起來。或許是因章邯與項羽將來的鉅鹿之戰將是抵定項羽霸業基礎的一戰吧！

平靜了心緒後，項少龍嘿嘿笑道：「這個……在下只是聞聽過章邯將軍的大名，想不到他這麼快就被皇上提拔為平定亂黨的三軍統帥了！」

屈集聽了心下一冷，苦笑道：「聽說章邯將軍是中丞相趙高向皇上舉薦呢！我們現在可以說是準備公然與中丞相為敵，若是金輪法王他們把我們的情形告訴了章邯將軍，他們聯手起對付我們，那可就……」

項梁打斷他的話，冷笑道：「你們怕了？那還能夠成得什麼大氣候呢？」

屈集眼中厲芒一閃道：「怕倒是不怕，不過章邯將軍這次帶來了一千多兵馬，似是有備而來的呢！」

項梁忽地望著屈集怪笑道：「若是我告訴你我們已經殺了金輪法王和千毒法王他們，你又是會感到害怕呢？還是有信心與章邯相抗了？」

屈集聞言驚喜道：「什麼？你們已經殺了……哈！這太好了！如此一來我們就可推說金輪法王他們還沒有到過吳中，章邯將軍也就不好追問起金輪法王他們的事來了。嘿，無論怎麼說這吳中還是我們的地盤，何況還有少門主等的相助，章邯將軍即便懷疑，也因沒有證憑實據而沒法把我們奈何！」

項少龍卻忽地道：「殷郡守與屈先生會不會是一條心呢？若是他向章邯出賣了我們，你看……事情會發展得個什麼樣子？若是章邯他們有備而來是因殷通向朝廷告了密，這個……」說到這裡故意拖長聲音不說下去。

屈集聽得臉色連連大變，目光驚恐的望著項少龍頓了頓，又壓低聲音道：「吳中雖是富庶之地，興兵十萬沒得問題，但殷通不會願意甘作別人的走狗。」

顫聲道：「你……你聽到了我和殷通的談話了？」

項少龍見得他被自己詐得變了神色，心下更是確定了項羽的猜測果然沒錯，殷通就是屈集控制下的一把子，當下更是好整以暇的道：「屈先生原來果真是個『明白人』。那我也可以把我們的身分跟你說清楚，我們也並不是什麼曹秋道的門人，我就是項少龍，乃是從塞外來到中原的，此次出關的目的也是舉兵反秦。現在我們可以說是坐在同一條船上，而你依靠的郡守殷通或許就在跟章邯密謀著怎樣殺了你。如此一來，你所憑藉的吳起寶藏也就落到了他們手上。嘿嘿，屈先生不會考慮不到境況的嚴重性吧！」

屈集此時雖是嚇得臉色蒼白，但卻還是目中凶光連閃，咬牙道：「哼！我屈集可也不是那麼好相與的！他殷通若真膽敢與章邯聯手來對付我，我定教他家破人亡！更何況吳中的勢力我已控制了大半，只要章邯一離開，我們就可以殺了殷通，如此我們就可以控制吳中了，接著再興兵反秦，與陳勝王他們合作，又何愁天下沒有我們的一席之地？好！我就與項上將軍合作，目前我們重要的是穩住章邯！至於殷通……現已被我知道他對我有虎狼之心，我自會給他點顏色看看。他逃不脫我的手掌心的！」

項少龍聞言和顏悅色的笑道：「屈先生果然是爽快之人，取下吳中後，我就任命你為我反秦大軍的軍師。嘿！我相信先生不會出爾反爾之人吧！」

屈集臉上一紅道：「這……我怎麼敢在當年名震天下的項上將軍面前要花招呢？豈不是自取滅亡？」

項梁插口冷冷道：「你能如此想是最好了！」

項少龍喝叱了項梁一聲後，拍了拍屈集的肩頭沉聲道：「希望我們此次合作愉快！」

待得屈集走後，天色已是大亮了。蕭月潭、善柔、項羽等也都起得床來。

項少龍面色沉重的把昨晚屈集來告的事與眾人說了一遍後，緩聲道：「看來情況是越來越複雜了，趙高接二連三的派人來吳中要求調走兵馬，這其中到底蘊藏著什麼陰謀呢？」

項梁接口道：「會不會是趙高急於謀權篡位呢？也或真的是殷通向朝廷告了密，說屈集想謀反？」

蕭月潭沉吟了一番後道：「我看兩者皆有可能？」

善柔點了點頭道：「現在趙高勢傾朝野，而能夠與他抗衡的丞相李斯，卻又因被其把握著與他同謀害死太子扶蘇的把柄，我師父現時又因儀兒出事，勢力大打折扣而處於他下風，說不定他真的是蠢蠢欲動的陰謀篡位了。」

項羽則是道：「他們鬧內哄，對我們而言卻是大大有利呢！就怕他們打不起來，若真打了起來，嘿！那可就有得熱鬧好瞧了！」

項少龍聽了眾人的一番議論後，搖頭凝色道：「趙高現在雖然勢大，但秦二世胡亥卻也不是那麼笨的人，以我看這章邯此次來吳中要求調走兵馬，並不是受命趙高而是受命秦二世胡亥，只不過他們比金輪法王他們來晚了一步。如此看來趙高和胡亥也很有可能是面和心不和的在暗地裡勾心鬥角了，趙高要想篡位也不是那麼輕而易舉的事情。但是殷通若真與朝廷告密說屈集造反，他就必也會向章邯說起我們的事。章邯曾與我們交過手，他必能猜測得出我們並不是曹秋道門人，而是從塞外出關的『響馬賊』，同時也會猜出我們出關的目的。在公在私他都必定會找我們『算帳』。現在他手握兵權，掌有十萬兵馬，我們無論如何也不會是他之敵啊！」

眾人聞言均都心神倏地往下一沉。

沉默片刻後，蕭月潭沉聲道：「看來我們此行真是危險重重呢！剛剛解決了金輪法王他們，又冒出了個章邯。此戰我們只可避實就輕的與他們展開遊擊戰，而不可正面與他們展開交鋒，否則我們就有全軍覆沒的危險。」

項梁苦惱道：「可是畏頭畏腦的，讓人真是不大痛快呢！」

項羽附和道：「是嘛！乾脆去把那章邯給暗殺了算了！如此吳中不就是我們的囊中之物了嗎？」

項少龍斥責道：「你以為你真可天下無敵啊？在戰略上要藐視敵人，但是在戰術上卻要重視敵人。輕視敵人的實力只會導致自己的失敗！」

頓了頓又緩和語氣道：「此戰我們只可智取，不可力敵。如若與敵人硬拚，任何人的犧牲對於我們而言都是慘痛而毫無意義的付出。死有輕若鴻毛和重如泰山之分。若是沒有價值的無謂犧牲，只會讓仇者快而親者痛，白白損失我們的實力；若是為著人民的利益民族的尊嚴，而與敵人展開殊死鬥爭，轟轟烈烈的犧牲，則又是雖死猶榮，他的偉大人格將會永遠活在大家心中，精神永垂不朽。」

項少龍的這一番話在現代裡可以說是極為普遍的道理，但在這古代人們的思想裡卻已是石破驚天之語，因為當時社會現實，讓人們的思想還拘束在對死亡的看法，只有貧賤富貴之分，而對於什麼輕若鴻毛和重若泰山卻是從來未曾想過。所以蕭月潭、項梁、項羽、善柔眾人聽了項少龍的話目瞪口呆之餘，卻又是不由自主的被之引發了心中的沉思，以致氣氛一時又是沉寂起來。

項少龍見狀不置可否的笑笑，又見項梁和項羽被自己說得臉色泛紅，低垂著頭，又安慰道：「當然啦，勇氣和信心是作戰取勝的前提條件。你們的思想出發點是好的，只是魯莽了點。小心行得萬年船，我們做任何事都得三思而後行，不可憑一己的主觀去一意孤行。」

蕭月潭這時正咀嚼項少龍方才的那番話，聽得此說，忙也打圓場道：「項梁兄弟和羽兒也都只是為了早日攻取吳中嘛！好了，大家還是再想想他法怎樣與章邯他們周旋吧！」

項少龍歎了口氣道：「一切靜觀其變吧！目前我們只有以不變應萬變之策了。不過還好，我們還有屈集這著做內應的棋子。看看他有沒有什麼好的消息來報，只要我們能堅持一段時間下去，章邯是沒有那麼多時間與我們對峙的，他還得帶兵去平定陳勝他們的叛亂呢！」

眾人聞言，心下也覺這是沒有辦法的辦法了，只要能在自保的前提下拖延一段時間，章邯是勢必退兵，那時殷通沒得什麼依靠，還不乖乖的投降？吳中也就自然而然的落入自己等人手。

項少龍在眾人靜默時，忽地又怪怪的想著，或許章邯來吳中帶兵去攻打陳勝，對於自己等人而言是天意使然呢！因為只要吳中兵源一空，自己就可垂手取得。嘿！管他章邯幹嘛？歷史上記載的本就是項梁、項羽叔侄沒費一兵一卒就取下了吳中，自己倒是白白操這份勞什子的心呢！

如此想來，項少龍的心情平靜了許多，嘴角忽地浮起了一抹讓人感覺神秘的笑意。

屈集對項少龍的話感覺將信將疑。

殷通真的敢背叛自己嗎？自己已經控制了他十多年，他的妻兒老小也全都在自己的軟禁之下，並且這十多年來，自己在吳中培植的實力可也不是紙糊的，他殷通又不是不知道這些情況，他怎敢……莫不是那項少龍在詐騙自己？

不過，他的推測卻也合情合理，自己確實不可不防著殷通點。狗急跳牆，或許是自己告知他想謀反後，這傢伙心怯，怕萬一失敗被誅連九族，所以壯膽密告了朝廷……要不然金輪法王他們和章邯不可能接二連三的來吳中要調走兵馬。這……嘿嘿！有當年威震天下的項上將軍與自己合作，他章邯又算得什麼呢？

屈集回至會稽郡府時，天色也已大亮，卻見郡府內內外外的侍衛比平時多了一倍有餘，心下不禁大是納悶，暗暗提神戒備。

見著屈集安然回來，殷通臉上飛快閃過一絲異色，但還是堆滿笑容，語氣略帶焦急的問道：「屈先生去少門主那邊的情況如何？」

屈集現在是見山疑山見水疑水，對這殷通可是一點也不信任了，目光厲狠的盯了他兩眼後，淡淡的道：「章邯？章邯又有什麼大不了的？少門主已經有對付他的良策了！我們不心擔心。」

殷通見著屈集目中厲芒，心下不自禁的打了個寒顫，但表面上卻還是不動聲色的問道：「那少門主叫我們怎樣的與他們配合呢？」

屈集冷聲道：「自然是叫你想法把金輪法王他們和章邯都集於一處，然後把他們一網打盡！」

殷通臉色一變道：「少門主他們真的有那麼強大的力量藏在吳中？要一舉殲滅金輪法王他們和章邯將軍的聯手，這可不是……萬一事敗，你我的腦袋可就不保了！這個……」

屈集哈哈一笑道：「難道你不知道少門主乃是當年始皇帝身邊的大紅人項上將軍的義子嗎？嘿嘿，項上將軍現也來到了吳中呢！」

殷通聞言脫口失聲道：「啊！果然是他們！」

屈集聽了臉色一寒，陰冷道：「項上將軍也果然沒有料錯，你背叛了我！」

殷通此時方覺自己失言，但已沒得挽回的餘地，當下見了屈集的凶態，一改先前的低聲下氣，仰天一陣哈哈大笑後，傲然道：「是我背叛了你又怎麼樣？哼！這麼多年來，我受夠你了！在你面前我算什麼？連一個下人都不如！表面上我是會稽郡守，可是做什麼事情都得看你臉色行事。前年，你還因我跟你頂撞了兩句，就殺了我的二子。這種日子我受夠了！哼！你還是乖乖束手就擒吧！郡府裡我已布下了天羅地網，你的心腹手下也全被章邯將軍的四大鐵衛給殺了。哈哈，你已經全完了！就是項少龍有天大的本事，現在也救不了你！怎麼？還想拔劍頑抗？你先看看周圍的情形再說吧！」

屈集被殷通的這一番話，氣得肺都快給炸了，十幾年來他從來不敢在自己面前大聲吭一句，現在有了章邯的依憑，竟然在自己面前如此囂張。本想拔劍把殷通給宰了，但聽得他最後一句話，不由得依言打量起四周情形來。

卻見四十多個弓弩手和二十多名侍衛全都劍拔弩張的把自己團團圍住，而殷通此時已退至了眾侍衛的週邊。看來他是早就預謀擒殺自己的了，只是沒想到這麼快就被自己拆穿了他背叛自己的陰謀罷。屈集見狀想來，心下雖是震恐，但還是強作鎮定的冷笑道：「你如果殺了我，我擔保你下午就可見到你妻兒老小的屍體！」

後廂這時突地傳來一聲冷笑道：「他的妻兒老小死了，你的妻兒九族就得陪葬！」

屈集聞言心神猛地往下一沉，臉色突地變得蒼白，驚恐而憤怒的往發聲處望去，卻見一三十左右，身材高大威猛，眼睛大如龍眼，濃眉橫飛，渾身上下散發出一股逼人氣勢的粗壯漢子從後廂龍行虎步的緩緩走出，一雙目光射出精芒，閃閃的厲光向屈集逼視過來。

殷通見得此人忙躬手行禮道：「章將軍，怎麼勞您大駕親自出來對付這麼一個小角色呢？屬下已經把他搞定了呢！」

那叫章邯的漢子冷哼道：「小角色？哼！那你幹嘛擺這麼大的陣勢來對付他？給我叫你的手下給退下去！我倒是想見識這能擺佈你這麼多年的人到底有多厲害！」

殷通聞言略一遲疑，但見著章邯臉上的威嚴之色，心下一寒，當即揮退了圍住屈集的眾手下。

屈集緩緩的鬆了一口氣，但對章邯那迫人心弦的強霸氣勢還是禁不往讓他的心神又是為之一緊，臉色沉重的與章邯對視著。

章邯逼視屈集良久，突地暴發出一陣渾沉的哈哈大笑道：「好！果然有點斤兩！就讓我章邯來見識見識屈先生手底下到底有多高的功夫吧！」

說完朝屈集揮了揮手道：「你今天要是勝得了我，我就讓你安然離開；若是敗了，哼！你自是知道你命運的下場！儘管放手過來吧！」

屈集這時也打算豁出去了，聞言心神一斂緩緩拔出佩劍，當胸而立，驀地發出一聲暴喝，手中長劍竟也在他身前幻起一片劍芒，再一個箭步標前，身形往右微側，劍身挑起十幾朵劍花，自左下方向上閃電般往章邯削去。

章邯見了，喝了「好劍法」後，雙掌十指成勾爪狀，竟然徒手往屈集攻來的長劍抓去。屈集也聞聽過章邯練就有一身刀劍難傷其身的「鷹爪鐵布衫」橫練功夫，見狀頓把斜削上去的劍勢壓住改為橫砍，再又自右下方向上挑起劍身抖動不定，向章邯面部攻去。

章邯冷笑一聲，不退反進，身形往右一衝，勾爪向屈集握劍手腕抓去，其勢快如奔雷疾馬。

屈集忙收回劍勢，身形急退兩步，同時改變打法，不求攻敵，但求穩守，採取遊鬥方式，嚴密封架，且戰且退，在廳內繞著圈子，步法穩重，一時讓得章邯沒奈他何。

章邯可不願讓他給耗著，雙手勾爪一陣猛揮，圍觀者頓覺四周都是章邯爪影，且帶著「嗤嗤」的勁氣破空之聲。屈集倏地壓力劇增，手中長劍竟然有著無從施出的沉重感覺，心神猛震迫急之下當即又改變戰略，身體往地一倒，陀螺般滾動到章邯腳下，手中長劍橫勢向他雙足砍去。如此怪異攻法，確是大出章邯意外，但他卻還是夷然不懼，嘴角浮起一絲冷笑，竟然毫無閃避之意，反好整以暇的來個沉腰坐馬，不理圍觀眾人的驚呼之聲。

「噹噹」，屈集長劍砍削在章邯腿上竟然發出金屬相擊之聲，使得屈集和殷通等當事人，圍觀者均都聞聲色變。屈集更是倒吸一口涼氣，身形迅速脫離章邯腳下，章邯倒是沒有乘他敗象之際進行攻擊，倒是待驚恐萬分的屈集站定後，才冷冷的望著他道：「屈先生還有什麼絕招，儘管一併使出吧！我要讓你輸得心服口服。」

屈集此時握劍的手都在發抖，哪還有得勇氣再次發動攻勢？只是怔怔的望著有若天神的章邯。

鐵布衫功夫練至如此境地，確是天下無人能敵了！自己方才砍出的那兩劍可以說是凝集了自己渾身的力道，可是砍在他腿上竟然難傷他分毫，反是自己握劍的手腕被震痛到現在還是麻木的，這鬼功夫他到底是怎麼練成的？

屈集正如此呆呆的想著，章邯又已冷聲催道：「快發招過來啊！呆站著幹嘛？」

屈集此時鬥志全無，聞言反「鏘」的一聲把長劍插回鞘內，喟然一歎道：「在下不是將軍之敵，再打下去只是自取其辱而已。好了，在下認敗，要殺要剮由得將軍是了。」說完低垂一頭去。

章邯這次倒是沒有出言相辱，只是淡淡道：「屈先生倒也頗得自知之明，只要你與我合作，助我擒殺了項少龍等一眾叛賊，我不但放過先生及你妻兒，且保證你榮華富貴享之不盡。」

屈集聽了心下一動，望著章邯忽地沉聲道：「章將軍知不知道金輪法王和千毒法王他們被項少龍他們給殺了？就是昨晚！」

章邯和殷通聞言均臉色大變，後者顫聲道：「什麼？兩位法王都死了？」

章邯倒是心神大震之下倏又哈哈笑道：「項少龍果然不愧是項少龍！能斃得兩位法王，功夫確是了得！不過你卻也想不到你如此一舉，反幫了我的大忙吧！否則，我要調走兵馬也真會讓我頭痛呢！」說罷又是一陣哈哈大笑，音中盡顯興奮但也略隱含點對項少龍的實力感到沉重的意味。

當項少龍派去跟蹤屈集的探子回報說屈集遭擒時，項少龍和蕭月潭等眾人都臉色一變。

項梁率先發言道：「我們果然所料不錯，殷通確是背叛了屈集，且章邯果也是秦二世胡亥身邊的人。殺了金輪法王他們倒是我們的失策了，要不然可以利用他們與章邯狗咬狗。」

蕭月潭沉聲道：「殺了他們始終對我們而言是有利無害的，因為他們終究全都是秦王朝的效忠者，若暫且拋開私人恩怨聯手起來對付我們，那我們的境況就更加危險了。」

項少龍點頭道：「喂！我們現在倒是應該想法去救出屈集。他對我們攻取下吳中後的安定工作有著莫大的作用，失去他可就是我們的一大損失！」

善柔苦笑道：「我們現在是自顧不暇呢，還有得心事去救那個奸詐小人？讓他自生自滅好了。」

項少龍正色道：「任何一個對我們有利用價值的人，我們都不可以隨便放棄。羽兒，今晚你就和我一起去郡府救人，梁弟和蕭先生及柔柔你們就守在此地，我想章邯還是得賣曹秋道一點面子，不敢動武力來擒拿你們的！」

說罷又從革囊裡掏出了十幾枚櫻桃般的鋼蛋交給項梁沉聲道：「這是霹靂神彈，殺傷力很大，任何武功高手都難擋其威，你們留著防身之用。記住！不到萬不得已時絕不可用此武器。還有，它的殺傷範圍在三丈見方，施放時小心點，不要傷及自己人。再者不要讓它在自己身上發生劇烈震盪，否則將會把你炸得血肉橫飛的！」

項梁小心翼翼的接過後，興奮道：「這傢伙這麼厲害啊！嘿，那章邯的鐵布衫神功可也沒用了羅！」頓了頓又道：「對了三哥，怎麼使用這玩意啊？」

項少龍再掏出一枚鋼蛋，指著上面的一個拉環道：「只要用一手指扣住此拉環用力一拉，裡面的磷粉將會因受力磨擦而產生自燃，接著會點燃裡面的藥引以至引爆裝在裡面的炸藥，產生爆炸。」

蕭月潭見了詫異道：「少龍你何時製出了如此厲害的暗器？若是大批製來，還何愁什麼強敵啊？」

項羽也是奇道：「爹，這霹靂神彈我怎麼從沒見你使用過？」

項少龍尷尬笑道：「這武器製造出來就有傷天和，我怎可大批製來呢？若流傳於世，這世道可就有得大亂呢！我也只造了四十個，本是心血來潮時造的，想不到現在卻也派上了用場。」

項梁聞言當即道：「那三哥身上還有沒有啊？若是全給我們，你可就……」

項少龍笑著打斷他的話道：「還有十多枚，夠用的了！」

項羽歡聲躍雀道：「爹，那我也要幾枚玩玩！」

項少龍笑道：「待夜間去救人時，自會給你的了。」

善柔聽了則是擔心道：「羽兒，你可得小心點用這傢伙喔！」

項梁抑笑道：「嫂子，潔兒不會成為寡婦的！」

善柔聞言與項梁又是一陣嬉笑打罵，眾人心中所有的愁煩都因有了這霹靂神彈而一掃而空。

天色漸漸暗了下來，項少龍和項羽一行換上了夜行衣，正準備去郡府救人時，突聽得有嘍啲來報說有大隊官兵正往「悅來客棧」方向趕來。

項少龍聞言心中一震，但旋即平靜：「親自找上門來了！好！我們就在這悅來客棧與他們大幹一場。」說罷，解下了夜行裝備領了眾人來到客棧門口「恭候」章邯的大駕來了。

「悅來客棧」的老闆嚇得面色蒼白，顫顫道：「這個……諸位官爺，你們可千萬不要在小店裡打起來呀！我這客棧還是我爺爺留給我老爹，我老爹留給我的祖業呢！若是給毀了，可叫我怎麼向九泉之下的爺爺、老爹他們交代啊！」

聽著店主帶著哭腔的嘮叨，善柔叫徐靖拿了一百兩黃金遞給他道：「好了！不要吵了！煩死人了呢！我現在把你這客棧買下，帶了眾夥計走吧！免得到時候打起來連你老命也沒了，那時啊你去了陰曹地府，可真沒法向你爺爺老爹他們交代了！」

店主乍見這麼多金子，瞠目結舌得吞了兩口口水後，喜歪歪的結巴道：「這些……這些金子……全……全給我嗎？嘿，這個……這個……」

善柔惱道：「別這個這個的了，拿了金子走吧！」

店主這時才相信自己沒聽錯，歡天喜地得連連打恭作揖的退去了。嘿！可不怪他樂的！那些金子夠買它兩三座他奶奶的「悅來客棧」了呢！

項少龍望著氣乎乎的善柔笑了笑道：「夫人，這次可害你破財了！」

善柔臉色一板道：「我才不做虧本生意呢！這些全都算在你的帳上，到時啊你要連本帶利的還給我！」

談話間，馬蹄聲已是響在耳側，項少龍突地笑容一斂，沉聲道：「敵人就要到了，大家凝神戒備！」

眾人聞言，心神齊都一緊，皆都劍拔弩張。

人影終於出現，只見三十多匹快騎迅速向「悅來客棧」馳來，其後還跟著一隊四五百人的武裝步兵。

看來章邯此次是對項少龍等「勢在必擒」了。

馬停人住步，遠處馳來的人馬終於停下，與項少龍等對峙下來。

身材高大威猛的章邯此次帶來一把一丈八尺長的長戟，在他身後是四個目射凶光健壯如牛的彪形大漢，可能就是他的四大鐵衛了吧。屈集和殷通也在眾騎之中，前者見項少龍威嚴的目光，不由羞愧得低下頭去。

章邯冷冷的橫掃了一遍眾人後，哈哈大笑道：「果然是上次在塞外峽谷劫搶貢品的眾馬賊！哼！害得我被皇上訓斥了一頓！此次踏破鐵鞋無覓處，得來全不費功夫，老帳新帳一起算了！」頓了頓又衝著項少龍喝道：「你就是有『刀帝』之稱的項少龍嗎？怎麼沒見你的百戰寶刀呢？」

項羽對章邯那囂張傲態忍禁不住的氣上心頭，還口叱道：「鬼叫個什麼？手下敗將也來逞匹夫之勇？是不是又叫老子讓你狼狽敗走啊？」

章邯聞言氣得虎目圓瞪如斗，怒極反笑的道：「嘿！這就要看你有沒有這個本事了！」

善柔這時手執虎頭金牌喝道：「見著皇下御賜金牌，還不下馬接駕？」

章邯見了倒也不敢太過放肆，下馬朝善柔施了一禮後道：「夫人最好還是不要插手這件事。項少龍乃是皇上提名要抓的反賊，夫人若強行干涉其中，末將也只好多有得罪了！」

善柔聽了粉臉氣得紅一陣白一陣的嬌叱道：「你……你算什麼東西！徐靖，給我拿先皇御賜的尚方寶劍過來！」

徐靖應了一聲「是」後轉身向客棧裡行去。章邯聽得她有始皇所賜尚方寶劍不由臉色一變，再次厲聲道：「夫人，請你最好不要牽涉其中，包庇反賊的罪名你可是擔當不起喲！」

徐靖這時已自客棧廂房取來尚方寶劍，善柔接在手上後，冷笑道：「此劍乃是始皇帝當年御賜給我的，它有對所有朝中大臣王侯的先斬後奏之權，章邯將軍不會迫使我動此劍吧！」

原來當年秦始皇知道善柔乃是太傅項少龍曾經深愛過的女人後，因有著對項少龍的愧疚之意，於是賜給了善柔這把有至高權力的尚方寶劍，這其實也是她師父曹秋道忌憚她的原因之一。

章邯虎臉陰晴不定，看著善柔輕拭著那尚方寶劍，忽地又是一陣大笑道：「將在外，君令有所不受，何況先皇已仙逝，末將似乎也不必受命於此劍拘束。若夫人真要橫加干涉此事，那我也只好多有得罪，待事後去向皇上請罪了！」

善柔見他連尚方寶劍的威信也敢不敬，不禁氣得杏眉倒豎，銀牙一啐拔劍縱身就朝章邯撲去，口中邊叱道：「那就讓我殺了你這犯欺君之罪的奴才！」

第三章　大功告成

善柔氣怒交集的提起尚方寶劍，迅猛絕倫的向章邯撲去。

章邯卻竟是毫無閃避之意，直挺挺的站在原地動也沒動，似是準備硬受善柔的致命一劍。

善柔知他練有一身不畏刀劍的橫練功夫——鐵布衫神功，但見他肌肉暴漲，衣袖條張，便知他已把此硬功提運護體，自己這一劍根本就傷不了他分毫。心下想來，當即劍勢一轉，改劈為挑，長劍向章邯雙目分點刺去。

眼睛乃是一般硬功難以練至的地方，即便練至，防護功力也大是薄弱，所以此處是硬功的至命死穴之一，若被刺中不死也得重傷。

章邯對善柔中途改變招式這著也似微感意外，但此時已是讓他來不及發功護眼，不過他竟也毫不驚慌，在善柔長劍快要刺中眼珠的一剎那間突地閉了眼睛。「噹！噹！」善柔兩劍似是刺在堅硬的鐵器上般，竟是震得她手中長劍發出「嗡嗡」的龍吟之聲。圍觀眾人大半發出了驚呼詫歎之聲。

善柔心下也是猛地一震，想不到章邯的鐵布衫神功竟練至了如此神化之境，身形也在心念電閃之間往後暴退。

章邯雖是安然無恙，但心中對善柔還是生出了惱怒之意，見她一擊不中就想退下，嘴角冷笑之際雙掌成鉤，身形亦是旋轉前衝撲向善柔，勾爪在他身形掠過的空間幻起一片爪影。

善柔頓覺身後有一股強烈的殺氣迫體而至，知曉自己已是退無可避，銀牙一咬，劍勢隨著身形猛地轉過身來，章邯的爪影此時剛好逼至身前，長劍被他左爪抓過正著，右爪則是向善柔的肩骨抓去。項少龍、項羽眾人見皆是亡魂大冒，章邯這一爪若是抓著善柔肩頭，必會讓她肩骨盡裂。

大驚之下，項羽和項少龍同時提鞭拔劍向章邯猛撲上去。但章邯的四大鐵衛正凝神戒備著眾人的動靜，見得項少龍和項羽身形一動，當即也分成二組飛身向二人狙擊。

項少龍此時極度擔心著善柔的安危，見有人阻攔，暴喝一聲道：「擋我者死！」喝喊聲中手上玄劍已是展開墨氏劍法三大殺招補遺中，最具威力的「攻守兼備」。

但見玄鐵劍烏黑之厲芒，倏地暴長三尺，帶著「唬唬」的破空之聲，四周的空氣亦也在玄鐵劍釋放出的至陰至寒的冷芒下產生一股股寒流。劍芒寒流一團一團的縈繞在項少龍四身周側，有若平靜如鏡的大海上突地給掀起了激波怒濤。

阻攻項少龍的是東西兩大鐵衛，一人使雙鉤，一人使流星錘。見著項少龍如此厲猛的攻勢，兩鐵衛均都心神一震，尤其是那劍中放出的劍芒竟似也有強大的殺傷力，若不是二人也都練過鐵布衫橫練功夫，怕不當場就被劍芒擊傷。

二人頓知項少龍手中烏黑之劍必為一把鋒利無匹的神兵利刃，均不敢拿自己的兵器與之相擊，無奈之下只得身形暴退。項少龍瞧準這一瞬間，已是閃至章邯身側。卻見善柔手中長劍已被他抓住，肩頭也被他捏個正著，不過沒有折斷長劍和傷害善柔，只是目光冷冷的與項少龍對視著，似是有些驚疑，他方才那一劍之擊竟能衝破他手下兩大鐵衛之攔截，這種劍法確是世屬罕見了，項少龍果然不愧是項少龍！

項羽這時也已攻破攔截他的那南北兩大鐵衛聯手之擊，衝至項少龍身邊，見著善柔之狀不由又驚又怒的脫口道：「放開我柔姨！欺負一個弱質女子算得什麼英雄好漢？有本事就來與我項羽大打一場好了！」

章邯見得項羽如此小小年紀竟也能三招兩式的就打敗自己的兩大鐵衛，虎目中閃過一絲詫異之色，聽他質問，不由微微一笑道：「只要你能擔保你柔姨不再插手干涉我們之間的矛盾，我就放了她。」

項羽當然知道章邯賣的這個順水人情只是借勢下台罷了，因為他終究忌憚著善柔的尚方寶劍和虎頭金牌，這些可都是秦始皇威信的代表物，若真無視先皇遺詔，秦二世雖可能表面上不責怪他，但暗下裡卻一定會氣恨他章邯冒犯了他，終究是沒得好處。心下想來，對章邯也並不感激，只是冷冷的道：「好吧！只要你放了我柔姨，我保證讓她置身事外就是了！」

章邯聞言點了點頭道：「好！我信你這小兄弟一回！」說著鬆開了抓住善柔肩頭和她手中長劍的雙爪。

善柔瞪了章邯一眼，冷哼了一聲後，又「嚶嚀」著撲向項少龍的懷中，嬌嗔的泣聲道：「少龍，你可得幫我好好教訓這狂妄的傢伙，為我出一口怨氣啊！」

項少龍輕扶著善柔的酥肩，正待答話，身側的項羽已是接口憤憤道：「柔姨，你放心吧，我一定會為你出這口氣的！」說著又衝著章邯道：「喂！你方才欺負我柔姨，我現在要跟你打一場，你敢不敢接招啊！」

項羽這幾句話甚是孩子氣的說來，盡顯對章邯的戲謔之意，只氣得章邯虎目圓瞪，仰天一陣哈哈大笑道：「從沒有人敢用如此語氣對我說話！就是國師曹秋道也沒有！小兄弟，你可知道，在我面前如此說話是要付出慘重代價的？」

項羽聞言哂道：「你以為我是被嚇唬大的嗎？等我們動手過招起來，不就可知道將是誰要付出慘重代價了嗎？囉哩囉嗦幹嘛？」

章邯這一下氣得可是肺都快炸了，再也顧不得什麼風度，衝著為他扛戟的兩名士兵喝道：「拿戟來！我今天倒是要看看你這狂妄的小鬼到底有多大能耐！」

項少龍可是目睹過章邯硬功的厲害，現下見得他為了對付項羽竟然動用兵器，知他對項羽已是動了殺機，不由得心下暗凜，出言阻止道：「我看這一場還是讓我來與章邯將軍過兩招吧！」

項羽聽了大急道：「爹！你怎麼可以搶羽兒的生意呢？嘿，柔姨剛才受了驚嚇，她現在需要你的照顧呢！還是讓羽兒應戰吧！」

項少龍、項羽父子二人這一番勸來勸去，似是根本沒有把章邯給放在眼裡，只氣得章邯咬牙切齒的恨聲吼道：「我會讓你們父子二人都見識一下我章邯的厲害的！喂！現在你們二人到底是誰先來受死？」

項羽把麟龍鞭破空一抖，好整以暇的道：「當然是讓本少爺來送你上西天極樂啦！」

章邯聞言喝叱道：「好！那你給本將軍放招過來吧！」吼叫聲中已是把手中長戟虛式一晃，發出「轟轟」的破空之聲，作勢以迎項羽進擊。

項羽頓感對方傳來一股無形的沉重精神壓力，竟讓得他漲得衣衫微微鼓起，由此可見章邯的氣勢之強了，不由心神一斂，右手長鞭抖出一條龍形，登時生出一股強大氣勢，使得章邯給他的無形精神壓力化之無蹤。章邯劍眉一挑，手中長戟也一陣狂舞，似是也需發招來抵抗項羽釋發出的強大氣勢。

兩人雖還沒有正式過招，但圍觀眾人都已被二人凝重的氣勢綳緊了心弦。場中一時靜寂得落針可聞。

項羽腳踩「七星北斗步」，驀地暴喝一聲，手中長鞭展開了「混元無極鞭法」，一時鞭影重重，空氣亦隨他長鞭翻滾成一個個龍捲風似的氣團帶著石破天驚的強大氣勢向章邯席捲過去。

章邯卻也毫不退縮，手中大戟挺胸直指項羽，旋空一陣翻轉，空氣竟也被捲出一個長達二丈的「一」字氣流來，往項羽長鞭捲成的氣團硬碰過去，完全是一派以硬碰硬的拚命打法。

項羽知道章邯是想憑他硬功的優勢來與自己硬拚，心下一陣冷笑，把玄意真氣提至第八層動力灌注鞭身，麟龍鞭頃刻像活過來的巨龍般，吞吐出一條條火舌，向章邯襲去。

氣團與火舌向章邯長戟的「一」字氣流硬撞過去，三者在空中頃刻碰撞成四射的電火花，發出轟雷般的巨響，「嗤嗤」之聲更是不絕於耳。

章邯想不到項羽的功力竟是如此之深，竟能與自己十層功力的「鐵布衫先天真氣」抗衡，心神不由一沉，暗忖道：「此次若不除去此子，日後的天下就是唯他獨尊了！」

心下想來，頓把「鐵布衫先天真氣」提升至極限——第十二層功力，同時施展出自己的壓箱殺招——「天滅三式」第一式「日月無光」。卻見項羽麟龍鞭吞吐出的火舌頓被章邯的強大氣流捲滅，同時氣流向項羽蓋天鋪地的襲捲而來，有若烏雲遮日帶著濃濃的殺氣，竟似意欲一招把項羽致於死地。

但項羽經過在死亡邊緣與解秀潔施行「陰陽大法」後，已使他衝破了生死玄關，同時亦使他領會了「乾坤混元無極秘錄」中的「混元無極先天真氣」。

經過幾日幾夜的思索苦練，已經讓他把「玄意真氣」和「混元無極先天真氣」融合為一，項羽把這新練成的內家真氣命名為「戰神不敗神功」。還從來沒有施展過此新神功的威力。

現在見得章邯向自己逼來的真氣如此剛猛之極，當下左手揮出一道天然之作的圓形，此圓形竟似一個發亮的球體般，倏地射出無數道七彩光線來，射向夜空。奇異的景象頓時出現了，那無數條七彩光線像是在吸收宇宙天穹的能量般，一股股氣流順著光線容納進他手中的光球中，再通過光球而經項羽手心勞宮穴注入他的體內。片刻項羽通體都成晶瑩之色，他手中的麟龍鞭亦似一條通體發亮的巨龍般，吞吐出三味真火。周圍空氣頓被燒得「噼噼」作響，章邯的「日月無光」不但全被項羽的三味真火化解，且火龍飛繞在章邯四身周圍，燒得章邯衣衫盡破。

章邯又驚又懼又急又惱無奈之下，只得身形往地一滾，撲滅身上的煙火後，狼狽的站了起來，衝著上前來幫他搓滅火星的四大鐵衛喝吼道：「他奶奶個熊！給我拿天矛地盾來！」

蕭月潭聞聽天矛地盾之名，臉色劇變，急喊道：「羽兒，退回陣來！」

原來這天矛地盾乃是傳說中的兩件神兵利器。傳說宇宙洪荒盤古開天地之時就是用這兩件兵刃來開劈天地的。盤古劈出天與地之分後，力竭而亡，而他的這兩件兵刃也就隨之而失。想不到章邯竟得到了此兩件傳說虛幻的至寶，怪不得他是那麼狂妄不可一世了。

項羽聽得蕭月潭叫他退陣回來，收鞭大是不解的道：「蕭伯伯，這大個子打不過我呢！」

善柔也邊格格脆笑道：「是啊，這大個子差點被羽兒燒成烤豬呢！」

項少龍雖是對蕭月潭的話也甚是狐疑，但知道這位老哥做事一向謹慎細密，知他此舉必有深意，當下也衝項羽喊道：「羽兒，聽蕭伯伯的話，退回陣來！此戰你已經是勝了呢！」

項羽對父親項少龍的話可不敢不聽，邊往回走邊道：「可是大個子還不服我呢！他不是說拿什麼狗屁的天矛地盾來與我再打一場嗎？」

蕭月潭見項羽這初生之犢天不怕地不怕的，不由哭笑不得的道：「羽兒，人家的天矛地盾可是前古寶刃呢！你敵不過他的！」

項羽聞言好勝心性頓時劇增，劍眉一揚道：「那就讓我見識見識他天矛地盾到底有多厲害吧！」說著取下了背上的玄月神弓，又轉過身去，從一古色古色的紅木匣裡拿出了一長箭。

約一丈二尺的戰矛與一面約半個平方的黑色盾牌，在章邯的手中。

章邯臉上浮起一堆殘酷陰狠的冷笑，左手天矛隨處一指，頓然射出一束真氣利光，只聽「轟」的一聲，被他天矛所指的地面頓然被光束炸出一個約零點三四立方米的大坑來。

項羽頓被嚇得心神猛的一跳，但旋即平靜，目光如電的冷冷逼視著章邯，心下卻是飛快思忖著。

這是什麼鬼兵器啊？竟能把人體內的真氣凝聚成一點向對方攻擊，且這天矛地盾似乎還可讓人內息生生不滅，因為章邯剛才施出的那一擊竟然沒有讓他有著絲毫氣喘的現象。還不知那鬼地盾又有什麼出人意料的強大異能？

項羽心下雖是有一點寒意，但卻沒有一絲懼怯，玄月神弓也射出了一粒鋼珠，對向一約合半噸之重的大石上，鋼珠射進石內，卻是沒有發出什麼爆炸的巨響聲，但過得片刻，整個巨石竟被鋼珠的強猛蘊含內勁所震碎，一片一片的裂了開來。這一手也讓得章邯心神也是為之猛地一震，這是什麼神奇的功力啊？竟然能無聲無息的把這麼大的一塊巨石給震碎！看來這個年紀小小的傢伙一身武功卻是讓人莫測高深。自己這最後依仗的天矛地盾若還殺不了他，那……自己可真是一敗塗地了！

章邯心中剛剛因有了天矛地盾在手而湧生的兇焰鬥志，又被項羽這一手驚人的「弓射鋼珠神功」給震懾住了。

項少龍卻是對章邯的天矛方才所顯示的威力感到心驚不已，雖然項羽的功力自己也不知道他高到了什麼程度，但能否承受這天矛強大威力之擊，自己心中卻也是個未知數。

心下想來，不禁又驚又急，忽地看見項梁手中暗握著的「霹雷神彈」，心念一動，自革囊中掏出了五枚鋼蛋，走到凝神靜氣的項羽身邊，把鋼蛋塞至他衣袖中，附到他耳邊低聲道：「羽兒，不要與他硬拚！用這玩意兒炸他！」

項羽接彈心下一喜，爹說這玩意兒威力無窮，有它相助，他那天矛地盾也可能沒得什麼厲害了吧！嘿，你有天矛地盾，我有「霹靂神彈」。誰怕誰啊？硬碰硬也無妨哩！

項羽把父親塞到自己衣袖裡的五枚鋼彈放入革囊裡，留了一枚把玩在手中，衝著章邯笑道：「嘿！剛才那顆是小鋼珠，現在這枚是大鋼彈，你可得小心著點喔！給我射中了，那你可就即刻玩完了！連屍體也會給炸得血肉橫飛！」

項羽本是不知這「霹雷神彈」威力到底如何，什麼能把人炸得血肉橫飛是他信口扯來之詞，不過卻也正被他給說個正著。

這「霹雷神彈」乃是項少龍在草原閒暇時心血來潮，按現代軍事技術所製作的相當於現代「手榴彈」、「手雷」一類的炸彈，不過被項少龍改進過，威力更勝此類炸彈，在這古代裡確可算是天下無敵的武器了，章邯的天矛地盾與之比起來，「鹿死誰手」確是個未知數。

章邯對項羽手上斗大鋼彈雖是納悶心驚，不過很快就收斂心神，手中天矛虛式一晃，冷喝道：「少廢話！有本事儘管放馬過來！」

項羽見章邯有點被自己嚇成強弩之末的味道，不禁心下暗笑，手中長鞭一抖，把玄月神弓甩至鞭尖，弓在鞭抖之下幻出一道道的弓影，邊冷喝道：「我要出招了，你小心著點！」

章邯倒真再也不敢對項羽掉以輕心了，聞言頓即凝神運氣灌注天矛，天矛在他剛猛真氣的催動之下，倏地暴長出三尺來長的後芒，且發出「嗡嗡」作響的靈性觸發之聲。

一聲暴喝，項羽鞭動弓發，「啪啪」「嘣嘣」之聲頃刻響，隨聲而至的是項羽有若洪水決堤般的龐大猛烈的攻勢向章邯襲擊過去。

章邯頓即舉起左手地盾向項羽襲來的陣陣罡氣擋去，「噹噹噹！」項羽所發罡氣擊在地盾之上發出一聲聲清脆如兵器擊碰之聲。

章邯見項羽襲來的真氣悉數被地盾格擋回去，心下一陣得意，右手天矛也隨之揮出，頓見一束如鐳射般的真氣向項羽射擊而來。

項羽此時剛被自己所發出的罡氣因地盾格擋反震回，氣血翻湧，這刻又見章邯天矛所射出的真氣襲至，真是又驚又氣又急又惱，頓把玄意真氣給提至十二層，麟龍鞭和玄月弓上頓時三味真火陡現，且真火被玄月神弓射出猶如一條火箭般與天矛真氣碰硬而去。

三味真火與天矛真氣相碰，二者竟是將遇良才，棋逢敵手僵持不下。

空中「嗤嗤」「啪啪」之聲不絕於耳。圍觀眾人頓覺空氣凝重灼熱起來。

項少龍等更是為項羽暗捏一把冷汗，目光都一瞬不瞬的看著場中情景，大氣也不敢喘。

章邯見項羽內力竟然可以與自己這蘊含宇宙萬能的天矛真氣相抗衡，心下不禁駭然，更是把自己內力提至極限，源源不絕的與天矛威能融合在一起。天矛真氣突地一漲，把項羽的三味真火給逼退了二三尺，項羽身形亦也隨之晃了兩晃，目中似要噴出火來，倏地大喝一聲，左手成刀劈空向章邯一砍，頓時卻見一把由項羽內家真氣凝聚成的有形無質的霸刀向章邯飛劈而去。

空手刀！章邯見了心下大震，這小子怎麼會這麼多古里古怪已是失傳多年的上古絕學？心下疑懼，手上地盾卻是不敢閑著，當即揮起，向項羽劈來的真氣霸刀擋去。

但是此真氣霸刀似是可受項羽控制似的，卻見他左手刀凌空一陣亂揮，真氣霸刀竟也在章邯身前飛舞起來。「茲茲茲茲」，章邯本已先前被項羽三味真氣燒破的衣服這刻又被他手刀真氣給劃破得一絲絲一條條的，且真氣手刀竟也劈砍得讓他堅硬的肌肉隱隱生痛。

章邯見自己手中地盾竟擋不住項羽的真氣手刀，氣得怒目圓瞪，突地地盾也脫手而出，由一根透明的細絲——天蠶絲牽引著在空中也飛舞起來。這一下項羽的空手刀真氣可再也無法攻進章邯身側，「噹噹噹」真氣手刀連連與盾相磕碰。

項羽見自己絕招又被章邯給破了，而麟龍鞭與玄月弓又被天矛纏住，這一下可真是快沒得「戲」唱了。怎麼辦？霹雷神彈！要是被地盾給反震回來，那自己可就慘了！唉，管他是生是死呢？這樣給他耗著，自己可難受死了！賭他一把吧，勝敗在此一舉了！

心下想來，項羽自革囊中摸出了兩枚鋼彈，中指扣住一枚鋼彈上的拉環，狠下心來猛的一拉，拉環頓被拉出，環中也冒出一股青煙來。

項羽大叫一聲道：「本公子賞你樣好東西！」

話音甫落，鋼彈也是脫手向章邯飛去。章邯見項羽把鋼彈是用手裡扔出而不是用弓射出，心下本不以為然，倏見向自己飛擊來的鋼彈在冒煙，知道定有乾坤，忙舉盾迎擊過去。

「轟」的一聲地動山搖的巨響突的響起，只見一團火光深煙沖天而起，霹靂神彈與地盾劇撞頓爆，強大的震擊力讓得章邯左手地盾脫手飛出，同時身形被震退了五六步，嘴角溢出血來，顯是已被霹靂神彈的威能震成重傷。

項羽壓力倏地一鬆，頓即收回麟龍鞭和玄月弓，耳朵也被爆炸聲震得嗡嗡作響，一時也沒有乘勝向章邯發動追擊。

圍觀眾人有一大半以上都被嚇得目瞪口呆，更有膽小者竟嚇得一屁股坐在地上，面無人色，神情木然。場中一時靜寂異常。

章邯駭然的望著項羽，真的是疑他是天神下凡，隨手擲出的一枚鋼彈竟然能發出如此強大的威力，這到底是什麼神乎奇技的武功啊！

項梁等則是呆愣片刻後，拉住項少龍低聲道：「哇！少龍，如此厲害的武器你怎麼研製出來的？」

項少龍不置可否的笑笑，目光還是盯著戰場上的項羽與章邯二人。

呆怔了良久，章邯才運氣護住受傷的心脈，聲音嘶啞的衝著項羽道：「好！小兄弟果然不愧是少年英雄！我章邯今天敗在你手上，要殺要剮就任由得你處置了！不過在公事上，我還是會叫我的手下把你們擒拿交由朝廷發落的！」

項羽對這章邯可也生出惺惺相惜之意，聞言一愣道：「我才不會殺你呢！只要你不找我們的麻煩就行了！其實你也只是奉秦二世之命來吳中調走兵馬罷了，何必要插手管我們的事呢？嘿！其實說來我們還幫了你的大忙，為你殺了金輪法王和千毒法王他們！你何必那麼固執非要擒殺我們呢？做事情有時也不須那麼認真的呀！」

章邯聽了臉色似喜似憂，沉默了片刻後突地沉聲道：「好！小兄弟賣我章邯個不殺之恩，我也就賣小兄弟面子，不管其事之情。不過日後在戰場上再次相見，我手底下定還是不會留情的。咱們後會有期！」說罷朝項少龍等也一一拱手行禮後，翻身上馬，對著眾手下喝道：「咱們走！」

殷通和屈集此時均已被項羽的神功給嚇破了膽，聞言當即也準備上馬離去。

項羽頓對著二人喝道：「你們可不准走！」

章邯聞聲回過頭來看了二人一眼後，面上閃過一絲無奈之色，對著他們搖頭苦笑了一下，並沒有出言為他們說情，策馬揚塵而去。

屈集和殷通這下嚇得魂都掉了大半，渾身無力的從馬背上滑了下來，臉如苦瓜的看著項羽、項少龍眾人。

項少龍望著二人臉色倏地一沉，對身後的武士吩咐道：「把他們二人把關押下去！」

當即有四名武士聞聲欣然應「是」，用繩把已不敢抵抗的二人綁了個結實。

項梁走到項羽身側，雙手用力拍了一下他的肩頭，笑道：「好小子！今天的表現真是不賴！我想武皇之位已是非你莫屬了！」

蕭月潭這時也走過來笑道：「羽侄兒的抱負又何止是武皇之位呢？假以時日，天下之王也是非他莫屬啊！」

善柔攜著女兒解秀潔盈盈走來興奮道：「好女婿！為你丈母娘大大出了一口胸中惡氣，又為我們解了被困之危！嘿，今天晚上就讓潔兒好好的為你按摩一下，為你舒鬆舒鬆筋骨！」

解秀潔聞言「嚶嚀」一聲在母親懷裡大嗔撒嬌起來，秀目卻是不由自主的往項羽身上偷瞟過去。

善柔扶正女兒的嬌軀笑道：「娘教你的是怎樣把牢丈夫花心的訣竅呢！害個什麼羞嘛！」

項梁當即朝善柔扮了一個鬼臉，怪笑道：「難怪嫂子能牽住三哥的心，原來是按摩功夫特高明啊！」

善柔喝叱嗔道：「我們夫婦間的事你來管什麼嘛！」

項梁還正待又取笑善柔兩句，項少龍已正色道：「不要鬧了！走！我們現在去審訊一下殷通和屈集二人吧！」

項少龍叫武士解了已是嚇得面色蒼白的殷通和屈集二人身上的繩索，威嚴的掃視了二人一眼後，對著二人微笑著緩緩道：「二位大人想不到事態會發展至現今這樣的局面吧！不過只要你們與我們合作。我是不會傷害你們的！屈先生已經很是清楚我們的身分和來吳中的目的，我想殷大人也想必已知道了吧！現在就看你們二人的誠意了！」

殷通猶如垂頭喪氣的敗家犬般喏喏道：「項上將軍要小人怎麼辦小人就怎麼啦！其實當今天下之勢，趙高專權，二世昏庸，大秦的天下是就快完了，小人能跟隨著上將軍是我的福份了。」

屈集聽了冷哼道：「你只是個賣友求榮的卑鄙小人罷了，沒有資格跟著項上將軍！」

殷通臉上一紅道：「這也只是被你所逼的嘛！再說我也只是想借朝廷來對付你，可沒有想到項上將軍他們會來吳中的！我……」

項梁打斷他的話道：「嘿！這不是你們郡府哩！吵什麼吵啊！」

二人聞言頓即不語，只是懼怕中你瞪我我瞪著你的對視著。

項少龍想起歷史上郡守殷通是被項梁、項羽叔侄殺死的，對這殷通也甚是沒得好感，只想到他不久的將來就要沒命，稍有點同情他，當下道：「嗯，殷大人的話說得也有點道理，我不會計較以前的事的了。現在我想知道的是你們會不會響應我們反秦？」

屈集想也沒想的道：「舉兵反秦乃是我屈集一生的願望！想當年秦滅我齊國時，殺了我所有的親人，我恨不得殺光那些秦狗！」

殷通忙也道：「我原來也是楚人之後，先父乃是當年楚國大將項燕手下的一名武將，名叫殷濤，項燕將軍被秦將王剪打敗後，我父……」

項梁聽得殷通之言，臉色倏地變得煞白，項少龍見了還為項梁是聽得殷通乃父親當年手下之子而激動起，但卻又突見項梁目中厲芒暴長，語氣陰冷的道：「你……你真是殷濤之子？」

殷通顫聲道：「是……是的！所以為了我大楚，我定會回應你們反秦的！」

項梁聽了卻是突地發出一陣悲傷的哈哈大笑道，「天網恢恢，疏而不漏！爹，今天我可以為你手刃親仇了！」

項少龍和殷通聞言同時一驚，前者是不明所以，後者震駭面驚，望著項梁良久，突地如見鬼魅的恐聲道：「你……你是項燕將軍之子？」

項梁平靜下激動的心懷，冷聲道：「你本叫殷雄對不對？原來還沒有忘記我爹！哈哈！當年是你和你爹做了秦國的內奸，頻頻向昌平君進諫要我爹先出兵去攻王剪，其實那一戰誰都知道誰先出兵誰就會輸。是你！是你害死了我爹！害得我們國破家亡的！原來你現在做了秦朝的大官了！你爹呢？他又做了什麼官？」

殷通此時嚇得已是屁滾尿流，指著項梁道：「你……你……你沒死？」

項梁冷笑道：「天不滅我項梁，我自是不會死！我還要活著為我爹報仇雪恨呢！」

項羽這時明白殷通原來是伯父的大仇人，不由瞳目一睜，走到他身前逼視著他厲聲道：「說！你那個壞傢伙老爹現在在哪裡？」

殷通知道自己此次必死，不由得閉目對項羽和項梁不理不睬起來，不過心下卻在暗暗後悔不已。唉，都怪自己為了討好他們，拍馬屁給拍到馬屁股上，給自己帶來殺身之禍來。

屈集在旁見了自是幸災樂禍。哈，這傢伙，出賣老子，早就該死呢！這下活該！

項少龍則是怪怪的想著，原來歷史上殷通被殺卻是因項梁與他有仇，而不是如史記所記載般的……想到這裡，心念忽地一動……

項梁這時氣怒痛恨交集的拔出了佩劍，衝到殷通身前用劍指著他的咽喉道：

「說！你那死鬼老爹在哪兒？不說我現在就一劍宰了你！」

殷通肥胖的身體被嚇得一陣陣發抖，肉臉一下一下的抽搐著，額上大顆大顆的汗珠滾滾冒出，嘴角微微抖動，但還是沒發出一個字音來。

項羽不禁火冒三丈，自腰間解下麟龍鞭，隨手一抖在殷通身前發出「啪啪」幾聲脆響後，再次質問道：「你奶奶個熊，你到底說不說？再這樣不言不語，老子把你劈為兩段！」

殷通被逼急了，突地也歇斯底里的吼道：「死就死罷了！老子就是不說，你怎麼樣？」

項羽聞言氣怒至極，手中麟龍鞭再次抖起往前一伸，捲住殷通頸脖回手一拉喝道：「老子就是宰了你！」只聽得「咔嚓」一聲骨斷之響，殷通肥胖的腦袋隨鞭飛出，軀體亦仰後倒地。

項梁見了愣了愣，忽地哈哈大笑道：「爹！羽兒已經為你老人家報了仇了！你安息吧！」

項少龍想不到項羽說殺就殺，真把殷通給幹掉了，瞪了他一眼後，走到項梁身前緊握了一下他的手道：「梁弟，你……」

項梁閉目片刻，然後凝視著項少龍突地激動的道：「三哥，不要說了，我知道你……」二人相視而笑，兄弟感情在這無聲的雙手相握中又得到了昇華，久久沉默不語。

屈集這時卻是對項羽殺人乾脆利索的手法感到心寒不已，有些心驚膽顫的望著正在漫不經心的擦拭鞭上血跡的項羽。

殷通的軀體和人頭已被蕭月潭等人抬了出去。

項少龍鬆開與項梁相握的雙手後，走到屈集身前沉聲道：「現在殷通死了，屈先生有什麼意見呢？總不能讓他不明不白的死吧！吳中人民需要一個解釋呢！」

屈集乃是奸滑成精之人，聞言哪還不知項少龍的意思，當下恭聲道：「這個就交給在下去辦好了。我會說郡守殷通意欲陰謀擁兵自立，把吳中變成他一個人的天下，現在已被原楚國的項燕將軍之後項梁先生誅殺。如此一來，吳中人民必會擁立項梁先生也即是項上將軍等。

「再加上項梁先生乃是楚國名將之後，而吳中也本為原楚國之地，所居全為楚人，號召影響力都會很大。我會再接著說暴秦無道，生民塗炭，舉國上下，如同沸水，我們同為楚國子民，現在先人開創的基業在秦暴政的蹂躪之下，我們的國民都在受著暴秦的壓榨和欺凌，此仇此恨，我們應該銘刻在心。

「現在秦朝氣數已盡，大家受苦受難的日子已經受夠，如今陳勝起兵於大澤鄉反秦了，我們也欲替天行道，復興我大楚！希望大家能夠支持我們同仇敵愾，共赴患難推倒強秦，復我大楚！等等言詞鼓勵吳中人民一番，我想大家都會響應我們的！吳中我們就可順利的收復下來。」屈集說到最後竟是神情激昂，滿面通紅，似乎他所說的一切美景都在他眼前般。

項少龍見屈集果也是個會見風使舵，腦筋轉得很快的人，滿意的笑道：「那此事就麻煩屈先生了！」

屈集連道：「哪裡！哪裡！能幫上項上將軍的忙，是在下的福份呢！」

項少龍失笑道：「好！還是那話，取下吳中，屈先生為我軍師！」

屈集聞言喜得感激涕零的下拜道：「多謝謝上將軍提攜，屬下一定為上將軍赴湯蹈火在所不辭！」

項少龍上前扶起他道：「好了，大家以後是自家人了，何必如此多禮！」

屈集正待再說謝辭，忽有烏家武士來報導：「項爺，我們發現滕爺他們留下的暗號了！」

項少龍聞言跳了起來道：「什麼？有滕二哥他們的消息了！」

把他收為己用，那就必須……殺了他！免得日後成為羽兒成就霸業的無窮後患！

項少龍感覺自己心中的殺機現在是與日俱增了，為了助項羽成就他將來的不世霸業，他似乎變得有些不擇手段的去為項羽剷除他現在或將來的敵人了。不過任他項少龍千算萬算，卻是怎麼也想不到將來毀掉項羽的真正「敵人」，乃是他在現代與酒吧皇后周香媚所生的兒子項思龍吧！且兒子項思龍也已來到了這古代，現刻說不定正與他派往沛縣刺殺劉邦的幾位兄弟滕翼他們交上了手呢！

屈集這時見得項少龍又有他事，忙識趣的向他施禮告辭。項少龍也不挽留，只是著幾名武士抬了殷通的屍體，讓項梁和項羽二人跟了屈集一道前去郡府，以防得他變發生。

待得項梁、項羽、屈集眾人去了郡府後，項少龍問蕭月潭道：「老哥，我們現在該怎麼辦？」

蕭月潭沉吟了一番後，沉聲道：「我們現在一方面就是派人去沛縣接應滕翼他們；另一方面就是靜待兩天後看看吳中城裡對郡守殷通死去的反應，若情勢良好，就再派人去塞外，叫嫣然、烏卓他們領了大軍前來鎮守吳中，隨後再伺機擴展我們的領土兵力。同時著人分於各地，嚴密監聽天下發展的形勢。」

項少龍聞言點了點頭道：「就這麼辦！但是我們這裡人手有限，派誰去接應二哥他們呢？現在那一帶戰亂四起，可也甚是危險重重呢！勢力若是太過單薄了，可……」

善柔打斷他的話接口道：「少龍可不要忘了我也有一眾手下呢！可以派徐靖、莫為他們去接應二哥的呀！他們身分特殊，或許還可以利用秦兵的耳目找到二哥他們呢！」

項少龍面有疑色道：「這事情可也甚是重大呢！若……」

善柔嘟起小嘴嗔道：「你這是不信任我的手下啦！那總信得過我吧！我領著他們一起去沛縣好啦！不過潔兒她你可得好好照顧著！」

項少龍被她點破心事，頓時窘得老臉微紅，尷尬道：「嘿！我……凡事還是謹慎些好！」

蕭月潭正容道：「那事情就這麼定下來吧！弟妹去沛縣接應滕翼他們，我去塞外通報吳中喜訊。」

項少龍默然點頭，目光偷瞟過善柔，卻見她秀目圓瞪，杏眉微揚的盯著自己，似是對自己對她屬下的不信任還是不能釋然，不由心下暗感愧然。

翌日大早，項少龍與蕭月潭、解秀潔等依依不捨的送走善柔後，回到「悅來客棧」時已是正午時分。項梁、項羽、屈集三人已是坐立不安的早來客棧等候眾人了，見項少龍幾人回來，項梁忙迎了上來語氣興奮的道：「三哥，昨晚章邯就領了吳中城裡的十萬兵馬出城去了，嘿！這傢伙果也是個守信之人呢！」

頓了頓又道：「我們把殷通屍體運回郡府後，佈置一番假像，又殺了殷通的十多名親信護衛、郡監和郡尉，通過屈先生的威信，現在已經完全控制了會稽郡府了。今早我們又向民眾佈告了殷通死因和反秦詔文，回應之人可真是成千上萬呢！三哥，要不要招編他們呢？」

項少龍聞言與善柔的離情別緒一掃而空，心懷激蕩的道：「好！我們就以梁弟父親項燕的旗號以還復大楚為記示，正式舉起義旗招兵反秦！」

說到這裡又轉頭向蕭月潭道：「蕭老哥你就帶了羽兒去草原接迎我們的大軍來吳中，屈先生和梁弟今天下午就去設立招兵站！」

眾人欣然齊聲應「是」後，蕭月潭笑道：「少龍，我看今下午我和羽兒也準備動身去草原吧！」

項少龍點點頭，一旁的解秀潔忽道：「項伯伯，我也要和羽哥哥一起去！」

項羽聽了心下一緊，若解秀潔也跟了去，虞姬知道自己和解秀潔的曖昧關係後，她會怎樣呢？要是她大鬧起來，那自己可也不知怎麼辦才好。

項羽正低頭慌亂的想著，項少龍見了他異樣的神色，頓知他的心思，走上前去拍了拍他的肩頭道：「羽兒，不用擔心什麼的了！待會我修書一封讓你交給鳳菲阿姨就是了！」

項羽俊臉一紅，尷尬的看了父親和解秀潔一眼後又低垂下頭去，不過神色已是平靜許多。

解秀潔見得項羽的模樣，似乎也憑她女性的敏感覺察到了些什麼，俏臉淒然的咬了咬下唇。

蕭月潭不置可否的搖了搖頭，衝著項少龍笑道：「那少龍你就快些去寫書信罷，我也和羽兒、潔兒準備一下行李了！」

說罷招了二小各自回房去。解秀潔走到項羽身側時湊到他耳際低聲道：「是不是草原裡還有一個你喜歡的女孩啊？」

項羽聞言不知怎答，一時只顧默然前行。解秀潔卻突地掐了一下他的背脊又道：「你……你可不許撇下我啊！」說這話時已是帶著哭腔。

項少龍看著二小的背影消失後，收回目光對著項梁苦笑起來。

項梁則是抑笑道：「嘿！羽兒啊，我看正繼承了你的德性，一輩子桃花劫不少呢！」

項少龍罵道：「你瞎說個什麼？羽兒可還小著呢！」

項梁道：「就是因為他還小，就已有了二個少女對他動情，我才說他桃花劫多啊！」

項少龍道：「男人嘛，三妻四妾也沒什麼大不了的啊！」

項梁正色道：「我就怕羽兒因為兒女私情，阻礙他將來事業的發展呢！」

項少龍聞言心下一震，想起將來項羽南征北戰時都帶著虞姬，不由對項梁這話沉思起來。屈集這時突地插口道：「項上將軍，我看大家還是搬到郡府去住吧！在那裡辦事方便點！」

項少龍聽了點了點頭，想起這「悅來客棧」已被善柔買下，倒是可以把它改造為一座將來給嫣然她們住的別墅，因為一來這「悅來客棧」確是個環境幽靜優美之地，二來諸女也定都一時不能習慣郡府的官家氣息，當下對屈集道：「屈先生可否著人來把這『悅來客棧』改造為一座私人住宅呢？」

屈集聞言微微一愣，但即刻笑道：「這事不難！我會馬上著人來辦的！」

項少龍道：「噢！你們二人也去忙辦他事吧！待我送走了蕭先生他們後，我就搬來郡府。」

二人想起郡府中確是有許多後事要去處理，當即辭了項少龍往會稽郡府行去。

項少龍回房寫好書信後來到大廳時，蕭月潭和項羽、解秀潔三人已在廳中候著。項少龍把書信給了項羽時，見得解秀潔愁容盡去，一臉喜色，心中暗笑項羽果也是個哄女孩的高手。

蕭月潭走上來伸手握住了項少龍的雙手，朗聲道：「少龍，我們去了，你多保重！」

項少龍心中一熱，笑道：「你們速去速回！」

蕭月潭點了點頭，再與項少龍相互囑咐一番後，領了項羽和解秀潔二小出了「悅來客棧」，踏上了回歸牧原接迎大軍來吳中的征途。

項少龍看著已是空空如也的「悅來客棧」，想起在這裡才不過住宿了兩天就發生的許多事情，心中不禁有一種悵然的感覺。

徵兵工作和會稽郡所轄之地的善後工作，這幾日來讓得項少龍和項梁、屈集眾人忙得團團轉，累得渾身骨頭都像散架似的，但又都精神亢奮，似已忘卻疲倦的沒日沒夜的勞碌著。

項少龍命屈集的一幫心腹得力手下率領郡卒鎮撫所屬各縣，因聞聽得郡守殷通已死，項少龍、屈集、項梁等侵佔郡城舉兵反秦，多數縣令棄職捲財而逃，由城中權威人士另選楚人當上的縣令，都見得項少龍所遣軍兵一到就，即刻開城迎接或是來書獻城。只有少數縣令據城頑抗，但全都經不住義軍和城內民眾的內應外合之擊，有的縣令被殺死，有的被迫投降，不過十多天會稽全郡都納入了項少龍的控制之中。

項少龍推行的是寬大包容政策，除了縣令和掌管兵權的縣都尉由自己派去的人當選外，其餘官職秦人，只要願意留下，且在當地沒有什麼惡劣行徑的，全都可留任原職。

如此一來，楚人和秦人皆大歡喜，都對項少龍這夥義軍甚是心悅誠服。

這日項少龍與項梁、屈集眾人正在郡府議事廳商討如何鞏固吳中，讓它成為他日進兵中原作為後方兵源、糧草的強穩補給根據地時，忽有侍衛來報告：「項大人，府外有一個四十歲左右，自稱是項梁大人兄弟叫作項伯的人求見！」

項少龍和項梁聞聽得項伯之名，齊都猛地一震。前者是因忽地記起歷史上鴻門宴的故事裡，就似乎有個叫項伯的人，向劉邦告密說項羽意欲殺他出賣了項羽，所以聞聲心震。

後者卻是因想不到自己失散了二十多年的大哥項伯還活著，心下激動，所以聞聲心震。

項梁聲音微顫的對著來報的侍衛道：「快！快請他進來！」

侍衛聞言應了聲「是」後，轉身退去。

片刻就見得那侍衛領了一個文士打扮，相格清奇，兩眼深邃，閃動著智者光芒的中年文士走了進來，在他身後還跟著兩個三十許開，身材威壯，濃眉劍目的漢子和一個三十幾許姿容美絕，帶著成熟風韻的美貌少婦。

項梁見得來人，起座閃身急衝了上去，到得那文士身前四五步之遙時停了下來，望著他嘴角急劇的顫動著，像是有著滿腔的話到喉間，卻又一時不知如何說出似的愣愣的望著對方。

那文士看到項梁也是情緒激動非常，瘦高的軀體微顫著，但卻是先發聲道：「梁弟，真的是你吧？我……找了你二十多年了啊！」

項梁這時聞聲上前一把緊抱住那文士顫聲道：「大哥，果真是你！這些年你都哪裡去了？」

文士身後的美少婦望著項梁也似非常激動，櫻唇微微抖動著，秀目中竟泛出了隱隱淚光。

項少龍在一旁見這失散多年的兄弟重逢之際，心下雖也覺有些酸酸的，但旋又想起這文士將來會出賣項羽。不覺對他有些反感，但礙於項梁的面當然不會表露出來，等二人平靜下情緒後，走了上前去，對那文士一拱手道：「在下項少龍，見過項兄了！」

文士見狀忙也還禮道：「久仰將軍大名，在下項伯謝過上將軍對舍弟的照顧了！」

項少龍再客套一番時，項梁笑著打斷他的話介紹：「三哥，這位是我大哥，她是我義妹司徒纓！」說著指了指文士和他身旁的少婦。

項少龍請眾人上坐後，著人為他們獻上了香茶，又吩咐侍衛下去準備酒席為項伯等人接風洗塵。

項伯忙道：「不必麻煩上將軍了吧！」

項梁笑道：「大哥，項三哥與我是八拜之交的兄弟，彼此隨便點親近點沒關係的呢！我們已是二十多年未曾相見了，是應該為大哥、義妹慶祝一番呢！」

項伯也便不再推辭，忽地指了指兩位壯漢介紹道：「這兩位乃是我雲遊各地時結識的兩個兄弟，一位叫作吳名，另一位叫作鍾離昧，都乃是楚人之後。我前些時遊歷在九江，聽說梁弟和項上將軍在吳中舉旗反秦，於是邀了這二位兄弟一起前來投靠上將軍，還望上將軍能收納他們二人！」

項少龍聞聽得鍾離昧之名，倏地模糊記起此人似乎是項羽將來身邊的一名猛將，當下忙向二人施禮道：「二位能來我軍中，我高興還來不及呢！」

吳名和鍾離昧聞言見狀忙都站起身上向項少龍躬身行禮道：「在下二人願誓死為項上將軍效勞！」

項少龍見為項羽又收羅得一名得力大將，頃刻壓下了對項伯的不快之感，哈哈大笑道：「能得諸位相助，我義軍必定是如虎添翼！為了慶賀各位的加盟，我們今天就來個不醉不歸！」

項梁轟聲附和叫：「好！」

只有屈集卻是心事重重，因現在還有許多的事等著項少龍他們去辦哪！若是喝醉了，豈不要浪費一天的時間？唉！真不知他們二人怎麼想的？放著大事不做，卻來喝酒聊天述親情！

雖是有滿腹牢騷，屈集可不敢發作出來，但項少龍卻已是看出了他的疑慮，走上前去拍了拍他肩頭笑道：「勞累了這麼多天，也是應該稍稍放鬆一下呢！屈軍師還是不要太過擔心了吧！諸事我自會有得安排的！」

屈集聞言不置可否的笑笑，但心情還是放鬆不下來。

這時侍衛來報，酒席準備好了，項少龍站了起來爽聲道：「走！大家去喝他個不醉不歸！」

席間，項伯確是表現出了他驚人的才智，他不但是個口若懸河的辯士，而且上知天文，下明地理，胸懷甲兵，尤其對各地用兵要衝地形極是熟悉，可見他數年遊歷卻也是為奪天下而做的。

只聽他侃侃而談道：「當今天下之勢各地群雄並起，紛紛稱王稱侯，形勢處於一片混亂之中。而群雄之中數陳勝王勢力最大，但槍打出頭鳥，秦王朝已經重視起各地的義軍來了，此次任命章邯為三軍統帥，領兵四十萬北上剿滅陳勝叛軍，正是我們渡江西征的大好時機。因為秦軍主力已被陳勝王牽制。」

說到這裡頓了頓又道：「至於我軍渡江西征，先又要考慮戰略要地。彭城是一個控制南北水陸交通要地的戰略樞紐，所以我們西征的主要目標是攻取彭城，如此一來我軍就可北可西隨勢發展，而不至被秦軍牽制。」

項少龍聞言點頭道：「項兄所言甚是。不過卻還有一個我軍能否適應彭城地區的氣候和生活起居的問題。因為我們江東軍全都是吃大米的，氣候向來溫和。而彭城等地食麥為主，再加上那裡風沙嚴寒，若我軍西征彭城，水土不服將是一個大問題，不知項兄可有對策解決否？」

項少龍提出的這個問題乃是這些天來和項梁、屈集眾人商議而沒得結果的問題，現聞聽得項少龍提出，項梁和屈集也都迫不及待的望向項伯。

項伯沉吟了一番，正待答話，鍾離昧已長身而起接口道：「只要我們渡江之後打它幾場勝仗，那時將不愁無人響應，而響應我軍的人，也都必是當地人，自能適應當地的生活條件。至於我們現有的江東子弟兵，從現在起就要訓練他們能耐西北環境的能力，只要假以時日的磨練，他們也都必能逐漸適應彭城地區的生活條件了！」

項梁和屈集都目射異光的望著鍾離昧連連叫「好」，似是想不到這漢子反應竟然如此敏捷，想出的方法確也是切實可行的上策。

項少龍心下雖是詫異，不過他因早就知道鍾離昧乃是將來項羽的大將，自是應該有點超乎常人的才能，所以反應沒有項、屈二人那麼強烈。

只聽項梁讚道：「鍾兄弟果是見識卓然，但不知你認為我們這次渡江西征應出多少兵馬呢？」

鍾離昧反問道：「不知我們手上現有多少可用兵馬？」

項梁道：「塞外即將進關的有一萬四五千，再加上吳中城裡所留的四千和新近所徵召的三萬多人，加起來約合有五萬之眾。」

鍾離昧聞言想也不想的道：「此次渡江西征說起來就是發兵十萬也不算多，但由於作戰需要有傷亡補充，一旦全軍出動，必會使我們元氣大傷，一旦中原戰事失利，我們就會連個退路也沒有。所以依我之見，我們此次西征只要有八千精兵主力再加上一萬的後勤支援兵力就夠了，剩下的三萬人留在吳中，一是作為我們作戰的傷亡後方補充，二是作為我們中原戰事失利後以圖東山再起的本錢。」

項少龍擊掌嘆服道：「鍾將軍此語甚合我意，到時我們渡江西征，就依你之言，以項梁為主帥，項羽為副帥，你和吳為兄就為左右二將，項伯和屈集就為我軍軍師。至於後方就交給蕭月潭老哥和烏卓大哥他們。」

鍾離昧因一席話就得到項少龍的如此賞識，封他為將，不由大是感激涕零，與吳名一起站起躬身向項少龍行禮後齊聲道：「多謝項上將軍提拔！」

項伯也起身致謝。項梁和屈集見了均都大喜，前者舉杯站起大聲道：「讓我們為將來的勝利乾一杯！」

眾人齊都舉杯歡慶。

項少龍把訓練新兵的任務給了鍾離昧和吳名二人，自己和項梁等只是偶或的去檢閱一下他們練兵情況。鍾離昧確也是個帶兵天才，他和吳起親自指導士兵練習各種作戰陣法，有用以粉碎敵人弱小兵力的方陣；有用以收縮兵力、組織環形防禦的圓陣；有用以突環和割裂敵人的錐形之陣；有用於弩戰遠射敵人蛇形之陣；有用以變換戰鬥隊形的鉤形之陣等等。

同時，鍾離昧和吳名還訓練了兵力的集中，後備的運用以及佯退、偽裝、誘敵、埋伏、奇襲等詭變之戰術。騎兵則按照五騎一長、十騎一吏、百騎一率、二百騎一將的編制，進行易戰和險戰戰況下的戰鬥隊伍排列，及進攻、迂迴、側擊、追擊、前後夾擊、奇襲、奔襲等戰術訓練。步兵又分為重裝步兵和輕裝步兵整齊有序地可變換陣法和隊形，騎兵則教兵士們要以狂猛的氣勢快捷的作戰方法攻擊敵人。

訓練場上洋溢著生龍活虎的氣氛。

項少龍見了微笑道：「鍾將軍和吳將軍的練軍之法確是教人驚喜啊！才短短一個來月的訓練已使我軍具有如此規模了！」

鍾離昧謙虛道：「這乃是上將軍人心所向的效果呢！因為有了上將軍給予的精神力量，所以才使得士兵們的訓練熱情都是高漲。」

項少龍聞言笑道：「鍾將軍也甚是懂拍馬屁之道呢！」

鍾離昧虎臉一紅，尷尬道：「末將說的只是實情，並不是拍馬屁呢！兵士們確是甚是敬服上將軍和項梁大帥的威信才受訓如此積極的。」

項少龍不想深談這個話題，轉口道：「鍾將軍對進兵之道有何看法呢？」

鍾離昧知道項少龍這是想考考自己，當下就好整以暇的道：「首先要掌握和懂得『四輕』、『二重』、『一信』等原則。

「所謂四輕就是指要做到我們作戰的地形要便於戰馬奔馳，戎馬要便於駕輪戰車，戰車便於載乘士兵，士兵便於格鬥作戰。

「至於要做到四輕就是：要熟悉作戰地形的險易，這關就可選擇戰馬馳騁的戰道了，及時的給戰馬餵飼草料，就可使戰馬便於駕車了；經常給戰車車軸添加油脂潤滑，就可使戰車便於載兵了；兵士訓練有素，作戰裝備精良，就可使士兵便於作戰了。

「所謂兩重呢，就是指對作戰勇敢的兵將要重賞厚賜，對於那些膽怯退縮者又必須嚴刑重罰。

「還有，所謂一信，就是指賞罰必信，令出如山。如能做到這一切，行軍作戰只要沒有什麼天患不測，敵我力量懸殊不大，就可讓自己成為勝利者。」

項梁聽了讚歎道：「三哥讓鍾兄弟為將，確是我軍之福啊！若是鍾兄弟為我軍之敵，那可真是我們的心腹大患了。」

項少龍瞪了項梁一眼，似是責他說話沒遮沒攔的，但自己卻也道：「鍾將軍確是為將之良才，我能得你之助又何愁大事不成呢！」

鍾離昧忙又謙讓一番，心裡卻是舒服得很。

這時突地飛來一騎，一侍衛下馳跑到眾人前躬身行禮道：「諸位將軍，項少帥已領了塞外兵馬，來到距離吳中城十里之遙的十里坡了」

項少龍和項梁聞報高興得同時跳了起來齊聲道：「快快牽馬過來，領我們去迎接他們！」

項少龍和項梁等策騎飛馳向項羽、蕭月潭領來的牧場兵馬迎去。半個時辰之後，已是遙遙可見前面浩浩蕩蕩的烏家大軍了。

想到就可見著眾位愛妻嬌妾了，項少龍心中不由一陣情緒飛揚。項梁則更是已忍禁不住的衝著還有一里多之遙的大軍邊馳邊高喊道：「喂！是桓兄弟你們嗎？我是項梁！」

項梁這一聲運足全身力氣發來，倒也確是聲音大得驚人，讓項少龍都禁不住心神為之一震，真猶如有人在耳邊大喝般似的。

對面的桓楚卻果也聽得項梁呼聲，隱隱約約的傳來回聲道：「喂！我是桓楚！梁兄弟！項大哥跟你來了嗎？」

項梁高聲答道：「嘿！他能不來嗎？三哥想念幾位嫂子已經是幾天茶不思，

飯不進！」

對面的聲音愈來愈清晰道：「幾位嫂子已經全跟來了呢！項大哥，今天你就可開懷大吃大喝了！」

互相高喊聲中，雙方已是彼此可見人影。項少龍極目望去，卻見一馬當先的桓楚身後果有一隊兵團，想來眾位夫人也定在其中了，心中不由大是激動，也高喊道：「嫣然，你們也來了嗎？」

回答的卻是趙致的聲音道：「少龍，我姐姐呢？你怎麼讓她一個人去沛縣啊？」

項少龍正不知怎麼回答時，雙方已是近在咫尺。項梁翻身下馬，與迎上來的桓楚來了個大擁抱，項少龍則是策騎默默的來到紀嫣然諸女眾中，卻見諸女均也是用一種深情的目光看著自己，只有趙致和善蘭二雙秀目略帶點哀怨之色。

蕭月潭、英布、吳商、龍且、烏卓、鄒衍等上前與項少龍打過招呼後，又皆都識趣的向項梁圍住，纏著他問起吳中現在的情形來。

項少龍翻身下了馬後，作了怪臉朝也正下馬的趙致苦笑道：「柔姐她去了沛縣接應二哥、五弟他們去了呢！我想這兩天也就要會回到吳中城來與我們會合了！」

見到項少龍苦瓜臉的怪樣，趙致「撲哧」笑嗔道：「你說的啊，兩天後我要是見不到姐姐就唯你是問！」

紀嫣然於心不忍道：「致妹，在牧原時你還天天的念叨著少龍呢，此刻見了卻如此凶巴巴的，小心嚇著少龍啊！」

趙致轉首望向紀嫣然笑道：「你也不是一樣嗎？這刻為他說好話，是不是想叫少龍今晚寵幸於你啊？」

紀嫣然俏臉一紅啐道：「你說個什麼呀？我……」

烏廷芳見狀忙打圓場道：「好了！大家誰不想著少龍啊？現在見了面應該高高興興的嘛！」

項少龍聽了感激的望著烏廷芳笑道：「還是廷芳最是體貼！這一個月來，我可不知幾回在夢裡都念著你們呢！」

說著走近烏廷芳摟住她狠狠的親了一口以作謝意，這一舉反讓得眾女都取笑起烏廷芳來，只笑得這美女粉臉通紅，像少女般的蹬了一下小蠻足，似嗔非嗔的橫了項少龍一眼。

這時項羽從隊伍後方也策騎跟了上來，在他的身後除了跟著虞姬和解秀潔二女外，還跟有滕靈、王菲等一眾少男少女。見得項少龍，滕靈已是下馬飛身投進了項少龍的懷中，親了他一口後用著清脆的童音道：「三伯，我爹爹呢？他怎麼沒有來啊？」

項少龍聞言神色一暗，真不知怎麼回答滕靈的問話，因他自己現在也不知滕翼他們怎麼樣了，當下只好胡編道：「你爹爹去抓大壞蛋去了，過兩天就會回來的！」

滕靈聽了閃忽著一雙明亮的大眼睛道：「真的嗎？伯伯不要騙我！」

善蘭這時走了過來抱過滕靈道：「不要纏著三伯了！還像孩子似的！應該學你羽哥哥那樣做個大英雄知道嗎？小孩子氣會讓人看不起的！」

滕靈聽了母親的話，頓即脫身下地，昂起胸脯道：「嗯！從現在起我就學羽哥哥做個大英雄！」

項少龍和諸女見了滕靈的童趣，都不由得莞爾相視淺笑起來。鳳菲這時走到項少龍身邊低聲道：「你信中的事我看過了，跟姬兒說了以後，她聽說潔兒是為了救羽兒而自我犧牲的，已經跟潔兒相處甚好了！」

項少龍聽了放下一樁心事，往虞姬和解秀潔望去，卻果見二女神情甚是親密，正相互咬耳說笑著什麼，而項羽則是悠然在旁笑看著風情無限的兩人。

鄒衍這時見項少龍「輕鬆」下來，走到他身旁笑道：「少龍，這次我們還帶了一千多匹良馬過來呢！又足夠裝備一支騎兵了！」

項少龍大喜道：「還是義父你想得周詳，我們吳中的新兵現在正是缺少馬匹來裝備騎兵呢！」

項羽這時也興沖沖的走過來道：「還不止呢！請爺爺還特意為我們趕製了一批精良的兵器。這下我們的大軍可以用最新最好的兵器來裝備了！」

項少龍豪興大發道：「哈！有了良馬精器相配，我們的大軍必能所向無敵！」

桓楚這時也圍了過來，大笑道：「我們有三哥這位上將軍坐鎮指揮。自然會是所向無敵啦！」

眾人正暢言談笑著，忽地又有一侍衛飛馳來報，說東城有兩位自稱是王剪上將軍的堂兄弟的漢子王翔王躍求見項少龍。

項少龍聽了心裡突地一跳。王翔、王躍？不是四弟王剪曾跟自己提過的二人嗎？自己給了四弟與此二人聯絡的信物與二哥，叫他去沛縣時請他們幫助，他們卻為何來吳中見自己了呢？難道二哥他們也回來啦？可是又為何不聽侍衛報說？這……二哥他們不會遇到什麼危險吧？

項少龍心下想來，不由大急，忙衝著鄒衍、桓楚、紀嫣然等急聲道：「走！

我們快趕回吳中城去看看！有了二哥、五弟他們的消息了！」

善蘭和鹿丹兒、趙致三女聽了神情最是激動，翻身上馬後齊聲道：「那我們快去吳中城啊！」

項少龍等在侍衛的帶領下來到郡府的會客廳時，卻見兩個三十四五許間的粗曠漢子正在陪著屈集談笑風生，在二人的下首還坐著一個風姿絕代的絕色美人，其姿色真可與紀嫣然和琴清比擬，不過卻比紀嫣然少了一份嬌豔，比琴清少了一份清純，但別有一番楚楚憐人的姿態。

項少龍鬆了一口氣，因為看這氣氛，滕翼、荊俊他們應該不會出什麼事了。

屈集見得項少龍領了這麼多有若天仙的美女進來，神情微呆了一下，但旋即自然，站了起來向在座三人介紹道：「這位就是項少龍上將軍了！」

說著朝項少龍揮了揮手。

三人見得這多美女也是各自怔了一下，那年紀較長的漢子站了起來朝項少龍等一拱手道：「在下王翔，乃是奉了滕翼兄弟的指示來吳中找項上將軍的！」

說完又指了指身旁漢子和那美少婦道：「這是舍弟王躍和弟妹劉秀雲！」

王躍和少婦也站起向項少龍等施禮後，項少龍請了眾人再次坐定，也把自己和諸女乃項梁、項羽、桓楚等介紹了一遍後向王翔問道：「不知滕二哥有話叫你們帶來轉告我們沒有？」

王翔答道：「滕兄弟叫我來告知項兄，說他們已在沛縣城裡查詢到了你派他去找的那人下落。不過此人因在當泗水亭亭長時押解一批流民、囚犯去往咸陽修築驪山皇陵的途中私放了眾刑徒，自己也糾合了幾個願意跟隨他的人躲藏在了芒碭山脈一帶，所以至今還找他不著。」

項少龍覺得王翔所說的什麼劉邦縱徒和躲藏在芒碭山諸事甚是耳熟，但可惜他並不熟悉這些歷史細節，也就不能知道劉邦現在到底藏在芒碭山脈的哪處，心下不由大是氣惱，然忽又想起劉邦在沛城有幾個叫做什麼樊噲、周勃的兄弟，不由脫口道：「他不是還有幾個兄弟在沛城嗎？可以從他們身上著手查他的嘛！」

王翔聽了大訝道：「項兄原來早就知道這些情況啦！」

項少龍知是自己失言，當下胡編搪塞道：「我只是猜測罷了！每一個人都會有幾個要好的兄弟的嘛！」

王翔點頭嘆服道：「項兄卻也猜得不錯。那人的確是在沛城有幾個要好的兄弟，不過他們的行蹤卻也詭秘多詐，竟是讓人察不出他們與那人聯絡的任何蛛絲馬跡來呢！」

項少龍聽了心下暗忖：「難道這劉邦真的是什麼真命天子命不該絕？不過我

可就不信這個邪！憑我項少龍知道這個時代的歷史的優越條件，就不信不可以把歷史翻手為雲，覆手為雨！要殺他一個尚還沒有成就什麼氣候的劉邦，又會有什麼難的呢？我定可以扭轉歷史乾坤的！」

項少龍心下暗暗大喊著，心念電閃之下，有了一整套對付劉邦的決策。

王翔已經是知道了自己要刺殺劉邦的事情，那就何不索性再派他去協助二哥他們呢？

他乃是四弟王剪的堂弟，只要自己交給他柔柔的虎頭金牌，著他到了沛城命令那裡縣令與他合作一起對付劉邦，那豈不是方便許多？

更何況依歷史事實記載，劉邦是從發動豐沛起義開始他一生爭霸天下的生涯的，只要自己控制了沛縣縣令，令他誓死抵抗劉邦叛軍，再加上自己派去人手的監視，那劉邦不死才怪！

好！劉邦，現在就再讓你苟活一段時間！

項少龍心下周詳的盤算著，臉上露出了一片讓人感覺高深莫測的笑意。

第五章　險脫危境

嗯，現實終究是人算不如天算啊！或許歷史真的是冥冥中已由天意註定了的吧！只可創造而不能改變！也或許是老天在懲罰自己想改變歷史的罪惡之心吧！竟然偏偏讓自己的親生兒子項思龍也來到了這個古代，且擔負著的歷史使命就是阻止自己想改歷史的禍心。

親生父子，因擔負著的這古代歷史不同的使命而反目成敵，這到底是命運對自己的一個怎樣慘痛的諷刺啊！項少龍的一顆心在回憶中只覺一陣一陣扭曲的抽搐著，情不能自控的閉上了虎目，讓心神慢慢的收斂了起來。

思龍殺死王躍，王翔自是不會放過他，自己雖意欲助他，但怎麼向王翔交代呢？還有，思龍也殺了那麼多的烏家兄弟，說來他與己方的這個仇結已經是到了無法可釋的地步，自己若放了他，烏家的兄弟又會什麼想法呢？

羽兒將來的天下是靠他們為作戰主力打下的啊！若因自己私放了思龍而讓雙方有了隔閡，那麼將會對羽兒將來的事業大是不利。

自己這幾年來投注的心血就是為了助羽兒成就霸業，難道就這麼為了思龍而白白毀掉麼？其實說來思龍是自己助羽兒成就霸業的最大敵人啊！若不是因為有他，劉邦說不定已經死掉了！

項少龍只覺心中湧起一股讓他對項思龍又愛又恨複雜難言的感覺。

一旁的紀嫣然見得項少龍沉默良久的痛苦神色，心下生出一片愛憐，輕輕的把自己嬌柔的軀體靠在項少龍的虎背上，低聲道：「少龍，你到底有著什麼事在隱瞞著我們呢？說出來聽聽，讓大家共同分擔一下你的痛苦好嗎？看到你這麼魂傷神斷，我們的心裡也很是難受呢！」

項少龍聞言長長的歎了一口氣，苦笑一下。這……叫自己怎麼說呢？說思龍是自己的親生兒子？他們怎麼也不會相信！唉！這內中的痛苦只能是自己一個人獨自承受的了！這也就是自己無奈的命運吧！

現在最主要的是怎樣處理思龍的事了！王翔已經自思龍留在王府侍衛口中知道了現在的王躍乃是思龍所裝扮，已派人在思龍廂房的附近嚴密監視他了，自己自是無法偷偷私放他。只要思龍硬闖出逃，那王翔和府中的侍衛定都會殂殺他，他……逃出的機會簡直是渺茫得完全不可能！對了，他的易容術不是很高明嗎？自己何不找一個身形與思龍差不多的侍衛去他房中，叫思龍易容為此侍衛，侍衛易容為思龍模樣，他不就可以逃脫出去了嗎？

但是這樣一來也有很大的破綻，因為自己從哪裡去找一個如此對自己效忠的侍衛呢？

稍有差錯就有殺身之禍，誰願冒此險？何況思龍已成為己方的一個大仇敵，更是不會有人願意幫他。管中邪！他的體態與思龍差不多，武功又好，若是讓他與思龍調包，簡直是天衣無縫！

項少龍想到這裡心裡猛的一突，精神突地從憂鬱中提升為激動緊張起來。只要管中邪願意合作，少龍就有機會逃脫了。但是事情被戳穿後，又如何善後呢？總不能叫管中邪真的為思龍代死吧！即便管中邪願意，自己也是於心難忍啊！

項少龍心裡極度的矛盾著，一時又陷入沉沉的神思之中，混然忘卻其他。

王菲帶來的警告，讓得項思龍的心情也凝重了起來，知道自己確已是身陷危境之中。

現在怎麼才能逃過此劫呢？自己殺了王翔的兄弟王躍，他怎麼也不會放過自己！就是父親項少龍也迫於形勢的種種壓力可能幫不上自己什麼忙了！廂房外面已是包圍重重，自己想硬闖出逃，根本沒有機會。

目光落在滿面哀怨、焦慮不安讓人覺著楚楚憐人的美婦人劉秀雲身上時，項思龍的心神又是一陣疼痛難言。自己要逃的話，自是不可丟下這個已是深愛著自己的美婦人了。因為自己無論出了什麼事，她都定會為自己殉情的！忽地又想起那天真可愛潑辣的小妮子王菲來，自己如果走了，她也定會很傷心的吧！

美婦人雙手緊纏住項思龍的頸脖，悲聲道：「思龍，無論如何你可也不要丟下我啊！若是再失去了你，我一個人活著又還有什麼意義呢？」

項思龍俯首輕吻去她俏臉上的淚漬，柔聲道：「放心吧！一定會帶你逃離出吳中的，只要到了沛縣，我們就會安全了！」說著眼睛裡突地射出無比堅毅的目光來，讓人感覺這世上似乎沒有什麼事情能夠難倒他似的。

婦人在項思龍的安慰之下，稍感安慰了些，但嬌軀在項思龍的懷中還是微微的顫抖著，讓項思龍感覺了心中湧生起一股堅強的鬥志來。

自己若是連一個心愛的女子也保護不住，又怎麼配去為劉邦與項羽爭奪天下呢？往後的日子比這更危險的情形還多著呢！自己一定不會坐困在這吳中城的！

我一定會有辦法逃得出去的！項思龍的心在叫喊著，暗暗握緊了拳頭。

管中邪也已耳聞項思龍身分被王翔戳穿的風聲了，心下不由大急。

這下可糟了，思龍殺了這王翔的兄弟王躍，他知道思龍還在少龍府中，把思龍抓住了，不把他砍成肉泥才怪！就是少龍也難以出面制止！

這……思龍是為了救自己才追蹤來到吳中的，自己無論如何也不能讓他受到絲毫的傷害！

更何況劉邦將來要打天下也是離不開思龍的幫助呢！

不管怎樣，管中邪頓即攜了佩劍長弓，正欲出門去探聽情形，以伺機救出項思龍時，項少龍忽地一個人來到了他的房間，見得管中邪的裝扮，知他意欲去做何事，心下一陣激動。

思龍認的這個岳父可真是對他關愛得很，竟然願冒生命之危去救他！

如此想來的同時，心下也有一陣感慨。

管中邪可真是變了許多呢！再也不像年輕時那樣私己忘他了，倒是有著了幾份長者的慈愛之心。

項少龍正默然的看著管中邪怪怪想著，管中邪已是冷冷的看了他一眼，發話道：「我是一定要去救思龍的，你若是要阻止就拔刀吧！」

項少龍聽了沒有即刻答話，把房門反手關起來後，壓低聲道：「你大叫個什麼呀？我難道不擔心自己兒子的生死嗎？只是我不能出面公然的助思龍罷了！」

說到這裡頓了頓又道：「你這樣單人匹馬的闖去救思龍，只是白白送命而已！王翔已經著人嚴密監視住了思龍的任何動靜，只等思龍被他抓住的幾名侍衛一到吳中，面對面指控思龍是冒牌王躍，那時思龍才會真正有危險！至於現在還只是王翔一人空嘴說白話，指證思龍是冒牌王躍，我們吳中的兵士們都只是在懷疑之中。若你現在冒冒失失的去救思龍，不但於事無補，反只會加強兵士們的疑心，那時監守思龍嚴密起來，思龍才真會有危險了。」

聞聽得項少龍這一番分析，管中邪精神頹然的道：「那我們應該怎麼辦呢？我們還得加緊時間設法去營救思龍哪！這……你快想想辦法嘛！」

項少龍見得管中邪的焦慮之態，忽地目光精光一閃，逼視著他道：「管兄真的為了救思龍不惜犧牲一切嗎？」

管中邪聽了想也沒想的毅然答道：「當然！思龍的生命比我的生命珍貴多了，如果可以一命換一命，我願替思龍去死！」

項少龍激動道：「好！既然管兄為救思龍抱著不怕死的決心，那我就有計策救出思龍了！」

天色漸漸暗了下來，管中邪依項少龍之計策向項思龍所住廂房行去。

剛要抵達時，忽地從廊壁後側走出兩名侍衛攔住他道：「任何人不得踏入王二爺的廂房！呂爺請回吧！」

管中邪聞言怒叱道：「項上將軍著我找王二爺有些事情來與他相商，難道你們也要阻攔嗎？」

兩名侍衛面有難色道：「這個……若沒有將軍手令，還是請呂爺回退吧！」

管中邪冷冷道：「想來你們都沒聞聽得我與上將軍的交情吧！手令？他的話就是了，不信你們可去問問他。」話音剛落，忽聽得身後傳來王翔的聲音道：「管爺要去辦事，你們也敢阻攔？是不是嫌命長了？」

說話間，王翔已是來到了管中邪身前，朝他一拱手道：「呂兄，在下屬下不知管兄乃是奉項爺的命令來辦事的，多有得罪，還望呂兄見諒一二。」

管中邪知道項少龍已騙過了王翔，使他相信自己真的已經投靠了項少龍，現在去見項思龍，乃是借用自己與項思龍舊識的身分，把劉秀雲從項思龍那裡哄出來送去東城，免得與項思龍發生正式衝突時，項思龍把她作為人質，亦或劉秀雲為項思龍殉情。心中雖覺好笑，但嘴裡還是冷哼了一聲，沒有理會王翔，逕自向項思龍所住廂房行去。

項思龍和劉秀雲二人正沉浸在一種生與死邊緣的默默感情交流時，突地房門外傳來了越來越近的腳步聲。

項思龍心中一喜，推開劉秀雲從床上躍起，提了尋龍寶劍凝神靜氣的站於門側。此時腳步聲正好在門口止住，片刻後只聽「吱喀」一聲，房門驟然被推開了，一個龐大身軀走過了房內。

項思龍看也未細看的右手尋龍劍一抖，幻起一片劍花，長劍已架在了來人脖上，同時飛起一腳輕點房門把門掩上後，低喝道：「你是誰？」

來人給弄得哭笑不得，不過也已知道項思龍此舉的用意，心下也大是讚賞，語音低沉道：「是我！」

項思龍從聲音中聽出是岳父管中邪，當即把尋龍劍收了起來，轉身朝正怒目瞪著自己的岳父躬了一身，尷尬道：「爹，我……」

管中邪看著項思龍的窘態，失笑的打斷他的話道：「好了思龍，我是來救你出去的！今夜你若不走，待得那幾個叛徒侍衛明日來到指控你就是項思龍，那你可就危險了！」

項思龍苦笑道：「可是我有什麼辦法逃走呢？外面全是監守著我的守衛，只要我爹一聲令下，我還能有逃走的機會麼？」

管中邪聽了默然道：「思龍，你不要責怪你爹，他也在為你擔心呢！只是迫於情勢，他也沒有辦法罷了！」

項思龍淡淡道：「我知道，若不是他在把這事扛著，或許我早就沒命了！唉，殺人償命欠債還錢，我殺了躍兄，應該一命換一命的！」

劉秀雲聽了滿面淒然的泣不成聲。

管中邪正色道：「思龍，你可不能洩氣啊！劉邦還盼著你回去幫他呢！若是沒有了你，他可就什麼事也成就不了了！」

項思龍聽了心裡猛地一震。是啊！如果自己死了，又有誰來阻止父親意欲改變歷史的企圖呢？不！我不能死！

項思龍虎目突地射出強烈的求生欲望，看著管中邪道：「岳父，你有什麼辦法能讓我安然逃出吳中嗎？」

管中邪見項思龍被自己一句話就點醒，心下大是高興道：「當然有啦！」

項思龍聞言喜急問道：「什麼辦法？說來聽聽！」

管中邪靜默了一陣，沉聲道：「就是用你的易容術把你變成我，把我變成王躍，隨後你再帶了劉秀雲去找你爹，他自會安排你的退路的！」

項思龍聽了心下一震，搖頭道：「不！我怎麼可以讓岳父你替我受死呢？」

管中邪搭住項思龍的肩頭，目中灼灼逼人的望著他道：「這是唯一能讓你們安然脫逃的辦法！思龍，你是劉邦的希望，姿兒也不能失去你！我呢？已經是步入中老年了，經歷了世事滄桑，對紅塵中事已了無牽掛，死去也不足惜。可是你不同，你現在的生命正是朝氣蓬勃的時候，歷史需要你！」

項思龍對管中邪的話一直是搖頭不聽，但他說到最後一句「歷史需要你」時，項思龍整個人又給呆住了，一顆心在劇痛的掙扎著。

怎麼辦？怎麼辦？歷史需要你！我……我不能如此沒有價值的死去啊！我需要活下去，阻止父親想改變歷史的野心！項思龍的內心在作劇烈的鬥爭，目光碰向管中邪威嚴的目光時，心中的固執漸漸的瓦解了，只有一陣陣錐心的刺痛。

管中邪見到項思龍的神色，嘴角露出一絲悲壯的笑意，溫和的道：「思龍，放心吧！我與你爹是有著多年恩怨的老朋友了，他不會眼睜睜看著我死的！」

項思龍不置可否的苦笑了一下，在管中邪的催逼之下，終於顫抖著從革囊裡掏出了「鬼谷子」遺留下來的易容藥，為管中邪易起容來。

盞茶工夫過去了，管中邪對著銅鏡看了一下自己現在的「尊容」，簡直與項思龍一模一樣，若不是明白自己是易了容的，還真以為自己天生就是這副容貌。嘖嘖稱奇中，管中邪又叫項思龍洗去了王躍的容貌，看著他臉上那被自己毀成的凹凹凸凸之狀，心下頓時一陣惻然。

項思龍心下也是一陣悲然，想著劉秀雲看到自己這醜陋面容不知會有何想法時，淚水不禁從虎目中流了下來。劉秀雲本也是見著項思龍的真實面貌感到心悸，但見到他竟然落淚之時，知他心中是怕自己看不起他。從腰中掏出一條白色絲帕，走到項思龍身邊輕輕為他擦拭臉上的淚痕，低聲道：「思龍，你放心吧！無論你是什麼樣子，秀雲永遠會跟在你身邊的！」

項思龍聽了心下一甜，拉過劉秀雲柔嫩的小手輕輕的吻了一下。管中邪見了二人的聊聊我我之態，忙促聲道：「思龍，你快點吧！時間長了會引起王翔他們懷疑的！」

項思龍聽了心神一斂，對著銅鏡熟練的為自己易容起來，不多一會兒，已是活脫脫的變成管中邪了。

劉秀雲見了「撲哧」一笑道：「思龍，你的易容術真可稱得上是巧奪天工啊！連我都看不出什麼破綻來呢！」

項思龍用變聲之法變成管中邪的聲音道：「多謝弟妹的誇獎！」

管中邪見項思龍說話的語氣和神態簡直跟自己一模一樣，不由大是滿意開懷，知道如此定可瞞過王翔的眼睛，只是自己雖可模仿思龍的神態動作，聲音可變不來，忙問項思龍道：「對了，思龍，你的聲音是如何變來的呀？」

項思龍聽了當下又說了變聲口訣與管中邪知道，待他學會運用後，二人又換過衣飾，這一下可真是不知情者絕難以分出二人的真偽了。

管中邪心下大喜的提起項思龍的尋龍劍凌空一陣揮舞時，項思龍忽地心下猛的一震，原來他發現管中邪手下的膚色與自己大是不同，一老一嫩，若是細心者必可看出，當下叫管中邪停住舞劍，又為雙手易裝了一番。

管中邪讚服道：「思龍的心思真是慎密如髮啊！這下可再也沒有什麼破綻了吧！」

項思龍這時心下卻又是悲痛起來，怔怔的看著管中邪不言不語。管中邪見了甚覺快慰無限，能得婿如此，確是自己此生大幸！心下想來，緊握了項思龍的雙手，語氣沉著平靜中滿是深情的道：「思龍，只要你能好好的待姿兒，認真助邦兒，我就足以含笑九泉了！你好好去吧！」

項思龍眼角一陣發漲，熱淚又不由自主的流了下來，忽地猛的一把緊抱住了管中邪，全身抽搐著，使管中邪也受了他感情的感染，緊緊的抱住了他。一旁的劉秀雲則是看得秀目通紅，情不自禁的跟著流下淚來。

管中邪輕輕的推開項思龍，聲音混啞的道：「思龍，去吧！堅強的去做自己想做的事！若是我此次能大難不死，我會去找你們的！」

項思龍勉強平靜下情緒，沉重的點頭道：「岳父，你定要活著去見我們！」

與管中邪依依作別後，項思龍昂首激憤的攜著劉秀雲出了房門，平靜下情緒，學足管中邪的傲慢派頭，目光厲嚴的掃視了一眼暗處隱隱晃動的人影，心中充滿了仇恨之意。

王翔！若是我岳父有什麼閃失，我定會把你碎屍萬段！項思龍心中暗暗的詛咒著。

二人走得距離剛剛離開的廂房百步之遙時，滿面喜色的王翔忽地竄了出來，迎向項思龍，一雙眼睛上上下下的打量了好一陣，沒看出什麼問題來後，衝著他笑道：「呂兄果也神通廣大呢！竟然能說通那小賊放出弟妹來！對了，你們在房中說了那麼久，到底在談些什麼呀？」

項少龍心下對他甚是仇恨，聞言冷冷道：「我管某做任何事情是不是都要向王兄報告呢？」

王翔自聲音語氣上沒聽出什麼破綻來，心裡當下放鬆了一大截，忙陪笑道：「呂兄這是那裡話來？小弟只是敬佩呂兄的口才，隨口問問罷了！」

說到這裡，目光威嚴的瞪了管中邪身後的劉秀雲一眼，冷聲道：「秀雲，明天你還是回東城去吧！這裡不大適合你住了！」

劉秀雲心下猛震，一雙秀目求助的望向項思龍，卻見他不動聲色的道：「這個項上將軍自有安排，不勞王兄費心了！對了，若無他事，管某要去向上將軍回覆了！」

王翔對眼前這「呂公」對自己的冷淡態度雖是心下氣惱，但自己卻領教過他劍法的厲害，知他乃是一個相當難惹的角色，目光閃過一絲怨毒之色後笑道：「這個小弟就不多打攪呂兄了，呂兄去忙吧！」說完朝項思龍拱了拱手。

項思龍卻是看也沒看王翔一眼，領了劉秀雲傲然闊步的向父親房中走去。

乍然見得易容為管中邪的項思龍，項少龍微微愣了一下，要不是他早知道眼前這「管中邪」乃是項思龍裝扮，還真會以為是管中邪轉回了。

抱著不知是什麼心情的感覺對項思龍笑了笑，默然的示意他坐下。寂然了好一陣後，項少龍才開口道：「思龍，你恨爹嗎？」

項思龍看著眼前這讓他愛恨交加的父親項少龍，聞言神情木然的點了點頭後又搖搖頭，顯出他現刻對父親項少龍的複雜感情來。

項少龍見狀自是體會得出項思龍的心情，苦笑了一下後又道：「或許是命運在作弄我們父子倆吧！讓我們因各自肩負的歷史使命之不同，而處在敵對的位置上。唉，此次一別，不知我們再次見面的情形又會是什麼樣的？」

項思龍一直沉默著，此刻突然發話，沉聲道：「自然還是處在敵對位置上！只要歷史一朝大局未定，只要我們二人還都活著，就會一直處在這種位置上！因為我們兩人誰也不能改變對方的意志，這就定格了我們悲劇的命運！」

項少龍覺著兒子項思龍的語氣中辛酸裡透出一股陰冷的恨意來，痛苦的閉目沉思了好一陣後緩緩道：「定格的悲劇命運？嗯，入木三分的描述！思龍，希望你能好好的把握劉邦，他是一個成功者！」說完自嘲的笑了笑。

項思龍覺著父親項少龍在這一刻似是突地蒼老了許多，知道他痛苦的心情，忽地有著一種衝動湧上心頭，他好想對父親說，劉邦乃是自己的親弟弟，乃是他的親生兒子！但是自己說出了這個秘密後結局又會怎樣呢？父親會放棄他苦心經營多年的心血嗎？

但是……但是若父親對其他人說出了劉邦將來成為天子的秘密，歷史豈不是還是在難以預料的結局之中？這……自己到底該怎麼辦呢？難道與父親的對敵真的是一條不歸之路？項思龍想著這些，痛苦得心下一陣陣的抽搐著，長長的歎了一口氣後，項思龍忽地轉過話題道：「爹，我求你一件事情可以嗎？」

項少龍對兒子的這聲親切呼喚，心中升起暖意，柔聲道：「說吧！只要我能辦得到的，我一定會盡力而為！」

項思龍遲疑了一下後道：「我希望你無論如何都要保住岳父的性命！」

項少龍聞言呆了呆，沉吟了一番後毅然點頭道：「我答應你這個請求！」

項思龍聽了頃刻雙膝跪地，朝項少龍叩了三個響頭後，滿面淒然的激聲道：「不孝兒先謝過爹了！」

項少龍心下一陣慨然，忙上前扶起項思龍，雙目濕潤道：「龍兒，你走後可要多多的保重自己啊！」

項思龍也是悲然道：「爹爹你也多多珍重！」

看著這一敵對父子淒然別離的情景，劉秀雲心中也是一陣傷感湧上心頭。

父子二人摟抱在一起良久，項少龍推開兒子輕輕道：「明天我就安排你和秀雲去東城，現在王翔大隊的人馬都已來到吳中，東城已是勢薄。劉邦也已派人到東城找尋你們了，只要你到東城與他們連絡上，你一定可以安然抵達沛縣的！好好的去助劉邦，讓我們父子倆在這時代的歷史裡大顯身手一場，也不枉老天派我們來這時的重托！」

項思龍凝重的點了點頭，朝父親投去一束感情複雜的目光。

有愛！有恨！有感激！也有尊敬！

「管中邪」要離開吳中城了，紀嫣然等心下都是大鬆了一口氣，不過也甚是訝異少龍為何讓他護送劉秀雲去東城，難道是為了支開「管中邪」，避免與他朝朝見面而彼此尷尬難受？

只有滕翼似是看破其中內情，目中顯出也不知是悲還是喜的神色，走到「管中邪」身前沉聲道：「管兄，祝你一路順風了！」項思龍對這與自己幾度交手的中年漢子甚俱好感，緊握了一下他的雙手也道：「滕兄，也祝你與項兄一起開創美好大業！」

滕翼異樣的笑了笑道：「彼此彼此啊！」

項少龍聽出二哥滕翼話中有話，似是已知道「管中邪」身分似的，忙走過來插口道：「好了，時間不早了，管兄你還是趁早上路吧！」

項思龍知道父親怕自己被這些曾與管中邪有過深交的「老朋友」們看出什麼破綻來而催促自己快起程，當下朝眾人拱了拱手道：「諸位！咱們後會有期

情的眼睛，心下一陣震顫，忙別過頭去，目光不敢與她相觸。

劉秀雲掏出絲帕，輕輕的為王菲拭去額上的汗珠，憐愛的道：「菲菲，你怎麼也跟來了？」

劉秀雲這話恰是項思龍極想問王菲的問題，聞言又轉回過頭往王菲望來，卻見王菲緩了口氣後，嬌臉上忽地浮現一片紅潮道：「還不是為了追……追他！」說著飛快的纖手一指項思龍。

項思龍心中一震。糟了，王菲既已知道自己的身分，那王翔他們豈有不知之理？這……自己等可得快些趕路，否則王翔他們也會追上來了！

正如此想著，王菲似知道項思龍心中擔憂似的，又接著道：「你們在出吳中之前，我……我無意中聽到了你和項伯父在房裡的對話，所以就在你們走了之後，偷偷的跟了出來。我沒有跟任何人說！」說到最後兩句時特別加重了語氣，似是生怕項思龍不相信她似的。

項思龍聽了這話，稍稍安下了些心，但知道王菲這一偷跑出來，在吳中定會惹起軒然大波，說不定真會懷疑到自己頭上。但事已至此，自己也不好責備她，何況這小妮子是因對自己一往情深而……想著不置可否的苦笑了一下問道：「你偷跑出來之前，有沒有留書告知什麼人啊？」

王菲忐忑道：「我……我寫了個留言條給嫣然阿姨，說我也跟了你們到東城來了。」

項思龍聞言歎了口氣道：「希望她不會因此懷疑我是奸！否則……」

王菲忽地打斷他的話道：「即便嫣然阿姨知道了，她也不會說出去的！她只是會去問項三伯這到底是怎麼回事罷了。」

項思龍聽了虎目突地朝王菲一瞪道：「那你定是告知了她我的身分對不對？你還說你沒有跟任何人說過？」

王菲嚇得秀目淚水盈盈，委屈道：「我是沒有跟嫣然阿姨說什麼嘛！我……我只是這樣猜測罷了！」

劉秀雲見了項思龍的凶態，忙拍了拍王菲的酥肩嬌叱道：「思龍，菲菲說的是真的呢！嫣然姐……她的性格我也略略瞭解一些，不會隨便把猜測的話說出來的！」

項思龍也覺語氣太重了些，但又拉不下面子向王菲說些道歉的話，只是默默的低下頭去不再言語。王菲見了項思龍的神色卻是知道他自認理虧了，芳心一甜，也垂下嬌首默然無語起來。

劉秀雲抬頭看了看天色，打破沉寂道：「思龍，天色已是不早了呢！我們找個鎮集投宿吧！」

項思龍聞言也舉目向天際望，卻果見西方的天空已是一片血紅，太陽已是不知何時落下山頭了，當下點頭道：「嗯，記得前面不遠有個叫作富池鎮的地方，我們就趕去那裡投宿吧！」

二女聽了當下上了馬車，項思龍也翻身上馬，在夕陽的餘輝中向前面的鎮集進發。

第六章　狹路相逢

來到叫作富池鎮的鎮集時，天剛黃昏。這鎮集似乎還因戰亂沒有降臨到它的頭上而顯得熱鬧。街中隨處可見來往悠閒的行人，叫賣聲也不時傳入耳中，街頭小攤也比比皆是。

王菲把頭探出車窗之外，見著對面有一賣冰糖葫蘆的老婦，忙喊過她來，買了兩串，又偷眼看見騎在馬上英氣煥發的項思龍，當下又加買了一串，對著他把冰糖葫蘆一晃，嬌聲喊道：「你吃不吃啊？」

項思龍正微笑搖頭時，王菲已是翹起小嘴巴把冰糖葫蘆朝他拋甩了過來，害得項思龍伸手去接時差點從馬背上摔了下來。

王菲見了「咯呼」一陣嬌笑，把頭縮回車廂。

項思龍邊咬著冰糖葫蘆邊四下尋找著客棧，突地幾個熟悉的身影落入眼簾，讓他心神猛地一震。

啊！似是自己安排在王翔府內的幾個侍衛！他們還沒有被押到吳中？心下想來，再次細目望去，果見正是經自己易了容安插在王府中的幾個侍衛，他們正被二十幾個王府侍衛押解著往一家「大眾客棧」行去。

心念倏地一動，忙跳下馬背走到馬車車廂窗口叫出了王菲，附在她耳邊低語一番後，也牽了馬匹向那家「大眾客棧」走去。幾個王府侍衛正在客棧店主的指引之下教眾人押解囚徒回房休息，乍然見得劉秀雲和王菲二人，忙面露喜色的上前向二人躬身行禮後，其中一侍衛恭聲道：「二夫人和小姐怎麼也來這家客棧投宿？你們不在吳中的嗎？現下是回東城啊？」

劉秀雲笑道：「嗯，大哥著我先回東城住下！對了，你們為何也出來了？」

那侍衛憤憤答道：「項思龍那賊混進我王府，現在又跑去了吳中！王大爺著我們押解那小賊的幾個同黨前去吳中指認項思龍，所以我們也出府了。」

劉秀雲點了點頭道：「那你們可得好好看管那幾個犯人噢！別叫他們逃了！」

侍衛連連應「是」，忽地怪怪道：「二夫人，你感覺在吳中的二爺是不是項思龍那小賊裝扮的？」

劉秀雲聽了俏臉一紅，但旋即冷聲叱道：「你問這個幹什麼？只管做你的本份事情就是了！」

侍衛受責，當下再也不敢亂問，只是衝那店主又喝道：「給我家夫人和小姐準備兩間上房！」

店主連連應「是」，屈身向二女作「請」的姿勢，領了二人往樓上行去。項思龍向二人使了一個眼色後，也向一個店夥計道：「給我預訂一間上等客房！」說著取出一錠足有十兩重的銀錠塞到店夥計手裡又道：「先給我上一桌上等酒菜來！餘下的銀子賞你了！」

店夥計知是遇著了財神爺，滿面堆笑的連向項思龍打恭作揖應「是」後，退了下去為他準備酒菜去了。王府的幾個侍衛見項思龍出手闊綽，不由得打量了他幾眼，但被他目中所流露出的威勢所懾，忙都又別過頭去。幾人在一店夥計的領路之下，邊走邊嘀咕道：「你猜二夫人有沒有與那假王二爺親熱過？」

另一人邪笑道：「我看有啦！連大爺都看不出假二爺的破綻，二夫人也定看不出，在那幾日裡定被項思龍那小賊占盡便宜！」

又有一人道：「那你又猜猜那夫人與假王爺親熱會是什麼姿態？」

邪笑的那人道：「這個你去問二夫人去呀！我怎麼知道！」

聲音越來越弱，聽得項思龍心下惱火之極。這幫傢伙看著秀雲時定動過邪念，老子今晚定要好好的教訓他們一頓！

正想著，店小二已唱喝著道：「客官，你所要的酒菜來了！」

項思龍聞言心神一斂，忽地又掏出一錠銀子偷偷的塞進店小二手中，拉過他低聲道：「只要你幫我查出剛才那幫人所住的房間是哪幾號房，這錠銀子就是你的了！」

店小二見這錠銀子又是足有十兩之重，忙眉開眼花的對項思龍躬了一躬，也低聲道：「這個大爺請放心，小的會包您老滿意！」說完歡天喜地的辦事去了，心裡卻是樂翻了天的忖道：「哇！我今天是碰著財神爺了！一打賞就是十兩銀子！」

項思龍待得小二退了下去後，一個人自斟自酌起來，心下卻是在盤算著如何殺了那幾個背叛了自己的侍衛以殺人滅口，為岳父管中邪減去一樁麻煩。就是這時，客棧門口又進來了兩個體態威猛，濃眉粗目，手足寬大的漢子。

只聽一人笑道：「灌嬰兄此次意欲去吳中投靠項梁他們嗎？」

另一人也粗笑道：「食其兄難道不認為項梁他們最有發展前途嗎？楚國上

將軍項燕之後，提出的口號又是以恢復大楚以宗旨，他們可算得上是王者之師啊！」忽地又壓低了聲音道：「聽說當年威震七國的項少龍上將軍就是他們背後的統帥呢！」

先前那人道：「不過我看沛縣起義的劉邦，也是一個雄才大略的人呢！他雖然出身是一介市井流氓，不過他的一批手下可也全都是些有真才實學的人，連當年在陽武博浪沙刺殺秦始皇的張良也對他甚是賞識呢！」

項思龍聽到這裡已是內心狂震。什麼？岳父張良與邦弟碰過面了？不知他是否還在邦弟軍中？還有曾盈、張碧瑩、曾範他們也不知是否與岳父張良在一起？

對了，灌嬰？食其？這二人不都是邦弟將來為他打天下的兩員大將嗎？

心下想來，當即舉目仔細往二人望去。

卻見那叫灌嬰的漢子一雙虎目閃閃有神，年紀在三十許間，身材高大壯碩，只比項思龍略矮少許，穿的雖是副文士裝束，但若換上武將戰甲，必是威風凜凜的猛將。酈食其身材雖是高大，但略顯瘦弱單博，臉上的顴骨也略嫌過高，削弱了他鼻柱挺聳的氣勢，一雙眼睛卻是顯出此人是個智者的光采，也是一身文士裝束，不過與他的氣質甚是相配得很。

二人似是覺察到項思龍在注視他們，朝項思龍微微點頭一笑後，向已下樓來的店主走去，那叫酈食其的漢子道：「店家，請為我們準備兩間上房。」頓了頓又道：「對了，先給我們也準備幾樣小菜和一壺酒！」

說著遞了一塊碎銀給店主。

店主正待去為二人叫小二準備酒菜時，項思龍站了起來，對二人一拱手道：「二位若不嫌棄，就請過來一起坐坐，隨便述述如何？」

二人微微一愣後，酈食其道：「這個……在下等怎麼好意思打攪兄台呢？」邊說著邊也細細打量起項思龍來，但看他身上散發出的一股威武氣勢，就感覺到項思龍乃是一個不簡單的人物。

項思龍聞言笑道：「四海之內皆朋友，二位兄台就不要推辭了吧！」說著轉頭向自己打賞過銀子的小二道：「給我多添兩付筷子和柄子來，還有再添兩壺酒和加幾樣小菜上來！」

那店小二此時把項思龍當作自己的財神爺了，聞言當即笑臉應聲去辦。

二人這下再也不好意思推辭，忙對項思龍拱手道：「那在下等就打攪兄台了！」說著二人走近項思龍桌旁，推凳坐下，店小二這時也剛好取來酒杯、筷子和四樣葷素相雜的菜餚。

項思龍敬過二人兩杯酒後，詢問道：「方才二位所談的張良不知現在何處？在下乃是他的朋友，不知可否相告？」說完滿臉期待之色。

灌嬰聞言斂神問道：「不知兄台到底與張良兄是何關係呢？」

項思龍早知二人會問起自己底細，當下好整以暇的壓低聲音道：「二位可曾聽過倉海君之名否？」

灌嬰和酈食其聽了博浪沙刺殺秦始皇的事蹟，早已傳遍天下，雖是沒有成功，但天下間的英雄豪傑哪一個不佩服二人膽色？

酈食其再次向項思龍拱手道：「原來是倉海兄，在下二人多有失敬，還請海涵一二！」說完端起酒杯道：「來！讓我敬倉海兄一杯！」

項思龍陪喝了後，又接受了一杯灌嬰的敬酒，再次問道：「在下與張良兄已是有多年未曾見面了，還望兩位能悉告張兄下落，讓在下好去尋他敘敘舊情。」

灌嬰搖頭道：「我們也只是在彭城偶遇得張良兄，他那時在找一個叫作項思龍的少年，聽說沛縣的劉邦與那項思龍是結拜兄弟，所以去沛城尋找劉邦去了。我們也不大清楚他現在的下落。」

項思龍聽了失望中又有一絲激動，想不到岳父竟然出山找尋自己來了，但不知盈盈、碧瑩她們……想到這裡又問道：「兩位兄台可見得張兄身邊有否兩個少女？」說著把曾盈和張碧瑩二女的容貌描述了一番。

鄺食其閉目沉思了一番後道：「張良兄身邊少女倒是有幾個，不過不曾注意著你所說的兩人。」

項思龍又是失望的喃喃自語道：「她們到底去了哪裡呢？唉，不知不覺分離已是有半年多了！」

灌嬰和鄺食其不知他心中有什麼感懷，皆都沉默不語起來，項思龍回神後見了二人神態，不好意思的笑道：「嘿，在下忽地想到些瑣事，倒是冷落二位了。來！我們喝酒！」說著舉杯一飲而盡。

酒過三巡之後，項思龍已是略略有些醉意，想到今晚自己還有得要事要辦，於是向二人臉上微紅的苦笑道：「在下不勝酒力不能相陪了！二位請自行慢慢飲用吧！」

灌嬰倒也當真不客氣連喝了兩杯後，帶著酒氣的粗聲粗氣道：「倉海兄，你這次找張良兄又有得什麼驚天動地的計畫嗎？小弟倒是甚想跟著你們去幹它一番大事業呢！」

鄺食其倒是旁敲側擊的道：「張良兄說他對當今起義反秦的眾多義軍中，他較看好的是沛縣的劉邦，不知倉海兄又有何看法？」

項思龍知道岳父張良說這話，定是受自己與劉邦結交為兄弟的影響，當下微笑道：「我雖然沒有見過沛縣的劉邦，但我相信張良兄的話詞。剛才我聽得二位欲去吳中投靠項梁他們是嗎？」

酈食其點了點頭道：「不錯！項梁他們乃是楚國將族之後，號召影響力都定會很大，聽說他們才短短舉起反秦義旗二個來月，就已有四五萬人投靠他們了。至於陳勝王他們目前形勢已是江河日下，而且他們軍中的將領大多都是目光短淺，剛愎自用，不能聽大度之言，無禮賢下士之風的人，因此在我眼中覺得他們到底是不會有什麼發展前途，甚至會潰散的烏合之眾。沛縣的劉邦呢？據聞他乃是一介市井流氓之輩，在我眼中也沒有什麼多大的發展潛力。」

項思龍聽了他這一番侃侃而談的分析，不置可否的笑笑道：「二位可知我剛才自吳中回轉來？」

灌嬰當即緊張道：「那倉海兄對項梁的吳中軍有何觀感呢？」

項思龍沉吟了一番後道：「項梁的關中軍確是一支訓練有素的軍隊，他們也確有著巨大的號召力，要不然我也不會從東海萬里迢迢趕去吳中想投靠他們了。不過任你是良馬還需伯樂來識，在下去他們軍中只是給委任以一個小小的侍郎，所以……嘿，在心灰失望之中偷跑了出來。想我倉海君在東海隱居了那麼多年，原本是重出亂世之中有得一番什麼作為，想不到……空有滿腹經倫而至英雄無用武之地啊！」

話中滿是滄桑悲觀之意，頓了頓又道：「既然張良兄去了沛縣到劉邦那裡碰碰運氣，我也想去那裡湊湊熱鬧了！」

灌嬰和酈食其聽了項思龍這一番話也是大失所望，滿面喪氣之色，心中均忖道；「連倉海君這樣曾名震天下的英雄人物去項梁軍中都得不到重用，自己二人更乃是一介默默無聞之輩，定是也沒得什麼前途了！」

心下想來，灌嬰言詞閃忽的喏喏道：「在下二人……也……也想跟著倉海兄去沛縣的劉邦那裡湊湊熱鬧，不知倉海兄願意我們二人與你同行否？」

項思龍聞聽得此言，頓時心下大喜，見二人果被自己這一番偽詞給騙個正著，當下連連點頭道：「二位兄台都是有識之士，願與在下同行是我的榮幸呢！怎會不同意呢？」

灌嬰與酈食其聽了臉上露出歡欣的笑容，同時起身舉杯向項思龍道：「那就先謝過倉海兄了！」

項思龍飲了杯中之酒後，又與二人客套一番，在與二人拱手告辭回房中。招過那自己叫他去探聽王府侍衛房間號碼的小二問道：「事情辦得怎麼樣了？」

店小二唱了個喏道：「嘿，爺吩咐小的去辦的事，小的自是認真辦好了！」說著遞給項思龍一塊破舊布塊道：「爺！全定在這上面了，每間房幾個人都清清楚楚！」

項思龍甚是滿意的又打發了他一錠銀子警告道：「決不可把這事洩與第二個人知道，懂了嗎？」

小二邊伸手接過銀子，眼睛笑成了一條縫的邊作揖道：「這個小的自是曉得，我若是洩了爺的機密，定叫我老媽沒地方生出我來！」

項思龍聽了笑罵一句，回房暫且休息去了。

項思龍在房中床上按《玄陰心經》心法靜坐了一會後，估計約莫是二更天，換上了夜行服，攜了夜行的一些必備工具，再用一塊黑布蒙了面，只露出一雙眼睛，悄無聲息的按店小二提供的資料向王府侍衛的那一排廂房行去。

突聽得一聲帶著倦意的聲音低沉道：「兄弟，我去撒泡尿，你小心點看守住這幾個傢伙，不要被他們給逃了！」

另一人漫不經心的道：「放心吧，我們有二十幾個兄弟，他們跑得了麼？何況他們的肩井骨也已被戳，武功廢了，叫他們跑也不敢跑啊！」

先前那人邊走邊笑罵道：「你可不要太粗心大意了，要是有他們的同黨來把他們救走了，我們可要吃不了兜著走！」

說話漫不經心的那人厭煩道：「好了好了，你快去尿尿吧！總是囉嗦個什麼，現在幾更天了?有什麼鬼影子啊！」

要去撒尿的那人也沒再與他爭，「蹬蹬蹬」的去了，不知找什麼地方撒尿去了。

客棧再次回歸靜寂，項思龍躡手躡腳的緩爬到剛才發話的那間廂房房頂，輕輕的拿開一片瓦片，卻見自己的那幾個侍衛死老鼠般的橫七豎八的倒躺在地板上都睡著了，門口處有一個三十幾許正在打著瞌睡的王府侍衛守坐著。

項思龍自腰間革囊裡掏出了一把飛刀，縱身躍下房頂，變作那出去撒尿的侍衛的聲音道：「開門，我回來了！」

房內那侍衛聞言，邊開門邊訝聲道：「飛仔怎麼這麼快就尿完了？」

項思龍啞聲道：「老子就在這附近找個地方尿的嘛！」

邊說著已是閃身進了房內，快若閃電的把飛刀架在了這侍衛喉間，低沉道：「不要說話！給我老老實實的坐回去！」

房內其中有假寐著的侍衛見了大喜，一下子坐了起來，驚喜的搖醒了其他睡著的侍衛，一時眾人都睜大眼睛呆呆的看著項思龍。

項思龍又憐又惱的掃視了一眼眾人，這時門口又突地響起了那出去撒尿的侍衛哼哼呀呀的聲音，項思龍忙揮手招過一個看似孔武有力些的侍衛把飛刀交給他，用手勢示意他看守住這又驚又怒的王府侍衛，自己則站了起來又變聲道：「飛仔，怎麼去了那麼長的時間？」

那門外叫飛仔的侍衛咧咧道：「老子尿多長時關你屁事？快點開門！對了，房裡的那幾條『死魚』沒事吧？」

項思龍口中邊說著「沒事」邊緩緩開了門，待得那侍衛探頭進入房內一半時，項思龍的飛刀已是架在了他的喉間。那飛仔極度驚恐下卻也乖巧，一語不發的進了房內。

項思龍看了看兩名又驚又怒的侍衛後，低聲道：「把開他們腳鏈手鏈的鑰匙拿出來！」

飛仔顫聲道：「這個……鑰匙在我侍衛統領王勇那裡，我們沒……沒有啊！」

另一個侍衛也連連點頭道：「這……這是真的！我們……沒有鑰匙！」

項思龍瞧了二人神色，也知他們沒有說謊，正不知怎麼辦才好時，門外突地傳來了一陣哈哈大笑道：「果然有人跟蹤我們？哼，你已經被我們包圍了，快快出來投降吧！」

飛仔聞言臉上露出喜色道：「是我們統領王勇！」

項思龍這時心下也是暗暗驚急，想不到這群侍衛中還有王勇這般心機深沉的角色，看來自己今晚得大開殺戒了！心下想來頓即也冷哼一聲道：「憑你們這麼幾個小角色，想叫我投降？可得拿出點真功夫來讓我瞧瞧！」

說著心中一狠，手中飛刀一閃，兩名被挾持的侍衛已被他飛刀劃破喉嚨，連叫也沒來得及叫出聲，就已倒地死翹翹了。

房中的一眾囚徒驚呆了，這種利索的殺人手法他們還是平生第一次見到。

項思龍見眾人神情，陰冷的朝他們怪笑了一下後道：「你就是王勇吧？給我聽著，你們若是敢硬闖這房間，我就把這裡面的人全給殺了！」

房內和房外的人聽了這話齊都是大吃一驚，房外的王勇氣焰似是頃刻軟了下來，沉聲道：「閣下到底是誰？聽口氣你不像是項思龍那小賊一夥的人！那你為何要插手此事呢？」

項恩龍陰聲怪氣的道：「我是項思龍的拜把兄弟，你們此次押他們去吳中的目的我全知道，你想想我是為何插手此事吧！」

屋外的王勇驚聲道：「什麼？你是劉邦？那你們到底有多少人跟來了？」

項思龍聽出他話中的疑懼，當下故意誇大其辭道：「這裡整座客棧都在我們人馬的包圍之中！哼，我看你們還是四下逃命去算了，免得送死！」

王勇沉默了一會後緩聲道：「閣下可否出來談話？龜縮在房裡算個什麼英雄呢？」

項思龍知這小子聽出了自己話中的破綻，不過自己終是要與他們面對的，打開房門昂首走了出去道：「你以為我會怕著你們不成？」

客棧這時大半的宿客都被驚動了，不少膽大者出了房門來圍看熱鬧，也有膽小者在房門這探頭探腦。項思龍不經意的看見灌嬰和酈食其就在這群人中，不過可以看出他們對王勇他們沒得好感些，或許是因為聽得他們罵劉邦是小賊，而他們現又意欲去投靠劉邦，所以愛屋及烏吧。王菲和劉秀雲這時也聞聲趕了來，二雙秀目均都擔憂的看了項思龍一眼後，劉秀雲朝那王勇道：「王統領，到底發生什麼事了？」

王勇朝二女躬了一身後，有點愧急的道：「……稟夫人，有賊黨來劫囚徒！」

劉秀雲聞言佯裝作惶怒道：「賊黨有多少人？還不快去把他們給全抓起來？要是那幫囚徒被賊黨抓走了，你可擔當不起！」

「天殺式」一出，那些侍衛停住了射箭，身形往後暴退，駭極的望著項思龍。

項思龍也不蓄意追殺，走到那王勇身前冷冷的道：「現在輪到閣下你了！拔劍吧！」

王勇此時已是對項思龍的高明劍術和強狠殺氣心生寒意，見得項思龍來到身前，竟是不由自主的往後退了兩步，旋即被王菲的冷哼之聲驚覺自己的失態，臉上一陣青一陣白的站定後，突地「鏘」的一聲拔劍發狠道：「誰怕你了！」說著長劍抖出一片劍花，身形跟著劍勢前衝，完全是一派與項思龍拚命的以硬打硬的攻擊。

項思龍不屑的冷笑一聲，「破劍式」又是隨意而出，王勇的拚命強猛攻勢如泥牛入海般被全部化解，且項思龍劍法的餘勢又向他已是顧暇不及的左側擊至。王勇心頭狂震之下，左手衣袖中倏地彈出一把貼臂綁著的短劍，向項思龍就快刺至左腰的利劍格去。

「噹」的一聲劍碰之響中夾雜著「颼颼」飛針之類的輕微破空之聲。王勇嘴角浮起一絲隱隱的陰笑，項思龍則是驚怒之極，劍勢急轉向那些帶著藍光的有毒飛針展開天羅地網的「乾坤式」，只聽得「叮叮叮叮」一陣飛針與劍相碰的連響。王勇想不到項思龍還有如此精妙劍法，目中凶光一閃，右手長劍在項思龍運劍格針的同時電閃而出，向項思龍的頸脖劈去。

眼看著項思龍就要挨上王勇這凌厲一劍，千鈞一髮之際，只聽得在旁遠觀的灌嬰冷哼一聲，手中飛射出兩把飛刀往王勇長劍碰去。

「噹噹」兩聲清脆金屬磕擊之聲響起，王勇手中長劍已是被震偏。項思龍此時已是悉數擊落飛針，驚魂稍定之下，大怒已極的發出了「雲龍八式」中最具殺傷威力的「旋風式」，只聽得「咔嚓」一聲，王勇已是來不及慘叫出聲，軀體已被項思龍長劍像方才劈門一般給砍成了兩半。

王菲和劉秀雲早就欲驚叫出聲，這時終於忍噤不住尖叫著相擁在一起，但音中是帶喜意。

圍觀眾人見著此等酷烈之戰也都各自驚叫四散回房，只有灌嬰和酈食其還是沒走，冷冷的看著項思龍。

王勇的一幫所剩未死的武士，見得主將如此被人家硬劈兩半而亡，哪還有得什麼鬥志，頃刻嚇得屁滾尿流的作鳥飛獸散。

項思龍也不攔殺，想起自己剛才格擱王勇左手暗劍中射出的飛針時，灌嬰曾出手救過自己，當下走到灌嬰面前抱劍拱手的啞聲道：「多謝壯士方才出手的救命之恩！」

灌嬰想著項思龍出手似乎太過狠辣，冷冷的看了他一眼後，淡淡道：「舉手之勞不必言謝！但是閣下方才出手似乎比那王勇還要狠啊！把人劈成兩半太慘無人道了吧！」

項思龍神色一黯，也甚覺自己剛才火氣大盛，以至難以收手，當下長歎了一聲後道：「在下的手段是過狠辣，但還不會失之光明磊落。其實說來在這個弱肉強食的年代裡，你如狠不下心殺了敵人，敵人就會反過來殺了你，戰場上更是如此。方才的救命之恩在下當銘記在心，日後就會圖報！」

說完又朝二人施了一禮，往關押那幫「死魚」侍衛的廂房走去，卻見幾人已是嚇得縮成一團，顫巍巍的看著面帶殺氣的項思龍。

項思龍見了這幾人熊樣，心下惱恨之中又生憐意，冷冷道：「你們幾個叛徒，現在是我動手還是自盡？」

項思龍在這去吳中一行，心性已是大變，深深懂得了要想助劉邦打天下，就必須不擇手段自保的同時，要除去一切不利於自身安危的敵人，因為如若他死了，父親項少龍就可在這時代為所欲為，那時歷史就會被父親改變，自己的使命也就無法完成。

我是一個軍人，生命是屬於維護國家安全的！我絕不能讓父親想改變歷史的企圖得逞！哪怕要大義滅親！這個理念已經深深的在項思龍心中形成。

那幾條「死魚」聞聽得項思龍之言，全都臉色煞白，其中一個侍衛慘嚎一聲，提起地上王府裡死去武士跌落在地上的長劍，向項思龍絲毫不成章法的撲去。項思龍長劍輕輕一架，格開對方沒有多大勁道的長劍，同時飛起一腳踢在他的小腹上，那人頓時慘叫飛起，軀體「咚咚」的一聲跌落地上，嘴角滲出血絲。項思龍見了心下惻然，但還是不得不狠下心腸冷聲道：「垂死掙扎是沒有用的！想想你們那時是怎樣向項思龍宣誓效忠的？現刻卻為了苟活而背叛了他，你們實在是該死！」

說著自腰間拔下幾把飛刀扔到每人身前又道：「我說過我不想親自動手殺你們，你們還是自盡吧！不過在你們臨死之前，我可以告訴你們一個秘密。」

說到這裡壓低聲音道：「我就是項思龍！」

幾名「死魚武士」一聽，頃刻驚駭的睜大了雙目，其中一個忽地發出一陣哈哈大笑道：「我的確是該死！不過現在卻死得瞑目了！」

說完拿起地上的飛刀向自己心臟猛地刺去，竟是強忍著沒有慘叫出聲，嘴角含笑而亡。其餘幾個此時臉上也都顯出了平靜之色，跪身向項思龍施了一禮後齊聲道：「屬下等罪該萬死！」

說完，全都效法先前武士以飛刀刺心臟而安然死去。

項思龍目睹著這些曾與自己一起出生而死的武士一一被自己逼死，心中也是一陣刺痛。

自己為什麼不可饒過他們呢？他們臨死前已是悔過自新了呀！我……我這到底是在做些什麼？如此下去，我的人性會不會變得凶殘起來呢？

唉，殘酷的現實啊！我……

項思龍看著眼前的慘景怔怔的發愣著。

第七章　鬼冥雙怪

客棧死了這麼多人，嚇得連膽都快要破了的店主，為了脫嫌，鼓起了幾份勇氣去鎮裡的衙門報了官。但那些官兵聞聽得刺客身手那麼高，也都來了店中只是搬走了屍體，清理了一下店中殘亂之象，而不敢去找尋那些店中宿客。

翌日清早，一些怕事情給惹到自己身上的膽小者，早早就「偷跑」出了客棧。項思龍起得床來「訝異」的看著這店中沉悶之景時，灌嬰和酈食其也已起床，見著項思龍臉上的異色，灌嬰似有疑心的問道：「倉海兄昨晚怎麼睡得那麼香呢？店中發生了什麼事情你不知道嗎？」

項思龍尷尬的搖了搖頭道：「在下練有一種枯木禪功，一旦發功修練就會混然忘卻其他，全身進入一種有若死亡的虛幻至靜境界，昨晚剛好發練此功，所以……」

酈食其打斷他的話笑道：「原來倉海兄練功如此之勤啊！難怪當年就能一舉將幾百斤重的大鐵錘拋之百十丈之外！」

項思龍聽出他話中帶刺，知二人對自己心生疑念，竟是單刀直入的道：「二位今早是怎麼了？對我說話都如此話藏玄機似的，難不成二位對我突地有什麼隔閡不成？」

聞聽得項思龍如此坦率之語，灌嬰和酈食其臉上同時一紅，前者嘿嘿的笑了兩聲道：「這……小弟等怎會對倉海兄有什麼隔閡呢？倉海兄不要誤會了，我們只是好奇你對昨晚發生了那麼吵鬧的事竟然還能充耳不聞罷了，原來倉海兄卻是因練功所至。嘿……小弟等多有失禮了！」

後者端詳了項思龍神色老半天，見他甚是平靜一臉坦城，當下也乾笑道：「倉海兄真的不要誤會了，小弟等心中確對倉海兄沒有存什麼隔閡，只是昨晚發生的事情讓我們感覺離奇，我曾暗察過這客棧中的人物，除了倉海兄一身武功，會有那蒙面刺客如此之高外，除你之人難是那王勇之敵，所以……唉，小弟等真是以小人之心度君子之腹了，還請倉海兄多多見諒一二。」

項思龍聞言爽朗笑道：「這乃是合情合理的推斷嘛！要是我昨晚身臨所發生

的事情之境，不見著二位人影，或許也會懷疑到二位身上呢！」

三人釋懷的一陣放鬆大笑後，項思龍笑著問道：「昨晚客棧裡到底發生了什麼事？」

灌嬰聽他此問，當下繪生繪色的把他昨晚所見的事情說了一遍，最後皺眉苦臉問道：「倉海兄對那蒙面客手段之辣，有何感觀呢？」

項思龍見自己又胡編亂說的獲得了二人的信任，心下大是鬆了一口氣，沉吟了一番後道：「這年代的確是個以武制武，以暴制暴的年代，那刺客身為劉邦的參將，奉命行事自是要乾淨利索，不至留下什麼後遺症，政治的鬥爭是殘酷的，有時不能以人道作為衡量的標準，劉邦乃天下不可一世的雄材，自是不得不讓手下不顧手段的去排除異己了。」

說到這裡，笑了笑又道：「當然，我不敢說那刺客做法的對與錯，但若是我身處其中的話，說不定也會如此做來。」

灌嬰和酈食其聽了臉上都顯出對他這番話的沉思之色，前者歎道：「那依倉海兄之言，這刺客是沒有做錯了？但我心中卻總是不能釋然呢！唉，政治的鬥爭難道真的是如此殘酷嗎？」

項思龍也是語氣慘澹的道：「天下群雄爭霸，將要發生的慘景還將不止如此呢！戰爭帶給人民的災難才最是深重的！」

灌嬰和酈食其聞言，軀體均都震了震。氣氛一時陷入沉默之中。

良久，酈食其才緩緩道：「希望天下群雄爭霸至後，將是一位明君主道天下了！」

項思龍心中甚是悲郁，聞言卻是心念一動道：「或許張良兄選擇佐劉邦之舉，將是明智選擇吧！」

酈食其訝道：「倉海兄此語何意？」

項思龍道：「想那劉邦自身乃是出身於貧賤之家，身受的經歷自是能體察出貧民百姓的疾苦，要是由他主道天下，將是天下黎民百姓之幸也！」

酈食其和灌嬰沉思著連連點頭，然就在這時突地傳來劉秀雲和王菲的驚叫之聲。

項思龍心中大震而起，往發聲處急衝過去，身形疾如閃電，讓得灌嬰和酈食其驚訝之中也忙跟身衝了出去，跟著項思龍疾奔至發聲處。

卻見劉秀雲和王菲正跟二個長髮散披，面容醜怪的老者慘烈的打鬥著，並且二女身上都已見血，顯是負傷。

項思龍心中又驚又怒，大喝一聲道：「住手！」

隨著項思龍的一聲暴喝，場中打鬥四人倒真給停住了，劉秀雲和王菲悲吟嬌哭著向項思龍奔來，正意欲投向項思龍懷中，突又見得接踵而至的灌嬰和酈食其二人，忙頓住身形，因為二人猛的記起了項思龍昨晚對她們的告誡，要彼此裝作素不相識的樣子。

那兩個怪老者，目中精光一閃的投向項思龍，其中一個忽地指著項思龍笑道：「我還以為是這二個小美人的小老公來了呢？原來卻也是個比我們還要醜的大老鬼！老大，你看這醜老鬼是兩小美人的老爹啊，還是他想作個護花使者，想泡那兩個小美人？」

那老大怪眼連看了項思龍兩眼搔頭道：「我看是小美人老爹！」

那老二的道：「我猜他是想泡妞！」

老大搖頭道：「不是！他是老爹！」

老二跺腳道：「沒錯！他是想泡妞！」

老大搖頭道：「我是老大，自是我說了算！」

老二毫不示弱的怪叫道：「我也曾做過老大，你這老大是我上次賭輸了才讓你做的！」

老大氣惱道：「你不服氣啊？那我們現在再賭一把，誰贏了誰做老大！」

老二接口道：「非常贊成，誰輸了誰就是老二！」

老大拉了老二道：「那我們去問問他！」

老二敲了一下老大的頭道：「你這笨老大，你這樣去問他？他會告訴你麼？」

老大苦臉道：「那我們應該怎樣去問他？」

老二又敲了一下老大的頭道：「你這笨老大，你難道沒見過官老爺審問犯人嗎？」

老大這次還老二一記敲頭道：「你幹嘛總是打我？我自是知道我們應該怎樣去審問他！」

老二訝問道：「你想出什麼辦法來了嗎？」

這次是老大又敲了一記老二的頭道：「這還用問嗎？笨蛋，自然是用你想出來的官老爺審訊犯人的方法把他抓起來呀！」

這二個醜怪老者瘋瘋顛顛的一說一和，似是根本不把項思龍放在他們眼裡。項思龍被他們氣得哭笑不得，怒瞪著他們的眼睛。

二人走到項思龍身前在他四身周圍轉著打量了他一遍後，老大率先發言道：「醜老鬼，你是那兩個小美人的老爹吧？」

老二卻是婉聲道：「醜老鬼先生，你是想泡那兩小美人妞吧？」

項思龍卻是喝道：「都不是！我只想揍你們兩人，竟敢在光天化日之下調戲良家少女！」

老二忙道：「那你就是路見不平囉？」

項思龍沉聲道：「不錯！」

老二忽地喜道：「老大，你輸了！」

老大愣道：「我怎麼輸了？他說兩樣都不是哩！我們誰也沒有輸誰也沒有贏，我還是老大！」

老二辯道：「他說他是路見不平，拔刀相助是不是？」

老大道：「是！」

老二又問道：「這種英雄救美的現象，大半是英雄想泡美人是不是？」

老大道：「是！」

老二哈哈大笑道：「他想揍我們是英雄救美的現象是不是？」

老大道：「是！」

老二拍掌道：「那你現在就是輸了是不是？」

老大還是張口道：「是！」

老二拍了拍項思龍的肩頭，向他深深躬了一聲道：「謝謝你醜老鬼先生，你這次終於讓我贏回了老大的位子！嘿！我已經輸了九百九十九次了，也就是讓老二當了九百九十九天的老大，這次終於報了一箭之仇，我終於可當一次的老大了！」

老大這時發覺自己中了老二的奸計，忙把頭搖得像潑浪鼓似的道：「不算不算，這次不算！」

老二瞪眼道：「為什麼不算？你親口說過你是輸了呀！輸了的就得做老二，不准賴帳的！」

老大眼睛骨溜溜的轉了兩轉後道：「可是我們賭前的先決條件是抓了這醜老鬼來問話的呀！我們現在抓住他沒有？」

老二道：「沒有。」

老大又道：「沒有抓住他，他說的話能不能算數？」

老二道：「不能！」

老大喜得突地放了一個響屁道：「這就是了，他說的話不能算數，那我怎麼會是輸了？」

老二張口結舌的突地轉向項思龍怒罵他：「你……你這醜老鬼，剛才為什麼不被我抓著答話呀？」

項思龍正被二人給說得有點昏頭轉向了，聞言笑道：「你剛才沒有叫我給你抓著嘛！」

老二點頭道：「是啊！我方才沒叫你給我抓著，現在補說一遍行不行？你被我抓住以後我們再把先前的話重說一遍行不行？」

老大這時忙也道：「醜老鬼先生，只要你不依老二之言，我傳你一樣絕世武功。」

老二卻道：「只要依我之言，讓我贏這一次，我教你二樣絕世武功。」

老大瞪了老二一眼道：「我傳你三樣並且外送一件絕世兵器。」

老二惶急道：「我把我所有的武功都傳給你，我所有的兵器任你選。」

老大發恨道：「我不但我所有武功所有兵器都給你，並且把我一身的功力全輸給你。」

老二臉色發青道：「我也一樣，並且把我的兩個孫女兒送給你做老婆。」

老大雙目發紅道：「我把我的三個孫女兒送給你做老婆！」

老二這時渾身一軟的哭腔道：「可惡，我為什麼就比老大你少了一個孫女呢？」

老大這時擦了擦滿頭汗水，得意洋洋道：「所以我可以永遠做我的老大！」

王菲這時嗤笑道：「瞧你們這兩個老鬼長得這麼醜，你們的孫女一定長得好不到哪裡去！我項……人家要不要你的孫女還是兩個字呢！」

二老者聞言同時跳了起來道：「我們的孫女長得醜？比你還要長得漂亮呢！你知不知道我們為了改良我們的後代，所選的兒媳婦孫媳婦都是傾國傾城的大美人？我們剛才要抓你們，就是要你們去做我們阿毛孫子的媳婦，像你這樣的還算得上比較漂亮的小美人，生出來的小鬼還會很醜嗎？」

王菲脫口道：「當然不會啦！」

但話剛出口就覺自己失言，頓時羞得俏臉通紅，芳心劇跳的偷瞟了項思龍一眼後，將嬌首深埋在劉秀雲的懷中，再也不敢與眾人對視。

二老者聞言均是咯咯怪笑，老大道：「老二，看來這小丫頭願意做我們的孫媳婦呢！你剛才為什麼出手傷了她？」

老二搖頭道：「我沒有傷她呀！是她自己傷著自己的。」

老大道：「你會不會自己傷自己？」

老二道：「不會！」

老大「嘿」了聲道：「這就是了呀！只有笨蛋傻瓜蛋才會自己傷自己，你看我們未來的孫媳婦是不是笨蛋傻瓜蛋？」

老二道：「自然不是！」

老大大叫道：「這就是你傷了她嘛！還不快去看看我們乖孫媳婦的傷勢？」

老二應了聲「是」，真的一臉關切的向王菲她們走了過去。

項思龍橫身阻住他道：「二位前輩，我看你們還是不要為難兩位姑娘了吧！」

老二怪眼朝他一瞪，沒好氣的道：「你是老大的乖孫女婿又不是我的乖孫女婿，我為何要聽你的話？快快讓路，要不然你爺爺就要揍你了！」

項思龍氣往上湧的冷聲道：「那在下就向兩位前輩討教兩招了！」

說完手中長劍帶鞘虛式一晃，就欲拔劍相見。老二見了哈哈笑道：「老大，你這孫女婿可還真有點骨氣呢！」

老大道：「老二，可不要傷著了他，否則我找你算帳！」

老二應聲道：「這個自是知道的了，或許我的兩個孫女到時也看上了他，那他就也是我的女婿呢！我又怎麼捨得傷了他呢！」

老大道：「你知道就好！」

項思龍瞧這兩個怪物遊戲人間的瘋態，知道二人可能是像現代武俠小說中所寫的什麼不可理喻的隱世高手，倒真怕得他們搶了二女去給他們那叫阿毛的孫子做孫媳婦，當下心念一動道：「我有個辦法可以讓你們今天的賭局分出高下來。」

二老怪物同聲興奮又緊張的道：「什麼辦法，說來聽聽？」

項思龍稍稍摸熟了他們的脾性，故意面露難色道：「這個辦法不能讓第四人知道，否則就不靈驗了。」

二人又同聲道：「那你說怎麼辦？」

項思龍神神秘秘的壓低聲音道：「自是讓我們三人找個沒有人的地方就得了。」

老大道：「這還不簡單，待我們把這客棧裡所有的人都殺了，那不就沒有第四人了嗎？」

項思龍和客棧所有聽到他們這話的人齊都嚇了一大跳，想不到兩位老怪物把殺人當兒戲。

項思龍忙道：「這樣不好，殺光了這客棧的人，豈不要連那兩個要給你們孫子阿毛作小媳婦的小美人也給殺了？」

二老聞言你瞪我我瞪你的同聲道：「是啊！還是乖孫女婿聰明！那你有什麼

兩全其美之策沒有？」

項思龍搖頭又點頭道：「你們說現在是分出你們賭局輸贏重要，還是給孫子找孫媳重要？」

二老想也沒想的道：「自然是分出賭局勝負重要！孫媳婦可以以後再找的嘛！」

項思龍心下直笑道：「這就是了，我們三人不如去找個荒無人跡的深山，我再說出可以讓你們分出勝負的辦法好不好？」

二老側頭想也沒想道：「也好，那我們現在就去找座荒無人跡的深山吧！」

項思龍道：「你們先去找到了位置，再來這裡找我行不行啊？」

二怪物中的老二疑道：「要是你偷跑了怎麼辦？不成不成！」

項思龍忙大拍馬屁道：「憑你們二位的絕世神功，要找我這小子還不是輕而易舉嗎？嘿，二位前輩是不是沒有什麼真正大本領的吹牛皮的人物啊？」

這一招又讚又激將的招數倒也真是管用，二老聞言怪眼一翻道：「誰說的？即便你真的溜了，就是到天涯海角我們也要把你給揪出來！嘿，這天下間還沒有什麼事能難得倒我們鬼冥雙怪的！」

二人話剛說完，項思龍只見眼前人影一閃，已是不見了二個老怪物的人影，心下不禁一驚，暗忖道：「這到底是什麼身法？竟然如此快捷！鬼冥雙怪？難道他們真是什麼鬼魅不成？」

項思龍正如此怪怪想著，鄺食其已是驚叫出聲道：「鬼冥雙怪！難道是百多年前就已讓江湖武林風雲色變的地冥鬼府的人？」

項思龍訝道：「食其兄難道知道他們的來歷？」

鄺食其臉上驚懼之色未褪道：「那乃是東周戰國時期顯王即位時的一個亦正亦邪的教派組織，地冥鬼府的鬼冥王據說有一身武功已達到深不可測的不死之境，他的一身鬼神功已練到了魔道的至高境界，可以讓人死後還生，以至使生命達到生生不息之境。

「後來因鬼冥王愛上了顯王的大女兒水月公主，而顯王卻不願自己女兒與邪教人物通婚。於是顯王和鬼冥王因此而展開了一場空前的慘烈鬥戰，鬼冥王殺死了顯王派來刺殺他的一切高手。

「最後一戰顯王親自掛帥領了百十多個高手和五千多名精兵欲鏟平地冥鬼府。鬼冥王力敵一百多名高手而不敗，但因水月公主阻止冥王殺死顯王，反被顯王的天地烈陽子午神功震碎心臟。

「重傷之下，鬼冥王攜了已是身懷六甲的妻子水月公主狼狽而逃，顯王見鬼冥王已被自己擊成重傷，料定他活不成了，於是也便沒有追殺鬼冥王。

「這一戰顯王死傷慘重，地冥鬼府也因鬼冥王失蹤而煙消雲散。江湖中人自此也以為鬼冥王死了，也漸漸淡忘他了。

「但在秦始皇追求長生不老藥期間，聞聽得鬼冥神功可以讓人的生命達到生生不息之境，於是便下令大批高手找尋鬼冥王的遺蹤，因為他深信鬼冥王攜妻逃走，而他妻子水月公主因有身孕必有後人在世，不料果也被他找個正著，但派出去的高手都只是說見到了兩個怪物而神經失常。

「秦始皇死後，這一年多來便再也沒有傳出什麼尋到鬼冥王後人的消息。但依剛才二個怪醜老者的言談和他們所施的身法，很有可能是傳說中鬼冥王的後人。」

項思龍聽得驚心動魄，又奇聲問道：「食其兄怎麼知道這段秘聞的？」

酈食其笑道：「我父酈瑜當年曾認識一位秦始皇門下被派往去找鬼冥王後人的清風道長，是他告知我爹的。那清風道長現已成為個瘋子了。」說到最後一句臉色倏地一暗，似是對那清風道長曾有著幾多感情而感到悲哀。

項少龍亦也感到一陣惻然，但忽又問道：「如果這鬼冥雙怪真是鬼冥王的後人，那他們這次竟然明目張膽的現身，你猜他們有什麼企圖呢？難不成真的是為他孫子找孫媳婦？」

灌嬰笑道：「我看這雙怪有些神經錯亂呢！莫不是練功走火入魔不成？」

酈食其卻是臉上神色突地一沉道：「倉海兄此次難道真的在此等那兩個怪物不成？」

這時已走上前的劉秀雲急聲道：「這怎麼可以呢？恩……恩公為了救我們而被那兩個怪物纏上的，就讓我來為恩公赴約好了！」

酈食其心下訝然，想不到一個弱質女子竟也有如此膽色，正待發話，項思龍已是道：「這個不必了！」

說著又轉向灌嬰和酈食其拱手道：「在下對二位兄台有一個不情之請，不知二位曾應允否？」

二人聞言同聲道：「倉海兄但說無防，只要我們二人能做到的，一定鼎力相助！」

二人本以為項思龍是邀他們共同對付那鬼冥雙怪，打算豁出性命去也要助項思龍一把，不料項思龍卻道：「那就是請二位保護這兩位姑娘，帶她們一起去找張良兄。」

說著從革囊裡掏出魚腸短劍遞給酈食其又道：「你把此劍送給劉邦，他必會重用二位，當然這個中的緣由留待之後再向你們解釋吧！」

酈食其疑惑道：「倉海兄難道認識劉邦？」

項思龍苦笑著胡編道：「不是，此物乃是劉邦岳父呂公交給我之物，在下與呂公日前相識一見投緣，所以他把此劍交給了我，叫我拿此劍去見劉邦必會被他重用。現在……嘿，在下與鬼冥雙怪之約，生死未卜，所以把此劍轉交給二位兄弟。」

酈食其和灌嬰聽了同時激聲道：「這個……倉海兄你……。」

項思龍淡然自若的笑笑道：「生死由命，二位兄台與在下也是一見投緣，我知二位也乃是心懷大志之人，不若就拿了此劍去劉邦那裡碰碰運氣吧！在下祝你們會有好運！」

一旁的劉秀雲和王菲見項思龍騙人都不需要眨眼睛，心下雖暗覺好笑，但想起他待會與鬼冥雙怪的預約是凶是吉還是個未知數，均都笑不出來也覺心中沉重淒然，淚流滿面的咽咽道：「恩……恩公，你……」

項思龍知道二女心中所想，走上前去正色的逼視了二女一陣後，柔聲安慰道：「兩位……姑娘，隨著二位兄長去吧！他們會照顧你們的！他日若再有緣，我們再次相見！」

灌嬰和酈食其見得二女神情，心下怪怪的暗忖道：「莫不是倉海兄的英雄救美之舉真的深獲了兩位姑娘的芳心不成？嘿，不過瞧倉海兄威武不拔的英姿，確是有著一份會令少女著迷的成熟魅力呢！」

二人雖是知道這兩位少女是已死去的王勇他們一夥，但對這人見人愛的兩個美女卻是並無絲毫反感之心，當下朝二女笑著看了一眼後道：「二位姑娘放心吧，倉海兄吉人自有天相，想當年他與張良兄一道刺殺不可一世的秦始皇而仍是沒事，這次的鬼冥雙怪也定耐何不了他的！」

二人口中雖是如此說著，但臉上卻也是忍不住的顯出幾份憂鬱之色來。

劉秀雲和王菲這時心中的苦楚可真是無以用筆墨來形容之，剛剛與項思龍一道逃出危機四伏的吳中，這刻卻又要分離，且不知別後有否重見之日，一時均是淚如湧泉而下，都甚想撲進項思龍懷中痛哭一場，但又怕得項思龍責怪，只得均都強忍著這種強烈的衝動，使至嬌軀都禁不住的微顫起來。

項思龍見了一陣默然狠下心腸道：「諸位，鬼冥雙怪去了一個多時辰了，說不定就快回轉了呢！你們還是上路吧！」

灌嬰卻是突地湊到項思龍耳邊低聲道：「倉海兄，那兩位姑娘似是對你一見鍾情呢，你難道不去安慰她們一下嗎？」

酈食其也湊過來低聲道：「倉海兄，你看那兩位姑娘如此悲苦，還是去慰藉她們一番吧！」

說著拉了拉灌嬰道：「我們迴避一下好啦！」

灌嬰和酈食其一離開，劉秀雲和王菲已是終於忍不住雙雙投入項思龍懷中，嬌軀不住的均都抽搐著，口中更發出低低的啜泣之聲。

項思龍長歎了一口氣，憐愛的輕扶著二女烏黑的秀髮，心中也只覺一陣淒然悲苦湧上心頭。

三人靜默著溫存了好一會後，項思龍終於柔聲道：「放心吧！我一定會活著回去見你們的！這熱鬧的世界我還沒有去瞧個遍呢！我又怎麼會捨得死呢！何況還有我心愛的秀雲和菲兒在等著我回轉去親她們呢！」

劉秀雲和王菲這時都已顧不及對項思龍的非禮話兒感到嬌羞，前者幽怨的低聲道：「思龍啊！若是沒有了你在身邊，秀雲會再也感覺不出活在這個世上有得什麼意義了！」

聽著這美婦人發自肺腑如此深情的話語，項思龍心中一陣激蕩，輕吻了一下二女柔嫩的臉蛋後道：「我會讓我的兩個美麗老婆成為這世上最幸福的女人的！嘿！我還要讓你們為我項家傳宗接代呢！」

就在這時，突地傳來了一陣怪叫聲道：「乖孫女婿，我們找著了個好地方了！你在哪裡呀？快隨我們去吧！」

項思龍聽了心神猛地一震，推開二女惶聲道：「糟了！鬼冥雙怪回來了！我去應付他們，你們二人隨灌嬰、酈食其二人去沛縣！」

說著又從革囊中快捷的取出兩張人皮面具道：「你們到了沛縣見到劉邦後，取出這兩張面具給他看，他自是會照顧你們了！兩位乖乖不要哭，在沛縣等著我回來與你們相見。」

說完猛一轉身，對二女淒切的呼喚充耳不聞，頭也不回的衝出房門，幾個閃身衝至正在有些惱怒大喊大叫的鬼冥雙怪身前道：「二位前輩，在下方才只是在房中小息一會兒呢！我說過在這裡等你們的，又怎會失言呢？」

鬼冥雙怪見得項思龍果也沒有開溜，均都怒氣全消，臉上現出欣然之色。老大拉著項思龍笑顏逐開道：「好乖孫女婿，果然有膽有識，配作我的孫女婿！咱們走吧，距離這裡四百多公里的胡陵縣有座通天湖，湖中心有座通天島，那通天島四周全是鯊魚，絕對沒有半個人影，我們三人就去那裡吧！」

老二也連道：「對對對，快走快走！」

項思龍聽了心下卻是驚駭不已！四百多公里！來回就是將近九百公里，這鬼冥雙怪二人竟在短短的二個多時辰之內就跑了個來回，這……這到底是什麼鬼功夫嘛？心下想來，當下忍不住問道：「你們二老去了那通天島，這麼快就趕回來了嗎？」

老大似是知道項思龍心中驚駭，得意中卻又苦臉道：「要不是被我那幾位孫女纏著我們問你的情形耗去了我們半個多時辰的時間啊！我們早就趕回來了。嘿！我們三個丫頭聽了我對你的介紹後，對你甚是生出興趣，要我把你帶給她們瞧瞧。此次你被她們看上的可能性很大呢！唉，為了這幾個丫頭找老公啊，我都忙碌了幾年了，不然我又怎會出我們那神仙島呢？這次總算心願或許將了了。」

老二忙道：「你可不能獨吞這小子，他是我們一起發現的，看也要帶給我的兩個孫女看看！跑了這麼多年，我也跑累了呢！」

項思龍不置可否的笑笑，心下卻知道自己這下可有得麻煩了，不知道有何法可以脫得這兩個老鬼物的糾纏！

二老見項思龍不言不語，一臉苦色，同時怒叱道：「小子，你是不是在想著我們的孫女會很醜啊？告訴你，她們可都是天仙般的美女，世上難找的絕色美人呢！要不要當年母親令我們必須親自為子女孫兒孫女選老婆老公，讓她們自己出得江湖中來的話，不知會有多少王孫公子會被她們迷得神魂顛倒呢！我們看上你呀，是你前生修來的福氣知道嗎？不要打什麼鬼主意想逃，你就是逃得沒在了這個世上，我們也會把你找出來的！」

說完二人一人拉住項思龍的一手，身形同時一閃，項思龍頓覺眼前的景物都變得很小似的，所有的空間都給縮在了一塊，事實應該走很遠的路程，竟在二老怪一步之間就給跨了過去，心下駭然之極的想道：「自己是不是被他們給帶進了地獄裡，為何現實中所有的事物都變得如此之小？」

老二見了項思龍臉上駭異之色邊奔邊道：「小子，想不想學這『縮地成寸』的絕學啊？嘿，只要你作了我們的孫女婿啊，我們就把我們所有的絕技都傳給你，包括我們的至高武學『鬼冥神功』。」

項思龍聽了這話，頓知酈食其的猜測果然不錯，這兩個老怪物真是鬼冥王的遺腹子，心下頓時也不知是驚是喜，只覺思想有些木木然的。

自己要是學了地冥鬼府裡的全部絕學，那麼就可使自己的武法達到至高境界，將來助劉邦成就大業也就容易多了。

但是要自己作鬼冥雙怪的孫女婿，這……自己已經有了曾盈、張碧瑩、玉貞、呂姿、秀雲、王菲等等，還有一個死纏著自己的劉氏，又怎可再娶這鬼冥雙怪的五個孫女呢？

自己哪有這麼多精力去應付那麼多女人噢！唉，還是父親項少龍說得對，齊人之福有時也確是令人苦惱非常的。

項思龍正如此怪怪想著，鬼冥雙怪的老大忽道：「小子，你現在的這副面容其實並不是你的真實面目吧？我從你的呼吸和心跳聲測出你的年齡只有二十幾歲。嘿，你這手巧奪天工的易容之術是從誰那裡學來的？是不是鬼谷子那老鬼傳教你的？」

項思龍聞言心中一震，脫口道：「你老認識『鬼谷子』前輩？」

老大哈哈笑道：「這老鬼當年曾與我兄弟有過數面之緣，功夫不算入流，但一門奇門遁陣和一手易容功夫確稱天下無雙。這老鬼整天的沉迷於鬼卜神算和求道登仙的鬼把戲中，是個脾氣很怪的老頭啦。

「不過真的說來，他與我們還算是同門師兄弟，因為他師父鬼靈王與我爹鬼冥王乃是同門師兄弟，二人因脾性不和，這鬼靈王不願在我們地冥鬼府裡幹事，而是隱居在了什麼深山大澤中修練由鬼入仙的道法，後來收了個徒弟鬼谷子，沒有學得我師伯真功夫的五成啦。

「倒是那些機關玄學兵法卜算之類的被他學了個十足十。對了，小子，你師父鬼谷子現在在哪裡隱居著啊？」

項思龍黯然神傷道：「我見到他時，他已經早就仙逝了。我……只是得到他手錄的記名弟子。」

鬼老大聽了微微一怔，但旋即又哈哈大笑道：「好！想不到這老鬼這麼早就得道成仙了！」

頓了頓又道：「小子，也不要難過，你既是這老鬼的記名弟子，也就是我們師侄，我們會好好傳你武功，為你師父作為沒有親身教你武功的補償的。嘿，我們的『鬼冥神功』可比他那『玄陰心經』厲害多了。只不過我們『鬼冥神功』乃是修道成仙的練功法門。但說起在這現實中實用價值較大的自是我們的『鬼冥神功』啦！」

項思龍對他這話可是越聽越玄，覺得自己幾乎是在聽一個帶著神話色彩的武俠故事，但看看身旁真實存在的鬼冥雙怪和他們現刻所施展的什麼「縮地成寸」的絕技，又覺自己確實是置身於這神話色彩的武俠故事。

不置可否的笑笑後，項思龍又怪怪的想著，這古代真的有什麼修道成仙的武功麼？

那麼當年的秦始皇追求了那麼多的不死之藥，請了那麼多的練術道士以求不死之道，但為何最終還是死了呢？

忽又突發奇想的暗忖，要是秦始皇真的練成了是什麼樣子呢？由這位不可一世的暴君執政下去，世界會不會也有被他統一的可能呢？

思忖間，忽聽得鬼老二歡呼道：「終於到了通天湖了！」

項思龍聞聲心神一斂，舉目望去卻見眼前的通天湖浪濤洶湧澎湃，浩翰無邊，說是湖，其實跟大海差不多。鹹腥腥的湖風迎面吹來，讓得項思龍眉頭一皺道：「二位前輩……噢，兩位師伯，通天島到底在哪兒呢？怎麼看不見啊？」

鬼老二道：「在湖中心呢！還有一百來公里遠！」

項思龍頭痛道：「那……這麼大的浪濤，又沒有船隻，我們怎麼去那通天島啊？」

鬼老大笑道：「這個師侄你就不用擔心了，我們自有辦法去通天島的！」

說完突地發出一聲尖厲的聲音，不多久，卻見一群鯊魚破浪而來，待得牠們到得湖邊時，鬼老飛身掠向其中一隻鯊魚露出水面的背脊，朝項思龍笑著揮揮手道：「上去。」

「什麼？我……這……牠們……」

鬼老大拍了拍他的肩頭笑道：「不用怕，牠們全都是被我們馴服了的。」

說著已是提起項思龍的衣衫飛身向湖中的鯊魚群掠去，跨坐在其中一隻鯊魚背脊上，大喝一聲道：「小的們，向通天島出發！」

這些鯊魚似是聽得懂他的話似的，全都很有隊型的排開，龐大的身軀破浪一轉，掀起幾十丈高的浪潮，但下跌的浪潮卻是似被什麼擋住了似的，自然而然的向兩旁湖水中落去，二人身上竟是滴水未濺。

項思龍知道這是鬼老大所發出的強大內勁氣流在二人四周上空形成了一堵堅實的氣牆所致，心中不由對這鬼冥雙怪的武功更是駭異起來。

就是現代的一些武俠小說裡所寫的什麼「九陰真經」、「乾坤大挪移」等等神功，也沒有這鬼冥雙怪的武功厲害呀！

難道中國古代裡真的有現代武俠小說裡所寫的那樣厲害的武功，只是到了現代都已經失傳了？

項思龍愈想愈覺得自己此次的際遇甚是玄之又玄，在這古代已是將近兩年了，他以前所見識的武功都在他心目中還可以接受，但是這刻他覺得像是在夢境一樣毫不真實。

項思龍正神遊虛空般的想著，突聽得鬼老二大叫道：「前面就是通天島了！」

項思龍尋聲望去，卻見在這大湖中央有一座色澤通紅的小島突現其中，似是還有著屋宇宮殿，自己胯下的大鯊魚正若火箭騰空般的向那小島馳逼進。

抵達小島岸邊時，卻見島上已是站滿了來迎接鬼冥雙怪歸來的人群，其中有幾位正歡聲雀躍的少女確是引得了項思龍的注意。

卻見她們全是一身紅色羅裙，與這島上的顏色渾然一體，個個都是美貌絕代，當真可以與王菲、劉秀雲比美，但在她們身上卻似多了一份奔放狂野的個性，一個個美目都火辣辣的射向項思龍，項思龍渾身都有點不自在起來。

鬼老大攜著項思龍飛身上岸時，那群少女立即圍了上來，衝著鬼老大嘰嘰喳喳的同時，更是毫無顧忌的打量著項思龍，美目中熱情裡都似綻出了笑意。

也確是，想當年管中邪可也是一個可以迷倒眾豔的英俊漢子，現在雖已是四十多歲，但由於他練氣習劍，使得武功達到大成之境，所以看上去還是只有三十幾許，反更增幾份男性成熟的感覺，試問有哪個女人不喜歡呢？

項思龍裝扮起管中邪來，威武英猛中帶有現代人特有的氣質，更是瀟灑，自是也更能讓女人為他著迷啦！更何況這英武漢子是眾少女的兩位爺爺為她們精挑細選的夫婿呢！

項思龍被眾少女看得俊臉泛紅，唯唯諾諾的想說什麼卻又似不知如何啟口。

鬼老大見了卻是老懷大開的望著項思龍笑道：「小子，你似已過關了呢！嘿，這下我可也有得清靜了！這一兩年來我帶了二十幾個英俊少年來這裡，我的這幾個孫女都看不上眼呢！只要你啊幫了我這個大忙，你需要什麼我都給你的了！」

項思龍頭大如斗道：「可是……師伯，我只是來幫你們二人解決賭局的呢！」

鬼老大道：「唉，這……反正我是老大，不解決這賭局也無所謂的了。選孫女婿才是大事呢！」

鬼老二似聽著了這話，急衝到了眾人叢中喝道：「不行不行，這賭局我們一定要解決！哼，我已經做三年老二了，其實我還比你早生幾個時辰呢！」

老大怪眼一翻，撿了項思龍和鬼老二的手，飛身離開眾少女，低聲道：「老二，我們做個交易怎麼樣？」

鬼老二道：「什麼交易說來聽聽！」

鬼老大一指項思龍道：「他現在已經被我的幾個孫女選中了，你要是願意取消賭局，我就把他借給你的兩個孫女，讓他也娶了她們。否則，你就再一個人去找個孫女婿來吧！」

鬼老二臉色一愣道：「他怎麼就註定是你孫女婿啦？」

鬼老大道：「當然啦，因為我比你多一個孫女嘛！」

鬼老二苦臉道：「多一個孫女不但可做老大，還可先選孫女婿，我太吃虧了！」

鬼老大道：「你到底願不願做這個交易？」

項思龍哭笑難當的插口道：「你們不是說過，分出賭局勝負比找孫女婿更重要的嗎？我看我還是教你們分出賭局勝負的方法吧！這個呢，就……」

鬼冥雙怪對望了一陣，突地同聲阻住項思龍的話道：「不要說了！我們現在認為孫女婿比賭局重要！」

鬼冥雙怪臉上卻是都露出了化干戈為玉帛的笑意。

項思龍心中忙大叫道：「完了！他們怎麼突然改變主意了呢？」

鬼老二這時的話解決了他心中的這個疑團，只聽鬼老二有點悻悻地道：「好吧，這次算我認命吧！」

項思龍聞言頃刻像吃了黃蓮似的，臉上的肌肉都給擰成了一塊，心中暗叫道：「這下真的完了，又要多了五個如狼似虎的婆娘讓我受罪！」

第八章　達成協議

看著那幾個如花似玉的少女，項思龍的心像灌了鉛般的沉重，竟是提不起絲毫的喜悅來。

唉，自己得想個法子逃出這通天島，否則陷身在這紅粉劫陣裡，日後可有得無窮無盡的麻煩。想起張碧瑩以前吃那婢女玉貞飛醋的凶勁，項思龍更覺這桃花劫運甚是嚴重。

正當項思龍如此苦惱的想著時，突地一陣沉啞的童音傳來道：「爺爺，你們給我找的媳婦怎麼沒帶回呀？」

項思龍聞聲想起鬼冥雙怪曾說起過要把劉秀雲和王菲帶回去給他們的叫作什麼阿毛的孫子做老婆的事來。

不由得尋聲望去，卻見一個十來歲的肥胖小子，頭頂光光只有後腦勺留了一綽毛髮，一雙細小的眼睛在他滿臉肥肉的堆聳下更是瞇成了一個小圓點，正用一種極不友善的目光，態度傲慢的打量項思龍，冷冷的道：「他就是你們給幾位姐姐找回來作老公的小子！我看也不見得怎麼樣嘛！牛高馬大的像根木樁一樣，比我還長得醜！」

項思龍聞言啞然失笑，心中暗忖，你這矮胖鬼，自己長得像個圓皮球一般，卻要嫉妒我，把老子說得一錢不值。嘿，要是我將來真作了你的什麼姐……姐夫，老子非得好好教訓你一頓不可！

心下如此想來，卻又是暗暗奇怪自己為何會想到去做這小子的什麼姐夫，難不成自己對這幾個少女真的動心不成？想到這裡，自責自嘲一番後暗暗收斂心神，目光卻是狠狠的瞪了那胖阿毛一眼。

阿毛倒真被他目中厲芒所發的氣勢所迫，竟是不自禁的撲進鬼老大的懷中，一雙如豌豆般的小眼睛流露出幾份被項思龍氣勢震懾的懼色來，但口中卻還是放低了聲音的道：「爺爺，這小子還對我發凶呢！你們幫我教訓教訓他！」

鬼老二面色一沉道：「阿毛，他以後可是你的姐夫了，對他可得恭敬點！」

阿毛似是從未被鬼老二斥責過，不由得胖臉委屈得像要哭了來似的哽咽道：

「大爺爺，你們是不是有了這小……有了他就不疼阿毛了？」

鬼老大慈愛的摸了摸阿毛的光頭道：「怎麼會不疼阿毛呢？不過你對這姐夫是不可無禮！」

阿毛見鬼老大也不幫他，不由得「哇」的一聲哭了出來道：「爺爺有了姐夫就不疼阿毛了！我要告訴姥姥去，說你們幫姐姐找了姐夫，不幫阿毛找媳婦！」

鬼冥雙怪一聽頃刻像被淋了一盆冷水似的，都忙對阿毛千哄萬哄，但他還是不止住哭聲。項思龍見這阿毛似被他們給寵壞了，又被他這哭聲吵得心煩，不由得衝上前去「啪啪」狠搧了他兩記耳光，厲聲喝道：「你再哭，我就……我就不給你好玩的東西了！」

阿毛正被項思龍這突如其來的兩記耳朵打得微怔了一下，頃刻氣怒驚急的欲向也是滿臉詫怒的兩位爺爺撒嬌，突聽得項思龍說有什麼好玩的東西送給他，又不由得好奇的望著項思龍道：「你……你有什麼好玩的東西要送給我嗎？」

項思龍點了點頭，故作神秘的俯身湊到他耳邊低聲道：「嗯！只要你聽我的話，我待會就送給你，保證你從來沒見過！」

阿毛破涕為笑的道：「好！我聽你的話！不過你可說話要算話噢！」

項思龍肚裡直笑，想不到自己從未帶過孩子，但從現代一些有關教育孩子的書籍裡略略知悉了一些孩子的心理特性，現在倒是給派上了用場，當下忍住笑意正色道：「你看大人騙不騙孩子啊？不過為了使你更加信任，我們來拉勾好不好啊？」

阿毛聽了歡聲道：「好啊！」說完已伸出手的一根小指頭勾住了項思龍粗壯的手指邊搖邊唱道：「上吊一百年，誰騙誰是小狗！」

鬼冥雙怪在旁見了項思龍竟然這麼輕鬆就哄得他們心目中甚是頭痛的「小祖宗」開心起來，不由得一雙怪目你望我我望你的面面相覷起來。

這時聞得哭聲趕來了兩個老婦人，一個已是滿頭銀髮滿面皺紋的老太婆，另一個則是一個眼角稍有魚紋的半老徐娘，見得阿毛這刻正笑著與項思龍拉手指，那老太婆待得阿毛與項思龍分開後，走到他身邊輕摟著他矮小的胖身軀道：「阿毛，你剛才為什麼哭啊？是誰欺負你了？告訴姥姥，姥姥為你出氣！」說完一雙怒目狠狠的瞪著已是嚇得驚若寒蟬的鬼冥雙怪。

阿毛聞言望了項思龍一眼後，抬頭望著姥姥笑道：「我沒有哭啊！我剛才只是跟姐夫玩遊戲呢！」

老太婆和半老徐娘聽了目光都向項思龍望來，似是在嚴格審批一件物品似的打量了他良久，最後忽地臉上均都露出了笑意。那老太婆轉頭向鬼冥雙怪喝道：

「嗯！這小子不錯！你這兩個老鬼目光這次總算是大有長進！」說完又走向項思龍道：「小夥子，你願不願意作我的孫女婿啊？」

項思龍正被這兩個老婦人盯得渾身都甚是不自在，聞言竟是愣愣的不知怎麼回答，一時手足無措的張口結舌起來。老太婆見了眉頭一皺，臉色一沉道：「這小子是不是腦筋有點問題啊！」

鬼冥雙怪見了，心中正大是著急時，阿毛已走到項思龍身前笑著答道：「不是呢姥姥！姐夫乃是天下第一聰明人，他現在只是有些害羞罷了！」

老太婆聽了嘴角泛笑道：「阿毛你今天是怎麼了？以前你不是一直自吹自己是天下第一聰明人的嗎？現在怎麼退讓給你姐夫了？」

鬼冥雙怪聽得這話都大是鬆了一口氣，都知道自己二人這凶老婆已是默認了同意了項思龍作孫女婿，這可多虧了阿毛這鬼小子的一句話，都喜得真想把阿毛給抱起來親吻一陣，不過也都暗自驚服項思龍哄小孩的手段，竟能用兩記耳朵治得阿毛這小子對他服服貼貼的。

阿毛這時胖臉一紅道：「因為……因為他是我唯一的姐夫，且他也比我大，我自是沒得他聰明啦！否則他怎麼配作我姐夫呢？」說著已是拉了拉項思龍的衣角低聲道：「姐夫，快向姥姥行禮致意啦！要不然她可會把你扔下水去餵鯊魚的！」

項思龍聽了心下駭然。難道以前被鬼冥雙怪抓來沒有被選上他們孫女婿的人，全被這老太婆扔下水去餵鯊魚了？這……這可也太慘無人道了！心下如此想來雖是惱恨，但知保命要緊，否則劉邦沒有自己幫他就不一定能打下天下了，目前只得虛與委蛇的與他們應付一番的！想著時已是向老太婆跪了下去恭聲道：「孫兒項思龍拜見姥姥。」

老太婆見狀笑得合不攏嘴道：「好，好孫兒，起來，起來！快去拜見你丈母娘去！」說著指了指身旁正微笑望著項思龍的半老徐娘，項思龍頓即又走到她身前跪地「咚咚咚」叩了三個響頭後也恭聲道：「孩兒項思龍拜見岳母大人！」

半老徐娘也喜得滿臉堆笑道：「起來，起來！今後大家是一家人了，不必如此多禮的！」

鬼冥雙怪這時卻是怪叫起來道：「嘿！小子，還沒有來拜見兩位爺爺呢！」

項思龍正欲上前去向鬼冥雙怪行禮，老太婆拉住了他的手對著鬼冥雙怪喝道：「我的乖孫兒現在已經累了呢！過些天等他與我的幾個乖孫女拜堂成親時再叫他來向你們行禮吧！」

鬼冥雙怪聽了互相做了一個鬼臉，而項思龍則是頭大如斗時，老太婆已是拉了他向那幾個正遠遠指著項思龍評頭論足嘻嘻哈哈的少女走去，使得項思龍的心更是要滲出苦水來。

那幾個少女對這老太婆似也非常畏怯，見得他們過來，頓都止住了嬉笑，不過還是一臉頑皮的向項思龍暗暗拋飛媚眼，讓得項思龍滿面通紅時，還好那老太婆的發語聲使得眾女均都神色一怔，只聽得她道：「雲雲、蘭蘭、香香、芳芳、娟娟，你們對現在爺爺為你們所選的夫婿還滿意嗎？」

五個少女聞言臉上均都現出了少有嬌羞之色，竟是一時都靜默了下來。

老太婆見了又笑吟吟道：「你們不說話是不是表示滿意了?那我就去擇個吉日為你們完婚了？」

五女聽了當中有一人嬌聲道：「姥姥，怎麼這麼急啊！我們與他還沒有培養培養感情呢！」

老太婆呵呵笑道：「娟娟這鬼丫頭就是這麼多古怪精靈的點子！好！那我就讓他與你們培養半個月的感情再來說你們的婚事，怎麼樣？」

五女聽了赫然點首，只讓得項思龍心中連叫「辣塊媽媽」。

躺在床上時，項思龍覺得自己渾身整個骨架都快散了，這倒不是體力消耗的緣故，而是因為應付那五位少女和她們的爺爺、姥姥、娘親以及還有其他的一些什麼稀哩嘩啦的親屬，使得項思龍昏頭轉向，整個精神都給忙碌得猶如喝醉了般恍恍惚惚的，真是累死人也！

這刻清靜的仰躺在床上，項思龍真覺是一種從未感覺過的享受，比在女人身上時的那種享受還要舒服得多。長長的舒緩了一口氣後，項思龍細細的想著如何脫身之策來。

這通天島通過自己的觀察應該是由珊瑚礁組成的，而珊瑚礁一般只有在大海中形成，那麼這裡絕對不會是什麼通天湖。嗯！距離吳中一帶在中國地圖上看呢，只有南海最近，難道這通天湖就是南海？那麼這通天島也就是東沙群島中的其中一個島嶼了？只要自己設法逃到附近的島嶼上去，再造一座木伐就有可能逃脫這見鬼的通天島了呢！

如此想來，心下正高興當兒，忽又想到那群載自己和鬼冥雙怪來到這島上的鯊魚群，不由心中一寒。唉，有那群凶狠的東西把守著，自己就是想飛也飛不出這通天島了！走一步算一步吧！實在沒法自己就……做了他們的孫女婿，然後再設法離開……

項思龍正有點洩氣的想著時，忽聽得房門「吱」的一聲給人推了開來，卻見阿毛臉上堆笑，口中甜甜的道：「姐夫，現在是我們實現諾言的時候了吧！快把你所說的好東西送給我啊！」

項思龍看著這小鬼，心念一動問道：「阿毛，那些鯊魚聽不聽你的話啊？」

阿毛一聽，臉上顯出得意之色道：「我六歲的時候就可乘著他們在這通天湖中任意暢遊了！」

項思龍心中一喜，邊從革囊裡取出了一個自現代帶到這古代裡的防風打火機，「噹」的一聲打著了後道：「這個東西你有沒見過呀？」

阿毛見了果是好奇的湊過來道：「唉！姐夫，你這是什麼東西啊？比我們所用的火石方便多了！這……這就是你要送給我的好玩東西嗎？那……那……」

項思龍見得他滿臉興奮，巴不得自己這刻就把打火石交到他手中，心下一笑，卻也還是遞給了他，邊給他講了怎樣使用的方法。阿毛歡聲雀躍的正準備離去時，項思龍叫住了他道：「阿毛，我們再來做個商量好不好？只要你教我怎樣駕乘鯊魚，我就再送給你一樣好玩的西。」

阿毛聽了頓即住步道：「此話當真？」

項思龍點頭道：「我們再來拉個勾怎麼樣？」

阿毛搖頭笑道：「不用了，你現在是我姐夫，我信得過你就是了！」

鬼老二目中射出狠毒之光恨恨道：「這些自是那顯王傳出的虛假消息。當年我爹在華山之巔被顯王帶領的一百多名高手圍攻，若不是鬼血王背叛了我爹，給他的食物裡下了散功蝕骨散，那顯王一夥又怎是我爹的敵手呢？我爹毒藥發作之下被顯王乘機所傷，攜我娘逃回西域時，鬼血王已是奪取了鬼王之位，並且下令圍殺我爹。

「我爹憤怒之下強忍毒傷內傷大開殺戒然，終是力不從心，正要敗亡之時，你姥姥的師父天山龍女危急中救我爹和我娘性命，逃回了天山，但我爹由於毒素浸入心脈，以至永遠不能運功，否則必會心脈爆破而亡，但也只有十年可活。

「我娘水月公主因驚嚇過度早產下我們兄弟倆，因失血過多而亡，我爹當時悲痛欲絕，但因看在我兄弟倆還小，而存活下來。

「當我們八歲那年，我爹因知道自己只有兩年可活了，又因念著母親，於是施行開頂輸功大法，把全身功力輸入我們兄弟倆身上，全身因沒有功力護身潰爛而亡。

「從此我們跟著天山龍女一起生活，天山龍女有一女徒弟，在這相處的日子裡，我們兄弟倆同時喜歡上了天山龍女的女徒弟。

「天山龍女看出後，於是把她這女徒許配給了我們兄弟倆人。可是就在我們成婚的第三天，鬼血王帶了大批高手圍攻天山，因他此時已依著我爹留下的『鬼府寶典』而把鬼冥神功練至了第八層。

「所以天山龍女不是他的敵手，為了救我們夫婦三人，天山龍女硬纏住鬼血王才使得我們奪圍而出，而天山龍女卻被那鬼血王給抓了去。這八十多年來我們兄弟曾幾次潛入西域鬼府總壇，意欲救出你姥姥師父天山龍女，但均告失敗。我們只得苦苦忍隱在這通天島上。

「現在只要你練成了十二層的鬼冥神功，鬼血王定不是你的敵手，因我相信他一定也沒完全練成鬼冥神功，如此我們就可得報大仇了！」說完發出一陣悲切的哈哈大笑來。

項思龍聽得心中也是一陣惻然，不由得黯然神傷的低下頭去，逃走的意念竟是不知不覺暫時淡化了下去。三人靜默了一陣後，項思龍又發話問道：「鬼血王背叛鬼王，他與顯王合作的條件又是什麼呢？顯王不會單純只是為了水月公主與鬼王相愛而要殺鬼王吧！」

鬼老大點點頭道：「顯王要殺我爹乃是因為我爹殺死了他的三個兒子和二名愛妾，他們是因阻止我爹救我娘水月公主而被我爹所殺的，還有就是因為我爹不讓他東擴侵佔西域一帶，二人形同水火。鬼血王就占了這個空子，而顯王又可得鬼血王之助吞併西域。

「顯王死後，鬼血王幾次意欲進侵中原武林，但因中原武林發動了滅魔聯盟，打得鬼血王勢力大損，他也被中原的盟主獨孤求敗打成重傷，所以已是再也不敢進犯中原，而在西域一帶自成霸，統領西域武林。

「但我看他養精積銳了幾十年，此次又見中原內部大亂，說不定會率眾與中原有發展前途的梟雄聯手來吞併中原武林了，那時將又是中原武林的一大劫來臨之際。所以小子，挽救中原武林的重任就要落在你的身上了！」

項思龍聽了這番話心神一震，想不到內中還有這許多複雜情況，要是鬼血王真的欲侵中原武林而與父親項少龍那方聯手起來的話，那劉邦可就……不行，自己一定得阻止此事發生！

但是自己留在此地練功再加上去西域滅魔，不知要費去多少時日，若是劉邦沒有自己在他身邊而被父親項少龍派去的刺客刺殺，豈不……這……到底該怎麼辦呢？項思龍心下想著不由焦燥不安起來。鬼冥雙怪見了，鬼老二訝問道：「小子，你有其他的為難之事麼？說出來聽聽，看看我們能不能幫上你的什麼忙！是不是想著客棧的那兩個小美人啦？沒關係，只要你安心的在這裡練功，幫我們奪得鬼王之位，我們就馬上去把她兩位帶到這島上來，讓你再多兩個老婆！」

項思龍聞言苦笑道：「我不是擔心這個啦！我是……擔心我的兄弟劉邦！」

鬼冥雙怪聽了同聲道：「劉邦？是不是豐沛起義的那個劉邦啊？」

項思龍見二人竟也知道當今天下的形勢，不由大訝道：「你們也知道豐沛起義？那麼你們對於……」

鬼老大打斷他的話道：「我們為了找選一個合適的孫女婿兼鬼冥神功的繼承人，這幾年來踏遍了中原各地，尤其是對那些出了什麼能人的地方，我們都會去看看。碰上你的時候啊，我們正是準備動身去沛縣見見這個什麼劉邦的，可見著那兩個小美人，想把她們抓來給阿毛做媳婦，因為我們見她們資質不錯，想她們若與阿毛生下的孩子可能也會進化得聰明些。

「可想不到你小子出面了，通過我們的觀測，你小子根骨奇特，乃是練武的上乘質料，再加上通過對你心跳呼吸的凝聽，斷定出你的年紀與你的相貌大不相符，而我們又看不出你的什麼破綻。

「於是讓我們想起了父親留下的筆錄裡面記載，說我們有個師伯鬼靈王易容術天下無雙，想著你有可能是他的門人。在跟你預約的同時，我們一人在旁監視著你，一人則跑來通天島向你姥姥徵詢她的意見，待她同意我們把你帶來通天島做我們的孫女婿和繼承我們絕學後，再回客棧把你帶來通天島。

「途中經我們故意對你突擊的一問，問出你果然是我們師伯鬼靈子的徒孫，對你啊更是滿意。現在你又通過了你姥姥這一關，所以我們想跟你把這情況都說明了，好讓你安心的留在島上練功，因為我們看出你有心事有點心神不寧。原來是因為你擔心你兄弟劉邦的安危。好，我現在就派鬼魅四使去沛縣保護劉邦，讓他絕對不至於傷得分毫，這樣總算可以了吧！」

項思龍聽了心中大喜道：「只要劉邦不會有什麼危險，我就一定會安心的在島上練功！對了，那鬼魅四使武功到底怎麼樣啊？」

鬼老大笑道：「有我們武功的六成厲害，並且忠心絕對沒問題！」

項思龍心底樂翻了天道：「有了他們相助保護邦弟，天下間應是沒得幾人殺得了他！」

鬼冥雙怪聞言大喜的同聲道：「那你就是願意安心的留在這通天島了？」

項思龍笑著點點頭道：「當然！這麼好的事情，誰願意拒絕誰就是傻瓜！」

項思龍決心留在這通天島上練習鬼冥神功了，雖然知道因此要娶鬼冥雙怪的五位孫女，但如花似玉的美女是不會讓人真的討厭的對不對？何況他也沒得自由選擇的餘地呢！

不過對於憑自己的資質到底練不練得成鬼冥神功，項思龍心中也沒得個底，所以心中有點忐忑不起來。

一宿沒得好睡，翌日一大早項思龍就起得床來，剛出房門時卻見阿毛已經坐在自己房間對面的涼亭裡，聽見開門聲，回頭見得項思龍，頓即站起向他奔來，口中呼喊道：「姐夫，我們去湖邊，我教你駕乘鯊魚去，姐姐們都在湖邊等著我們呢！」話音剛落，已是奔到項思龍身邊，撿起他的大手就欲起程。項思龍聽得自己未來的幾個老婆也要跟自己在一起，不由得頭大如斗，忙道：「哎，阿毛，我還沒洗臉呢！等會兒吧，待我梳洗後再去不遲啊！」

阿毛卻臉顯憂色道：「那你快點啊，讓得姐姐們等久了，她們會罵我的！」

項思龍抑笑道：「她們罵你，你不會去向姥姥告狀嗎？」

阿毛苦色道：「我要是告了她們的狀啊，她們不但要再罵我一頓，說不定還要揍我一頓呢！我一個人又說不過她們，也打不過她們！姐夫，你是她們老公，有權管她們，你幫我出出氣好不好？她們……把你昨晚送給我的東西全給……搶去了呢！」

項思龍一聽自己這未來的幾個老婆竟是如此凶辣霸道以大欺小，心中不由得大為火光道：「行！教訓她們！包在我身上了！我要叫她們以後再也不敢欺負你了，否則……我就打她們的屁股！」

阿毛聽了頓即大喜道：「姐夫，你說的是真的？」

項思龍神色一怔的朝他點點頭，忽道：「對了阿毛，洗手間在哪裡啊？」

阿毛訝道：「什麼叫作洗手間啊？」

項思龍記起這時代還沒有「洗手間」這名詞，當即莞爾一笑道：「就是洗手洗臉的地方啊！」

阿毛這下聽懂了道：「我帶你去就是了！」

項思龍梳洗完畢後，隨了阿毛正待去湖邊，突地在廊道裡撞著正由半老徐娘挽著的老太婆，見得二人，老太婆笑著喊道：「你們二人怎麼起得這麼早啊？」

項思龍和阿毛忙上前向她們行禮，阿毛偎在老太婆懷裡道：「姐姐她們約了姐夫在湖東邊的觀雨閣裡去談情說愛呢！姐夫不認識路，於是叫我領他去了。」

老太婆這下笑得更歡道：「噢，是嗎？那你們快去吧！記得早點回來用早膳啊！」說完已是笑吟吟的走了開去。

阿毛朝項思龍做了個鬼臉，項思龍則是又好氣又好笑的瞪了阿毛一眼，但旋即二人又都相視而笑。二人邊走阿毛邊問道：「姐夫，想到教訓姐姐她們的辦法沒有？」

項思龍神秘笑道：「當然想到啦！先找個隱密的地方準備一下再說。」

阿毛訝道：「還要準備什麼嗎？」

項思龍拍了他的胖腦袋道：「當然要啦！要不然怎麼扮鬼去嚇她們啊？」

阿毛聞言大感興趣道：「扮鬼？大白天的怎麼會有鬼呢？」

項思龍道：「這個你不要管了。現在你去找兩套黑衣服來。」

接著又向他說了些需要準備的工具。阿毛聽了將信將疑的去依言拿來了項思龍需要的東西，又帶他到了島上一個較偏僻的地方。

阿毛不解道：「姐夫，鬼這些東西可能扮裝嗎？白天裡一看就可被姐姐她們識破的呢！」

項思龍笑道：「那待會我先改裝成鬼後，讓你看看會不會感到可怕！」

阿毛點了點頭，項思龍已是著手根據從現代電視裡看來的牛頭馬面的樣子對自己易容起來，過得盞茶工夫，突地對在一旁閉目養神的阿毛怪聲怪氣的道：「阿毛，我是陰間地府裡的牛頭，你信不信我是鬼啊？」

阿毛聽得悚然一驚，睜開眼見著項思龍的怪模樣時，嚇得「啊」的驚叫起來，口中連道：「鬼啊！鬼啊！」竟是撒腿就跑。

項思龍恢復本音哈哈大笑道：「阿毛，不要怕！我是你姐夫呢！」

阿毛聽了驟然記起項思龍說要裝鬼的事來，頓即住了腳步，臉上還滿是懼色的道：「你……你真不是鬼？真是我姐夫？可是你的眼睛怎麼會射出紅光呢？」

項思龍笑道：「你不是帶來了兩顆紅寶石嗎？是它們放出的紅光啊！我只不過是根據光學原理借助太陽光的折射讓光線通過紅寶石反射出來而已啊！」

阿毛不解道：「我不懂你的什麼光學原理的啦！可是你手指又為什麼變得那麼長呢？」

項思龍拿起他帶來的竹簡道：「用這個做的呀！」

阿毛這時膽子恢復了些，也笑了起來道：「姐夫，你裝成的鬼可真是很嚇人呢！大白天也可讓人害怕，我……你把我裝扮成什麼呀？」

項思龍拉過他道：「馬面！閻王的二大護法之一！」

阿毛伸手摸了摸項思龍頭上的牛角道：「姐夫，那你快給我改裝啊！」

項思龍和阿毛趕到觀雨閣時，五個少女正在亭子裡滿臉惱怒的四處張望著，正把玩著項思龍送給阿毛的防風打火機的一名少女恨聲道：「這兩個死鬼怎麼還不來啊？已經過了一個多時辰了呢！」

另一個少女笑道：「蘭蘭姐是不是想情郎了！」

那叫蘭蘭的少女笑罵道：「是又怎麼樣？難道你不想他啊？」另一個少女也邊張望著邊狠狠道：「就是心裡喜歡他啊，等會他來了，也要懲罰他一下，誰叫他讓我們等這麼長時間呢？」

這話頓即引起其他幾個少女的共鳴，那叫娟娟的少女道：「等會教他乘鯊魚時，我們讓他喝點湖水好不好？」

眾女又連連叫好，當下七嘴八舌的討論起怎樣教訓起項思龍的計策來。

項思龍聽了心下又氣又好笑，低聲的對阿毛道：「去放煙霧彈！」

阿毛應了聲「是」，忙抱起一個長竹筒偷偷的放在距離亭子兩三米遠的地方，點著後，又退到藏身的一處突出的岩礁後。竹筒裡面放的全是硫磺、硝酸和其他一些可燃又會產生濃煙的什物，只聽得「嗤嗤」聲連響，竹筒開口處釋放出一股股濃大的煙團，空中頃刻濃霧瀰漫起來。

這時項思龍和阿毛又發出了各種陰聲怪氣的叫聲，並且閃身衝入濃煙之中張牙舞爪的向已是面帶懼色的五女冉冉走去，五位少女見得二人怪樣已夠是嚇人，在煙霧繚繞之中更是增加恐怖色彩，不由得嚇得齊都嬌呼驚叫起來，四散逃去。

這觀雨閣就建在湖邊一有三四丈高的崖邊，幾位少女驚慌失措之中，竟有一個茫茫然的向崖那方奔去，項思龍見了嚇得亡魂大冒，忙斂了心神飛身向那少女衝去，但還是退了一步，那少女已是一腳不穩，嬌軀跌向崖去。

項思龍驚急之中快捷的自革囊掏出夜行時用來攀沿的飛爪隨手拋出，抓住一塊突起的尖尖岩石，一手拉住繩子，身形也向崖下飛射下去，並且運氣沉身，加速身體下跌，終於被他抓住了少女手臂。

那少女此時已是嚇昏過去，項思龍一手抓著繩子一手提著少女，一時是上不能上也不能下了。崖上的阿毛見得項思龍和一位姐姐均都躍下崖去，也不由嚇得「哇哇」大哭起來。

其他幾個少女只顧自己逃命，還未發覺有一個姐妹跌下崖去，這刻聽得哭聲似是甚覺耳熟，不由得均都停了腳步，回頭向哭聲去，卻見阿毛正大哭著扯下頭上和手上的裝飾物，對著眾女哭喊道：「我是阿毛！姐夫和雲雲跌下崖去了！」

眾人聞言已是顧不得驚嚇和惱怒，同聲驚呼道：「你說什麼？」說著時已是衝向阿毛。

阿毛嚇得跺腳道：「雲雲姐和姐夫跌下崖去了！這下面全是礁石，他們……他們……」

四女聽了也是玉容慘變，這時卻突聽得崖下傳來項思龍的聲音道：「喂！你們快拉我們上來啊！」

四女和阿毛聽了均是大喜，阿毛更是喜得奔向亭邊，俯聲向崖下喊道：「姐夫，你……你沒事啊？雲雲姐她……」

項思龍又喊道：「我已經抓著她了，她……她好重也！你們快拉住崖上的繩子把我們拉上來！」

阿毛連連應道：「啊！繩子！」說著已是翻過亭閣攔杆，找到了抓在岩石上的鐵爪，咋呼道：「我找到了也！」說著向那鐵爪蹬身抓去，雖是已抓住了鐵爪上的繩子，但猝不及防之下，身體驟然受到拉力竟是也打了個咧咧搖晃著也差點向崖下跌去，還幸得一名少女見機得快，抓住了阿毛後腦勺上的一束長髮才穩住阿毛身形。

但已痛得他咧嘴咬牙劇痛不堪，可還是強忍著沒有痛苦出聲，這時其他的三名少女也已趕到幫忙拉住繩子，那少女才鬆開阿毛後腦上的頭髮，阿毛頃刻轉身瞪著這名少女，臉上痛得變形的正待對她喝罵，那少女已是朝他做了一個鬼臉笑道：「快用力拉繩子啊！」

說著已是閃電加入拉繩行列，阿毛也只得暫刻忍住心中的惱怒，嘟翹著嘴巴幫忙拉起繩來。

費了好半天的功夫，幾人才把項思龍和那叫雲雲的少女撿上岸來。項思龍臉上的斗大牛頭已是被崖壁刮得破爛不堪，幾處已是被刮破了皮紅腫的滲出血來，身上也到處是傷。

而那雲雲卻是除了衣裙有幾處被岩石劃破外，倒是沒有什麼傷，只是一雙秀目落下淚來，感激的望著項思龍，但面上卻又有著一絲羞色。原來她也被眾人喊叫聲驚醒過來後，項思龍把她撿到了背上背著，自己面對崖壁，所以使得項思龍受傷而她卻絲毫無損。

阿毛這時已是抱著項思龍哭腔道：「姐夫，剛才可真把我嚇掉了大半條命呢！」

項思龍輕撫著他的光頭道：「現在不是沒事了麼？」說著尷尬的衝著幾位少女笑了笑道：「我們剛才……只是想跟你們開個玩笑，想不到……在下真是該死，請幾位小姐見諒一二了！」

說完朝她們深深躬了一身，幾個少女對項思龍所作的惡作劇心下確實有氣，但見得他奮不顧身的救了雲雲，芳心之下卻又是均自暗喜，倒是氣不起來，反有點失望跌下懸崖的為何不是自己。這時見得項思龍的怪模樣，其中兩個不由「撲哧」一聲笑出聲，但見其他姐妹沒有發笑，不由得暗自吐了吐舌。

氣氛一時默然無語起來，倒是阿毛打破了沉默道：「姐夫，你跟她們客氣什麼？她們是你老婆呢！」

幾位少女聞言均俏臉一紅，蘭蘭瞪了阿毛一眼低喝道：「誰叫你嚼舌啊？」

阿毛卻是繼續取笑道：「姐夫受了傷，你們做妻子的還不快幫他治療？」

蘭蘭這下倒沒再罵他，只是從革囊裡取出了幾瓶藥水和藥粉交給雲雲道：「你去給他……治傷吧！」

雲雲笑道：「你是我們姐妹中醫術最高明的，自然是你去啊！」

其他幾個少女也哄然叫「是」，弄得蘭蘭正嬌羞不堪時，項思龍已是乾笑著道：「這點傷不礙事的，不勞幾位小姐費神了。」

說著時臉上的肌肉都觸動，痛得他不由得皺了皺眉，阿毛見了嘖聲道：「姐夫，你幹嘛這麼酸巴巴的呢？對老婆說話隨便點嘛！還說不礙事？幹嘛痛得皺眉頭啊？」

說完拉了蘭蘭到項思龍身前道：「蘭姐，你就不要害羞了吧！過些天姥姥還要讓你們完婚呢！這刻先親熱一下，日後不是更親熱了嗎？」

蘭蘭滿面緋紅的偷望了項思龍一眼，倒也默默的為項思龍用藥水輕輕塗擦起，一顆芳心卻是「咚咚咚」的跳個不停。項思龍聞著這少女身上散發出來的處女幽香，心神也是一蕩，忙閉上眼睛一動也不敢動，任由蘭蘭為自己塗擦著臉上的傷處。

但當要在項思龍身上傷處擦藥時，蘭蘭卻是猶疑不決起來，因為項思龍還穿著衣服啊！難不成叫她去為項思龍脫衣服？還好，阿毛已走上前拍了拍項思龍的背脊道：「姐夫，把衣服脫了，蘭蘭姐要給你身上的傷勢擦藥了！她這是很少給別人用的『百花玉露液』，這次捨得給你用啊，可見蘭姐很喜歡你呢！」

一旁的雲雲也插口道：「這『百花玉露液』乃是提取百花清早時滲出的汁液煉成的，蘭妹費了四年多的時間也只煉成這一瓶呢！」

項思龍聽了心下一陣激動，睜開虎目掃視了正深情望著自己的諸女，突地道：「你們是否真的心甘情願嫁給我呢？」

五女聽了齊都低下頭去，風情無限。阿毛替代她們笑著答道：「你沒有看見我姐姐她們看你時目中的關切之色嗎？自是心甘情願願意嫁給你啦！」

項思龍忽大聲道：「好！我決定娶你們做老婆啦！」

五女聽了一時更是嬌羞不堪，俏臉通紅。

第九章　鬼冥神功

項思龍、阿毛以及諸女回到府中時，已是正午時分，雖然項思龍給自己受傷的地方重新易了容，但腫起的傷勢還是教老太婆和鬼冥雙怪等看了出來，前者不由心痛的問道：「乖孫女婿，你臉上怎麼腫起來了？」

這一問嚇得阿毛和諸少女臉色均都一變，都緊張的看著項思龍，不知他將怎麼回答姥姥的問話。項思龍臉上微微一紅，尷尬的答道：「這個……我與諸位姐姐在觀雨閣附近玩捉迷藏的遊戲時，不小心給摔了一跤，所以……」

說到最後吞吞吐吐，還故意伸手抓了抓後腦勺，這神態還真不像說謊的樣子。諸少女和阿毛聞聽得項思龍如此說來，都鬆了一口氣，老太婆卻是嘮嘮叨叨的道：「觀雨閣那裡啊地勢最險，你們怎麼去那裡捉什麼迷藏呢？後花園、清涼台、鬼府迷宮不都可以玩嗎?還有啊,你以為你把傷處遮蓋起來就可瞞過我們了嗎?蘭蘭,還不快給你相公療傷?你們這幫鬼丫頭,以後啊,不許思龍跟你們一起去瘋了。從明天起,思龍你就跟著兩位爺爺練習鬼冥神功!」

諸少女一聽要讓項思龍修習鬼冥神功,不由玉臉同時色變,嘴角連連抖動著,似是想說些什麼,但又都不敢說出。

倒是項思龍聽得可以擺脫諸女糾纏,不由心花怒放,但看到她們俏臉上的淒容,知她們是為自己擔心,心下一熱,臉上喜色頓又黯然下來。

這時卻又聽得老太婆道:「為了能續我歐陽世家的香火,今晚就讓思龍和雲雲、蘭蘭、娟娟、芳芳、香香你們圓房,至於婚禮嘛,待思龍練成鬼冥神功後再為你們舉行!」

項思龍心下正叫苦連天,老太婆又道:「蘭蘭,你還不扶思龍去房裡為他療傷?雲雲、娟娟你們二人出去幫忙!」

歐陽玉蘭這下倒真也再顧不得什麼害羞,聞言上前一把挽扶住項思龍向他廂房走去,歐陽紅雲和歐陽美娟也緊跟著去,只有沒得老太婆指令的歐陽凝芳和歐陽秋香神情失望的呆望著四人離去的背影。老太婆見了二女神色,知她們心裡所想,走上前湊到她們耳邊低聲道:「今晚上就輪到你們兩了!」二女一聽這話頓即滿臉通紅，互牽了手，飛快向她們閨閣奔去。

鬼冥雙怪突地同時發出了一聲長長的慨歎，似乎其中飽含著什麼難言之隱。老太婆聽了，老臉上忽地也顯出淒色，走到二老怪身前，用鬼冥雙怪從來未聽得的輕柔聲音道：「緯哥、敏哥，為了保全我們鬼王府的上下五百口人，只有冒險求生了。這次你們一定得助思龍練成鬼冥神功，哪怕是……自我犧牲……我……我會在九泉之下去跟隨你們的！」

說完一雙佈滿皺紋的眼睛竟是紅腫起來。這一來可把鬼冥雙怪嚇得手足無措，因為在他們的印象中，這夫人除了在她師父天山龍女被鬼血王擒去後，大哭了一場之外，這麼多年來甚是沒見得她哭過，就是連兩個兒子練功走火入魔而亡時也沒有，當然她背後哭了沒有就不知道了。

鬼老大歐陽緯哽咽道：「夫人，你……你不要哭了！我們一定會度過難關的！只要思龍練成鬼冥神功十二層功力，鬼血王又有何足懼哉？現在雖然鬼血王的手下已經發現了我們這通天島，但他們要轉回西域去通報鬼血王，當血王率眾前來時已是需要一個多月的時間，在這段時日裡我們足夠把思龍塑造為一個絕頂高手了。

「只要我們用開頂輸功大法把功力輸到思龍身上他能夠完全吸納，思龍的鬼冥神功就可練成。他是師伯鬼靈王的徒孫，資質定是不會差的，何況據爹手錄下來的《鬼府寶典》記載著，我們的鬼冥神功與他的仙修大法《玄陰心經》本有相輔相成之功效。因為阿爹和師伯的祖師爺『道魔天尊』當年創出的《道魔神功》分為上下兩段，一段就是『鬼冥神功』，一段就是『玄陰心經』，後來因為教中內亂，使得『道魔神功』一分為二。如果能讓思龍練成『道魔神功』，他定可無敵於天下了。」

鬼老二歐陽敏皺眉道：「但是要把鬼冥神功與仙修大法合二為一，練成『道魔神功』卻是危險得很呢！我看還是先讓思龍練成鬼冥神功再說吧！」

老太婆點頭道：「蓮兒這次就聽你們安排吧！」

項思龍被蘭蘭、雲雲、娟娟三女攙挽進廂房後，心中一時也不知是憂是喜，看著三女羞澀中帶著的幾份淒然可人模樣，只覺沉重中對她們又是憐愛一片。雖然彼此相處的時間並不算長，但經過早上的一番危險遊戲，卻又都有了一種相知相惜感情悄然滋生。

這刻三女又都擔心項思龍去修習鬼冥神功不知是禍是福，所以把芳心中蘊藏的感情一下子都給爆發了出來。

三女均偎依在項思龍懷中，歐陽玉蘭撫摸著項思龍頭上的傷處溫柔的問道：「痛嗎？」

項思龍接著三女的柔夷，聞著她們身上散了出的陣陣處女幽香，心情雖是沉重，但卻也已不知不覺的放鬆了下來，只覺慾念蠢蠢欲動，這刻聞聽得蘭蘭問話，輕輕搖了搖頭，忽又想著姥姥為何這麼急就讓諸女和自己歡好呢？

難道今天上午島中發生了什麼事？但什麼事能令她和鬼冥雙怪如此心亂呢？難道是鬼血王找上門來了？想到這裡項思龍心神猛地一震。如若真是如此，那通天島豈不危險了？

想著鬼血王真來了這通天島，自己和諸女都或將遭到不測，不由慾念再起，一雙怪手竟是伸進了蘭蘭和雲雲的衣袍內，口中也強作怪笑道：「姥姥說讓我們今晚圓房，我看還是現在……」

二女卻也並沒有掙扎，只是玉臉緋紅，輕咬下唇，秀目微閉，嬌軀在項思龍懷中輕扭著，一副欲拒還迎的模樣。

項思龍看得色心大動，心中暗忖道：「也不知自己明天的命運是死是活，還不如現在盡情享受一番吧！」

蘭蘭和雲雲二女在項思龍的揉捏之下也是春情泛溢，玉手也在項思龍身上隔著衣服四處撫摸起來。

項思龍這刻是慾火狂熾，把所有的愁情煩事都給拋在了一邊，動作變得狂野粗暴起來，把三女一個個的抱到床上，怪手強猛的撕去她們的衣裙。

項思龍神思迷亂的撲在她們身上亂吻著，而三女卻也自始自終迎合著，她們水蛇般滑溜的嬌軀在項思龍的軀體上不停的扭動著，口中發出勾人心魄令人神魂顛倒的呻吟聲。

四人這一戰足有二個多時辰。項思龍渾身冒汗，輕輕撫摸著三女氣息喘喘而起伏不停的嬌軀，咬著蘭蘭的耳珠低聲問道：「做一個真正的女人，幸不幸福啊？」蘭蘭嬌吟著輕哼一聲，沒有發話，只是肢體緊緊的纏住項思龍，櫻桃小口也不閑住與項思龍厚實的雙唇忘我的痛吻著。

項思龍慾念再次一陣衝動，但想著晚上還要應付二女，當下只得強抑慾火，爬起來著上衣服後，匆匆逃離了這讓人迷醉的溫柔之鄉。

項思龍離開了三女的肉體誘惑後，找到了正與鬼冥雙怪談論著什麼事情的老太婆，三人見得項思龍進來，即刻都閉口不說了。老太婆笑意吟吟的看著項思龍道：「蘭蘭她們呢？」

項思龍面上一紅道：「她們……勞累過度，所以……」吞吞吐吐的頓了頓，忽地轉過話題道：「姥姥，爺爺，你們是不是有什麼事在瞞著我們啊？」

鬼冥雙怪張口欲答時，老太婆橫了他們一眼後，還是笑著道：「沒有什麼事的啦！讓你和蘭蘭她們圓房，只是……我想早日抱曾孫兒罷。唉，你姥姥我今年已是一百多歲了，也不知哪一天身體有個不適，就……嘿。至於催著你練功呢，也是我想有生之年看到我的孫女婿能夠替我們鬼王府這些苟活著的人爭一口氣，奪回地冥鬼府的鬼冥之位，殺了鬼血王，為你曾爺爺和我師父天山龍女報仇雪恨！」說到最後竟頗有點怒髮衝冠，可見她對鬼血王憎恨之深。

鬼冥雙怪見得女人激動，忙上前扶住她道：「蓮兒，你……不要激動嘛！慢點說。」

老太婆說了那幾句衝動的話竟是直喘粗氣，也不禁長歎了一聲緩緩道：「想我上官蓮一生都欲報這血海深仇，可……歲月終是不饒人！」

說著雙目落下了兩滴淚珠，又道：「龍兒，你一定要幫我們殺了鬼血王，奪回鬼王之位！我們忍辱吞聲了這麼多年，希望就寄託在你的身上了。我和你爺爺這兩個老怪物都知道自己已經沒得幾年好活了，如果一倒下，鬼王府上上下下就會亂了套，所以我和你兩位爺爺決定在你練成了鬼冥神功後，就由你來執掌我們鬼王府。阿毛和蘭蘭她們也就全靠你照顧他們了。」說到最後竟泣不成聲起來。

項思龍聞言見狀心下也是酸酸的，但卻又有著一種不祥之感湧上心頭，因為上官蓮說的這話有點像交待後事似的，到底發生了什麼事讓得他們如此恐慌呢？項思龍想著時突地問道：「是不是鬼血王的人找上門來了？」

鬼冥雙怪和上官蓮聽了同時色變道：「原來你已經知道了！」

項思龍見果也被自己猜個正著，不由得急聲問道：「這……到底是回事？」

三人見被項思龍詐洩了底，沉默一陣後，鬼老大歐陽緯道：「事情是這樣的。今早你們去了觀水閣後不久，我們分佈在各地的探子均被人用鬼劫指殺死，而由一名我們鬼王府未被殺死的探子把他們的屍體給送運了回來，同時帶來一封戰書，說二個月後就會派人來掃平我們通天島。

「這寫戰書的是鬼血王的四大弟子中武功最為厲害的一個鬼青主，鬼冥神功也已練到了第六層，一手鬼劫指又是使得出神入化，對人體的大穴道均是精通，所以殺人如麻。

「他這次率眾來到中原，可能是來察看中原戰局的，我們探子十天前已是發現了他的蹤跡，可是想不到……現在我們行蹤已洩，鬼青王必會回西域去告訴鬼血王，那時我們的劫運就會光臨了。

「因為鬼血王這麼多年來一直把我們視為心腹大患，只有殺了我們他才可以無後顧之憂，來實施他雄霸天下武林的計畫了。對於我們兩個老鬼他是無可奈何，因為他不會『縮地成寸』奇術，抓不到我們。

「但是這次他知道了我們的所居之地，必會傾力來攻，他料定我們會因顧及鬼王府的家族而不會逃跑，所以……我們此次危難在即。龍兒，只有你練成了鬼冥神功第十二層功力，才可抗衡魔頭。若是你能再作突破練成道魔神功，那這幫狗崽子根本不足為懼！我們所有的希望都寄託在你身上了！」

說完語重心長的深深望了項思龍一眼。

項思龍聽了只覺渾身氣血直往上湧，倏地感覺自己肩上的擔子更是沉重了。鬼血王意欲侵進中原，與項羽聯手的可能性最大，因為憑他的智謀，也會看出項羽在隨後的幾年中是最有發展潛力的，如此一來項羽的實力將會更是強大，歷史也就……想到這裡項思龍沉聲道：「我一定要練全鬼冥神功！一定要殲滅鬼血王一夥，奪回鬼王之位！為曾爺爺他們報仇！」

入夜，項思龍與歐陽凝芳和歐陽秋香狂歡過後，待她們入睡了，因心情不能平靜，按「玄陰心經」上的練氣心法端坐至天色大明。

被二女的歡笑聲驚覺後，項思龍緩緩收功睜開虎目朝二女望去，卻見她們也是剛剛醒來，身上的春色在項思龍眼前顯露無遺，不禁想起昨晚與她們歡好纏綿的情景，心中一蕩，嬉笑著伸出怪手去摟住二女。

二女起初還略羞澀，但在項思龍怪手的進攻下很快防守就被瓦解，嬌軀也不知不覺的投入他寬廣的懷中。

項思龍通過修習「玄陰心經」一晚已是精力全復，在二女挑逗下又覺慾念大動，正待劍及履及，房外忽地傳來了阿毛的歡叫聲道：「姐夫，姥姥、爺爺他們等著你一起去用早膳呢！你怎麼這麼貪睡？」

說著竟是推起房門來，嚇得二女忙抓住被子遮蓋身上，項思龍這時也清醒了過來，記得自己從今天起要加緊練功的事，忙穿了衣服，開了房門，不待阿毛進得房去就拉著他向膳食房走去。

梳洗完畢後，項思龍隨了阿毛來到了客廳，這次在座的卻有十幾個項思龍從未見過的百歲老者，個個都是身形雄壯之極，眼中精芒閃閃生威，顧盼間都有一股攝人氣態。見著項思龍，虎目都向他望來，其中一個老者忽地飛身而起，向項思龍飛壓過來。

項思龍心神一轉，左手雙指一領「雲龍八式」劍訣，「旋風式」用手揮出。見項思龍反應如此快捷，老者滿意的點了點頭，又倏地掌法一轉，身形幻作十多個虛象在項思龍四身周圍劇轉起來。

項思龍只覺眼前一花，忙默運「玄陰心法」讓靈台進入空明之境，老者真身頓盡現眼前，「天殺式」又是應手而出。

老者見項思龍竟能破他的「迷幻十變」身法，頓知此子心性清明，可不受自己幻象所惑，倏地發出一陣哈哈大笑，身形沖天而起，再倒立過來，一掌按住項思龍百會穴，讓真氣在他四肢百駭運得一周天後，老者再飛身落地站穩，竟是虎目落下淚來，口中喃喃道：「報仇有望了！鬼血王的末日不遠了！」說著突又發出一陣仰天大笑。

項思龍不明所以的向鬼冥雙怪望去，卻見他們神懷肅穆中又含著一絲欣慰的笑意。項思龍走到他們身前正待說話，鬼老大揮手止住他道：「他們是我們地冥鬼府的十八鬼魅使者，當年追隨我爹逃出的忠心屬下，現在負責的是我們鬼王府二百死士的訓練任務。我派了四個去沛縣保護劉邦了，他們十四人聽說由你來繼承鬼冥神功，所以想測試一下你的資質。你現在已經通過測試了，他們將暫時擔負起你練功的護法。自今午後，我們進入鬼王殿閉關一月助你練成鬼冥神功，當然這也要看你的造化了。」

十四使者這時突地朝鬼冥雙怪下拜，齊聲道：「少主，我們一定會光復地冥鬼府的！」

鬼冥雙怪滿懷滄桑的掃視眾人一眼後道：「以後思龍就是你們的新少主，待他練成神功後，你們就追隨他繼承我們的遺忘，光復我地冥鬼府！」

十四使者這時卻是哽咽的道：「少主，你們自己也要保重啊！」

鬼老大歐陽緯淡笑道：「只要能殺了鬼血王，復我地冥鬼府，我們也就可安心瞑目了！」

上官蓮卻是突地臉色一沉，對著十四使者嚴肅的道：「在你們少主助新少主練功的時候，無論上面發生了什麼事情，你們也不可輕舉妄動，知道嗎？」

十四使者正色同聲道：「屬下等會謹遵少夫人叮囑！」

上官蓮滿意的點頭道：「鬼王殿裡的必備食物和水都準備好了沒有？」

十四使者中的一個老者站起來恭聲答道：「一切都已準備妥當，少夫人！」

上官蓮這時忽滿面哀色的望了鬼冥雙怪一眼，低聲道：「用膳吧！」

鬼王殿乃是建造在這座通天島中腹的一個地下宮殿，通道口乃是用一塊萬斤巨石堵著。鬼老二朝著巨石中的一個突起的圓盤先順時針旋轉三圈之後又逆時針轉了半圈，只聽「咔嚓」一聲，那突起的圓盤倏地向上彈開，露出一個鑰匙。

鬼老二接過鑰匙後把它塞進鑰匙孔又按逆時針轉了三圈後，突得「轟轟轟」一陣巨響，只見那巨石隨著響聲緩緩升起，露出一個一人多高的洞口來。

洞內點有油燈，並將燈火照在紅色的珊瑚岩壁上，反射出詭異的光來。

鬼老二率先步入洞後，朝眾人招了手道：「進來吧！」

聲音在洞中發出悠長的回聲，可見這石洞之深之長。

項思龍隨在鬼老大身後緩步進了石洞，十四使者緊跟著進得石洞後，鬼老二又朝洞內壁的一個突起圓盤一陣旋轉，「轟轟」聲中巨石又緩緩關閉。項思龍突覺心中似有緊張，喉嚨裡發生了「咕咕」的吞咽口水的聲音。

一行人在石洞裡行了盞茶工夫後，視野突地豁然開朗，卻見一個足有百多平方的大地穴，地穴有著盤旋下陣的石階往下通去。

項思龍隨著眾人往下再行了不知多遠後，石階突然又止，又是一個有許多洞口錯綜複雜的石洞在眼前。在這眾多石洞裡一陣東轉西轉後，最後來到了一個四周空空，中間卻有一個石門關閉的石洞前，十幾盆懸掛的火盤把洞內照得通明。

鬼老二徐徐緩了一口氣道：「到了！就是這裡！」

說著開啟了中央石洞石門，裡面卻是由寶珠發出的緩和光亮照明，霧氣繚繞讓人看不清裡面的實物。鬼老大朝十四使者嚴肅的道：「你們圍坐石洞周圍進行

看來項思龍練成鬼冥神功的希望在即了！鬼冥雙怪怪目望著如老僧入定的項思龍，淚光盈盈的想著。

十天的時間對項思龍來說很快就過去了，因為他整個身心都沉入了對寒冰萬年之寒氣的吸納之中，只覺「玄陰心經」中的心法能夠把這萬年寒氣化之於無形精氣而擴散於他的四肢百骸，使得寒冷反有一種清冷的舒適感覺，讓他有種飄然欲飛的得道成仙之感。

但這十天的時間對鬼冥雙怪來說卻是如十年般的漫長。他們焦慮不安的看著項思龍對萬年寒冰床寒氣的迅猛吸納情況，看著寒冰床被項思龍吸納得愈來愈少，最後化之全無，反是項思龍的身上給釋放出了濃烈的寒氣來，似乎他的身體就成了一個萬年寒潭，但是在他的頭頂百會穴處卻又盤繞一團似火球般的真氣。

難道思龍的玄陰心法能夠化解萬年寒氣，而這萬年寒氣又觸發了他體內的玄陰真氣，使之二者相輔相成？但是思龍還如此年輕，又怎麼把「玄陰心經」練至如此似欲登上仙道之境呢？就是當年的鬼谷子似也沒有練至如此之境啊？

其實項思龍也不知道他的玄陰真氣練到了這個境地，這還要多虧大白二白給他吃的五百年開花一次，五百年結果一次的奇異珍果。

這種朱果能夠增強人的內力，被大白二白偶然發現，卻被項思龍在那石洞跪開無機洞府的石門時個被吃光時，這刻蘊藏在體內的朱果異能被這寒冰床的萬年寒氣觸發，而他又是按「玄陰心經」上的心法練功，所以使得他的玄陰真氣猛然劇增，達到了得道登仙之境。

鬼冥雙怪驚詫的看著項思龍身上出現的異象，心神都顯得十分的緊張。成功與失敗的關鍵就看項思龍吸納萬年寒氣的多少了，現在他雖然令人驚駭的吸收了萬年寒冰床所有的寒氣，但是他頭頂出現的火熱真氣卻證明他體內還蘊藏有大量灼熱真氣，現如果冒然向他體內灌注鬼冥真氣，二者會不會反生負面衝突呢？

鬼冥雙怪正如此忐忑的想著時，項思龍忽地睜開了虎目，雙掌托天而起再緩緩下壓至丹田，頭頂上盤繞的火球般的真氣頓被他收入體內。見著鬼冥雙怪忐忑不安的神色，項思龍微微一笑，發聲道：「爺爺，現在已經過了幾天了？」

說著時忽地發覺洞內已是清朗一片再無霧氣升騰，不由心下訝然，往身下看去，卻不見那勞什子的什麼萬年寒冰床，又問道：「爺爺，寒冰床呢，你們把它搬出去了？」

鬼冥雙怪聞聽得項思龍的話卻是驚喜中更多駭異，因為項思龍吸納了萬年寒冰床所有的寒氣，不但沒能冰封住他的氣息，使他進入假死狀態，反似乎使他顯得更加清醒，給人一種神光內斂的感覺。平靜了一下心懷後，鬼老大歐陽緯期期艾艾的道：「思龍，你……你沒事吧？」

項思龍這時站了起來，伸了伸手腳後不解的道：「我沒事啊！你們幹嘛用如此眼光看著我呀？當我是怪物似的！」

鬼老二歐陽敏嘿嘿怪聲道：「你比怪物還讓人覺得怪呢！你知不知道，那萬年寒冰床就是被你給吸收光了！」

項思龍聽了嚇得跳了起來道：「什麼？這……這不可能吧？我真把那萬年寒冰床吸光了，不成個冰人才怪！」

鬼老大訝道：「難道你身上真的一點感覺也沒有？」

項思龍閉目沉思了一番後點頭道：「有感覺！全身都清清涼涼的舒服得很，身體有一種飄然欲飛的感覺，像是靈魂與肉身要分離似的。」

鬼老大駭然道：「什麼？有一種靈魂與肉身要分離的感覺？難道你真的把『玄陰心經』練至了第十層『得道登仙』的境界？」

項思龍聽了笑笑道：「什麼得道登仙啊？我現在還不是凡人一個嗎？」

鬼老大這次卻沒有答項思龍的話，反朝鬼老二交換了一下眼神，沉聲道：

「老二，你看思龍可不可以修練『道魔神功』？」

鬼老二沉吟了一番後道：「練不練得成『道魔神功』，就要看這小子自己的造化了。我們還是先讓他練成鬼冥神功再說吧！他體內的萬年寒氣已經比我們至陰至寒的鬼冥真氣還要寒冷，我想他已經足夠能承受我的鬼冥真氣了。還是先傳他鬼冥神功的心法，再對他施行開頂輸功大法吧！」

鬼老大點了點頭，轉身向項思龍臉色嚴肅道：「鬼王第五代傳人接令！」

項思龍聽了頓即跪地俯首，鬼老大又道：「現傳你鬼冥神功和『鬼府寶典』，練成神功後，務必以發揚光大地冥鬼府為己任。對於神功、寶典只可傳予第六代傳人而不得他傳！」

項思龍恭謹的應聲後，鬼老大突地遞給他一個碧綠的玉匣沉聲道：「這乃是咱們地冥鬼府的至高武學典籍『鬼府寶典』和鬼王令牌，你一定要好好保存它。鬼血王為了奪得鬼王令牌不惜搜遍天下來找尋我們，因為他沒有鬼王令符就不能完全令教中的教徒信服他。」

說著又遞給他一把劍鞘劍柄全是血紅的寶劍道：「這是鬼王劍，據爹說這鬼王劍裡藏有一套『鬼王千絕斬』的劍法和『道魔神功』心法，現在把它傳給你，看你有沒有緣份能否發現其中的奧秘了。」

說完又從衣袖裡取出一個竹筒道：「這是我們在這通天島上發現的一本『地藏秘經』，『縮地成寸』奇術也在裡面有記載。還有『分身掠影』的身法，百變迷蹤的步法和移魂傳意的攝魂大法等等，最後面記載的是一章有關天下奇毒的破解之法。這裡面全是有關輕功的記載，裡面的『地藏心法』也是為輔助輕功服務的，倒是沒有可與敵交鋒的硬招，不過逃命最是有用。現在也一併送給你。」

說到這裡，忽地雙手搭住項思龍的肩頭，語音有點激動的道：「龍兒，以後鬼王府就全靠你了！」

說完突地左手食指和中指並在一起，射出一束束的真氣封住了項思龍的幾大穴位，讓他動彈不得，同時施展開「移魂傳意」大法，讓項思龍的心神與自己心意相通，飛身而起，身體在空中倒立過來，一陣旋轉頭頂與項思龍頭頂相對，施開了開頂輸功大法，把自身內力源源不絕輸入的一套運功心法。

項思龍身體雖是受制，但是心神卻沒有完全被鬼老大的「移魂傳意」大法控制，不由得又驚又駭，口中甚是想喊叫些什麼，但是啞穴受制，卻又絲毫發不出什麼聲音來，只覺鬼老大的內力如潮水洶湧般自頭頂百會穴劇沖向自己的丹田給貯存了起來，同時自身的內力與他灌輸的這般內力在丹田內發生了急烈的衝突，讓他感覺身體陣寒陣熱，眼前幻象紛呈，全身骨肉血脈，似要膨脹得爆炸，讓他汗水狂流，進入半昏迷狀態。

經脈裡充滿著寒徹入骨的鬼冥真氣，在他血脈之中滾流竄動不息，讓他想發狂的叫喊，卻又叫不出聲。不過靈台之中卻又似有一個聲音在警告自己道：「一定要忍住這煎熬！為了鬼王府！為了不辜負爺爺和姥姥對自己的期望！為了阻止鬼血王入侵中原武林的野心！為了邦弟的千秋基業！我一定要忍住這煎熬！」

這一絲意識在腦中閃過，當即咬緊牙根，強忍痛楚，按鬼老大教自己的化功心法，慢慢的把他輸到自己體內凌亂的真氣內力歸融入一定有軌跡的經絡中，運行後再納入丹田，全身的痛楚立時減去一半。

也不知多少個時辰多少天過去了，項思龍只覺自己全身的兩股不同內力如百川歸流般突地衝破了自己的任督二脈，由腳心的湧泉穴上升與頭頂百會穴下流的真氣合為一處，穿過大小經脈，彙聚往丹田氣海處，一冷一熱兩股氣流，交融旋轉，當旋力聚積至頂峰時，又倏地由丹田射出千道氣箭，閃電般蔓延全身。

這過程周而復始的運轉著，項思龍覺著自己的體內似蘊藏有無窮無盡強大無比的真氣似的，但又化若為虛無，似乎他真的身體可與天地交融，目光可看清宇宙的一切，耳內可聽清萬物萬事傳來的聲音。

他的衣衫盡裂，堅實的肌肉倏地釋放出如紅寶石射出的光線似的刺目紅光。

面上的易容藥物也全都脫落，露出了他本來凹凹凸凸的面容，在紅光中令人看了感覺他似魔非魔，似道非道。

鬼冥雙怪這時均都在一旁喘著粗氣，他們也暗都奇怪自己為何沒死，因為開頂輸功大法輸功者內力輸盡後必會力竭精耗而亡，但是他們給項思龍輸功時，項思龍卻似有意無意的只分別吸納了他們五層的功力就再也輸不進一絲內力，所以他們還沒死。但奇怪的是項思龍已經進入昏迷狀態之中，為何卻似非常清醒呢？

其實項思龍先前吸納了萬年寒冰床的寒氣後，使得他練至了「玄陰心經」中至高境界，他的肉體和靈魂已是快欲分離，又經鬼冥雙怪內力的灌輸，更是觸發了他身體內的潛能，使至達到了靈肉可分可合的仙家得道之境。

所以昏迷的只是他的肉身而不是他的靈魂，鬼冥雙怪也因此逃過一劫。不過對於這一切，項思龍並不能貯於他的記憶中，因為他的思想還只願意待在凡間，而不願成仙登道，以致他雖靈肉可分可合而仍是一介凡人，偶然間靈魂出竅所做的仙家之事他並不記得。

鬼冥雙怪正剛醒過來怪怪想著時，突地見著洞內紅光四射，心下大喜，知道項思龍已經練成了道魔神功。鬼冥雙怪正如此想著時，項思龍暴喝一聲突地身形在空中旋起，雙掌一陣揮舞，只聽得「轟轟轟」一陣陣爆炸之聲響起。

第十章　神功揚威

項思龍得萬年寒冰床的萬年寒氣和鬼冥雙怪的內力之助，激發了他體內蘊含的朱果異能，使他練成了兩項絕世神功——玄陰心經和鬼冥神功。

但項思龍一時之間根本不能完全把兩種真氣融後為一，而達到相輔相承的道魔神功之境，所以兩股真氣在他體內猶如兩匹狂野的奔馬四處亂竄，使得項思龍痛苦難忍，以致暴喝發狂，雙掌四揮之間石洞轟然爆炸，且餘勢內力炸得外洞亦也是石塊紛飛，整個山洞都給震得劇顫起來。

鬼冥雙怪和洞外護法的十四鬼魅使者正都被項思龍身上釋發出的紅光所吸引，為他練成神功而激動時，驟然見得項思龍的狂態，都不由心神劇震，因為他這種現象是練功走火入魔的現象啊！

顧不得閃避飛來的石塊，十六人同時飛身射出十六道內家罡氣向項思龍身上的十六大要穴點去。但所發的內力都如碰撞在堅硬的鋼板之上，只聽得「噹噹噹」一陣硬物相擊之聲響起，十六人所發的真氣竟被悉數反震而回，向自己擊來，慌得各人在心神大駭之下，雙指再射出一束罡氣，又聽得「轟轟轟」一陣罡氣相碰的爆炸之聲再次響起。

項思龍呢，身體要穴乍受十六道強猛罡氣的震擊，反是舒適了好多，體內四竄的兩股真氣似突地安份了起來，使得他痛苦頓減，神智亦也恢復了正常，見著洞內凌亂的景象和鬼冥雙怪，十四使者看著自己的異態，不由得訝異的突地發聲道：「這……這是怎麼回事？是不是鬼血王攻到島上來了？」

鬼冥雙怪和十四使者見項思龍又突地清醒了起來，不由得均都喜極而悲，鬼老大更是三步並作兩步的衝上前去一把抱住項思龍泣聲道：「龍兒，你……你沒事吧？剛才都把爺爺嚇壞了呢！」

鬼冥雙怪忙將剛才情景說了一遍後，項思龍眉頭一皺道：「看來我雖練成了鬼冥神功和玄陰心經，但因不知道道魔神功心法，無法把這兩股真氣合而為一，所以我隨時有可能再度發狂。目前緊要的就是能發現鬼王劍中的秘密，找出『道魔神功』心法，使體內的兩股真氣融合起來練成『道魔神功』。」

鬼冥雙怪點點頭，鬼老二遮上被項思龍剛才發狂炸飛的鬼王劍道：「思龍說得不錯，若是他體內真氣再次反噬，而沒有像我們方才那樣強大的內力鎮住的話，就會有經脈爆裂的危險。只有讓他練成『道魔神功』才可完全解決危機。」

說到這裡頓了頓又道：「老大，我看我們二人在這洞內為龍兒護法，十四使者就讓他們出殿去防衛鬼血王他們。因為要發現這鬼王劍的秘密也不是一朝一夕的事，爹費了幾十年的心血也沒發現，現在就看思龍的機緣了。若是天助我們，思龍能在鬼血王來島之前發現鬼王劍秘密，練成道家魔派的至高神功——道魔神功，我們鬼王府就有重見天日的機會！」

在鬼老二說這話時，項思龍正在把玩鬼王劍，卻見劍柄乃是一龍頭雕刻，龍嘴中含有一顆血紅的寶石，龍眼亦也是由紅寶石嵌裝，劍柄的龍頭與劍鞘的龍身龍尾渾然天成一條完整的血龍。項思龍心念倏地一動，在中國的古代龍為天子化身，天子可指揮龍體，那麼是否也有一天子之像可命這血龍解開這鬼王劍的秘密呢？想到這裡怪臉上露出喜色道：「是否還有一尊天子之像呢？」

鬼老大渾身倏地一震，口乾舌燥道：「有！思龍你怎麼知道的？是否想出什麼來了？」

項思龍見果如自己所料，大喜的點頭道：「你快去取來那尊天子之像！它或許是破解鬼王劍之秘的鑰匙！」

鬼老大聞言臉顯出激動之色，忍住還想問項思龍些什麼的衝動，幾個飛身消失洞中。但過不多久，卻見他手裡拿著一個黑色木匣飛身而至，把木匣遞給項思龍道：「這就是天子之像了！但是它與鬼王劍有什麼關連呢？」

項思龍沒有回答他的問話，只是打開玉匣取出一尊用黃金雕成的人象，卻見這金人確是有一股王者之色，它雙目中嵌著的兩顆晶瑩透明的白色寶石射出懾人心魄的光來，與鬼王劍柄龍頭嘴裡和眼裡的三顆血紅寶石發出的紅光竟似通靈似的，突地寶光大作，白光、紅光渾然融為一體，把整個石洞都照得一片通明。

而就在這時，鬼王劍突地發出龍吟之聲，只見那劍柄身組成的血龍像是活過來般，竟是舞動了起來，且劍柄龍頭嘴裡的龍珠倏地飛出，射進了天子之像的嘴裡，天子之像緊閉的金嘴驀然打開，龍珠進入金人的肚裡，又只聽得金人肚中發出一陣異響。

過得片刻，金人肚部突地「吱」的一聲顯出一個黑洞來，細目望去卻見裡面有一把金光閃閃的鑰匙，而那龍珠卻是不見蹤影。

見著這奇異之景，眾人都驚詫得目瞪口呆，設計這開啟鬼王劍秘密之人心計之高，確是當世難有了。道魔天尊不但武功天下第一。對於機關玄學更是學究天下啊！眾人正如此想著時，項思龍已從天子金像肚取出了那把小巧玲瓏的金鑰匙，再拿起鬼王劍，卻見龍球飛出的龍嘴裡正有一個鑰匙小孔，而龍眼裡的兩顆血紅寶石這時卻已是黯淡無光了，想那金人體內的龍珠也是同樣命運吧！

項思龍心裡怪怪的想著時，已是把金鑰匙通進鑰匙孔內按順時針旋轉三圈，卻果也被他試個正著，只聽「咔嚓」一聲，鬼王劍劍柄上的龍頭應聲而分為兩半，卻見其空腹中有一束疊得很是整齊的精美質料的黃色錦帛。

項思龍和鬼冥雙怪、十四鬼魅使者見了一時均是只聞呼吸聲不聞他響，但過得片斷，十幾人齊都歡呼出聲。鬼冥雙怪更是淚水盈盈，激動的同都拍著項思龍身體微顫著，而十四鬼魅使者則是神情肅然的靜站一旁。

道魔神功，聚道家之精華，凝魔派之萬能，由道入魔，由魔入道，乃天地道家魔派的至高神功，可讓天下道家臣服，可讓天下魔派色變。

鬼王千絕斬，其勢威猛絕倫，其招精妙無匹，可開天劈地，可叱吒風雲。

項思龍費了八天的時間，就已融會貫通了道魔神功，領悟了鬼王千絕斬。卻見他全身的毛孔似都可呼吸似的，四身周圍的空氣都翻滾如煮沸的開水，發出「啪啪啪」的炸裂之聲。

鬼冥雙怪和十四鬼魅使者在旁看了，都禁不住一陣陣的心潮澎湃！心中似有一個聲音在狂喊著道：「鬼血王！你的末日到了！我們忍辱偷生這麼多年的怨仇終於可以得報了！」

項思龍這時也覺全身舒暢已極，通體真氣充盈，有點似與天地融為一體的感覺。

鬼老大歐陽緯見項思龍運功收身，走了上去滿面堆笑的道：「思龍，感覺怎麼樣？」

項思龍真氣十足的爽聲道：「大功告成！」

鬼老二歐陽敏聽了發出一陣哈哈大笑道：「這下就是鬼血王不來找我們，我們也要去找他了！」

鬼老大也是豪氣大發的拍了拍項思龍的肩頭道：「走！咱們現在就出了這鬼王殿，在通天島上靜候鬼血王那老鬼的大駕！」

十四鬼魅使者這時也走到項思龍身前，躬身行了一禮後齊聲道：「恭喜少主神功大成！」

項思龍心中這時也是豪情萬丈，倒也真是希望鬼血王能夠快些來到這通天島，好讓自己試試這剛練成的道魔神功威力到底如何，不由得仰天發出一陣笑道：「姥姥她們在殿外島上可也切盼著我們呢！我們現在就出去與她們商討一下怎樣對付鬼血王的計畫吧！」

項思龍神功比預期提前十日練成，且被他無意中發現了鬼王劍的秘密，練成了曠古絕今的道魔神功，鬼冥雙怪和十四鬼魅使者滿心興奮的圍擁著項思龍出了鬼王殿時，卻見上官蓮和蘭蘭、雲雲、芳芳、香香、娟娟諸女正滿面淒容的就在殿外靜默無語的坐著，聽得石洞「轟轟」的開門聲，都不由得神情微怔下又都喜極的彈跳了起來。

看到項思龍諸人時，五女頓即嬌吟一聲，顧不得有旁人在側的害羞，歡呼著向項思龍湧撲過來。而上官蓮見著項思龍身後的鬼冥雙怪則是微愕之下神情又是一陣激動，走到二老身旁，目光愣愣的看著二人，嘴角喃喃的抖動著，似想說些什麼卻又一時不知怎麼啟口。鬼冥雙怪心中也是一陣激蕩，這麼多年來上官蓮一直都瞧不起二人，這次自己二人助項思龍練成不世神功，終於可以抬起頭來了！怪目似在發漲，鬼老大歐陽緯突的呵呵笑道：「蓮兒，思龍不但練成了鬼冥神功，且發現鬼王劍秘密。練成了道魔神功和鬼王千絕斬了！這次鬼血王若來侵我們，定可叫他死在我們通天島上。」

上官蓮聽了這話，目中異彩連閃，臉上顯驚喜之色，激動的道：「這……這是真的？」

項思龍正被五女纏得不可開交，聞聽此語，忙推開眾女，走到上官蓮身前，躬身行了一禮後道：「姥姥，龍兒這次能練成神功，全仗兩位爺爺輸功之效。」

鬼冥雙怪聽了這話，目中向他投過感激之色，上官蓮則是無限慈愛的看了項思龍一眼，見著他已露出原形的凹凸不堪焦黑一片的面容，驚聲道：「龍兒，你……你的臉是不是曾被人用毒藥毀容過？」

項思龍本還不知自己因練功而露出原本容貌，聞言神色一變的黯然道：「這……是的！」

卻見她們除了關切之外並無看不起自己的神態來。上官蓮見了項思龍之狀，知他心裡所想，突地眉地一皺沉吟起來，似在想些什麼，過了旋久才語氣沉重的道：「龍兒，你這毀容之毒乃是叫作雲母石英的一種怪石之粉，它產在沼澤之地，因毒蛇涎液吐在石上經百十年風化而成。此毒石甚為罕見，只有用萬年石乳才可完全解得此毒恢復你本來面目。」

項思龍聽說可復容貌，不由得大喜的顫聲道：「姥姥，那……你是說可以解去我臉上雲母石英之毒了？」

上官蓮搖了搖頭，苦笑道：「萬年石乳比雲母石英更是罕見，我也沒得此種藥液。」

項思龍聽了失望之中還是帶有一絲希望的再次問道：「姥姥，那你知不知道何處有得萬年石乳呢？」

上官蓮遲疑了一陣後道：「當年，我據師父天山龍女講，在桂林灕江之北，有一奇寒的萬年寒潭，潭下有一洞口或通往地底的一處萬年石鐘乳之洞穴，洞穴中就有此種萬年石乳。不過，從來沒有人敢下到這萬年寒潭中去，因為此寒潭傳說有五百多米之深，潭水中的寒毒更是無人能抗，且潭底有怪獸駐守，此獸名曰蛤蛇寒龜，凶猛絕倫，水火不侵，萬槍不入。」

項思龍問：「還有其他地方嗎？」

上官蓮點頭道：「有是有，不過能達萬年者卻是傳聞中只有此處。」

一旁的鬼老二歐陽敏哂道：「沒有什麼萬年石乳也沒關係的嘛！思龍的易容術得鬼谷子那老怪的真傳，想變個什麼樣俊俏的漢子也難不倒他，何必去費這份神呢？何況取得那什麼萬年石乳又那麼危險。」

鬼老大歐陽緯忙附和道：「就是嘛！人的面目美醜有什麼關係呢？只要心地正派就可以了。嘿，思龍，你放心的啦！我們五位孫女絕對不會因此而嫌棄你的！就像我們兩個老怪還不就娶了你姥姥這個當年如天仙一般的大美人？」

上官蓮雙目朝鬼老大一瞪，嬌嗔道：「難道你們現在就嫌我老了醜了不成？」

鬼老大一臉惶恐道：「這個……怎麼會呢？我……蓮兒在我們心中永遠是最美的，比天下所有美女加起來的美還要美上一百倍一千倍。」

上官蓮聽了「撲哧」笑道：「這……這種美到底是美到什麼程度啊？」

項思龍這時也受了鬼老大話中風趣的影響，心懷稍覺釋然，當下笑道：「當然是美到姥姥現刻的笑容如春風拂面的程度啦！其實姥姥的善慈之心已是天下間最美的，最讓人感覺易接近的美了。」

鬼老大和鬼老二聞言頓即在旁附和，上官蓮老臉微微一紅，笑罵道：「想不到龍兒嘴也這般油嘴滑舌，可不要跟你兩位爺爺學壞了。」

頓了頓又道：「不過你的讚語姥姥卻也愛聽呢！」

這話引得鬼冥雙怪和五女禁不住失笑，而十四鬼魅使卻還是面色肅然的靜站一旁。

上官蓮聽得眾人暗笑自己，臉上一寒，正待喝罵眾人，項思龍已是見機得早忙轉過話題道：「姥姥，我們已是有二十來天沒有進食物了啦！肚子都在鬧空城計了！」

聽得此語，上官蓮似醒過來似的道：「噢！這個我倒差點忘了！走，快去準備酒席，為思龍神功大成慶賀一番。」

說到這裡又轉向十四鬼魅使者道：「你們去地冥島把所有的死士和幽冥四護法全都調來這通天島上，明天夜晚子時舉行新少主就任大典，同時高舉我們鬼王府的旗幟，待鬼血王找上門來時，準備與他決一死戰！」

十四使者沉聲應「是」，朝眾人深施了一禮，閃身轉瞬不見蹤跡。

項思龍就任了鬼王府新少主之職後，才知道這鬼王府實力其實也不容小視。鬼魅使者自地冥島帶來的死士有兩百人左右，個個武功均屬一流之境，且他們有一身不怕死的鬥志，真可抵得上現代訓練有素的軍方敢死隊了。

至於高手除幽冥四護法之外還有十多個年逾百歲的老者，再加上通天島本島的鬼王府家族成員百十來人和護島的八大巡主及四百多個護衛武士，總共實力加起來也有千數左右。

這麼龐大的陣容比劉邦豐沛起義時的實力是大大有過之而無不及的了，但為何對那鬼血王卻是如此畏懼呢？

難道鬼血王的實力比鬼王府的實力還大數倍甚至數十倍？

若真這樣，自己倒是真的務必除去那鬼血王，以免他投靠項羽對邦弟造成嚴重威脅了！

再說收服地冥鬼府的那幫教眾，對劉邦將來成就大業也有莫大的幫助。

項思龍心中喜喜憂憂的想著，心情沉重之中又有一絲喜悅。自己若真能統領鬼王府和地冥鬼府的勢力，憑他們這種神乎奇技的武功，要打敗項羽的江東八千鐵騎可以說是易如反掌，但是歷史上劉邦的江山似乎不是靠這股勢力打下的啊！甚至連任何有關鬼王府的記載也沒有，那麼自己動用這股力量去提前打敗了項羽，會不會也算是改變了歷史呢？

唉，自己來到這古代的使命本是阻止父親項少龍想改變歷史的圖謀，又怎可以身犯科？

不管怎樣自己的職責是維護歷史按原樣發展，這股力量還是留待日後有什麼其他的重大變故時再動用吧！

又想到自己現在還沒有打敗鬼血王就「美滋滋」的想著這些問題，不覺啞然失笑起來。

「姐夫，你在想些什麼呢？」阿毛的童音突地響起打斷了項思龍的神思。

回頭衝著正閃忽著小眼睛向自己走來的阿毛笑了笑，項思龍站了起來道：「沒想什麼，只是在考慮怎樣對付那鬼血王。」

頓了頓又道：「對了阿毛，你來找我有什麼事嗎？」

阿毛搖了搖頭，忽地神色一暗道：「姐夫，你也教我武功好不好？」

項思龍訝道：「有爺爺、姥姥他們教你還不夠嗎？你要能學好他們所傳教的武功啊，已經足可傲視天下了。」

阿毛嘟著嘴道：「可是爺爺，姥姥他們總說我年齡大小，不願教我高深的武功。我……這樣下去，不知哪一年才可以達到姐夫這樣厲害的本事呢！」

項思龍這時走了上去摸了摸阿毛的光頭道：「武功太高可也有很多的麻煩呢！因為那樣你所遇對手的武功也將很高，若是一個不小心，說不一定就連命也都會給丟了，倒是做一個平實的人比較好，可以輕輕鬆鬆開開心心的過一生。」

說完竟是長歎了一口氣，顯出心中有無限感慨來。

但阿毛還是似有點嫉妒的道：「可是武功很高也有許多好處啊！就像姐夫你現在練成了道魔神功，島上的人哪一個不是很尊重你啊？就連爺爺、姥姥他們也對你讚不絕口，還把島上的統領權也交給了你。還有啊，就是姐姐她們現在也越來越喜歡你了。」

項思龍聽了苦笑道：「可是姐夫因此而來的重任也越來越大了啊！想想那鬼血王武功那麼厲害，到時就要我來對付，我現在心裡都緊張得很呢！」

阿毛嗤笑道：「姐夫練成了我們地冥鬼府祖師爺的至高神功，現在那鬼血王怎麼會是你的敵手呢？」

項思龍沉聲道：「輕視敵人就等於是你在犯一個大錯誤，要知道對敵人不可以掉以輕心，要以慎重的態度去應付。即便敵人的武力打不過你，但是明槍易躲暗箭難防，我們是需小心為上。俗話說的驕兵必敗就是這個道理。」

阿毛低頭沉思了一會，忽地又撒嬌道：「姐夫，我不是來聽你這些我聽不懂的大道理的呢！我只問你教不教我武功嘛！」

項思龍頭大如斗的無奈道：「好吧，等打敗了鬼血王我有閑暇了時，再教你武功可以了罷！」

阿毛臉上露出喜色道：「姐夫可不准騙我噢！」

項思龍拍了一把他胖墩墩的背部笑道：「姐夫不是說過嗎，大人是不騙小孩子的。」

阿毛聞言正拍手歡呼時，鬼冥老大臉上顯得興奮而又緊張的道：「思龍，據我們的探子放回的信鴿回報，鬼血王此次真的領了大批地冥鬼府的高手向我們通天島方向趕來了，聽說他還從水路馳來了二十多條戰船。」

項思龍聞言心神一斂道：「這個無妨，他們的戰船要通過我們訓練有素的鯊魚群的阻擊將會很是困難，至少會讓他們的兵馬損失過半，如此一來，我們的實力反會比他們強大。但是我們在他們遭鯊魚群阻擊過後，趁他們的慌亂之際，又出動戰船對他們進行攻擊，此戰我們必可勝也。」

鬼老二卻是憂心忡忡的道：「可是鬼血王在二十年前得到了一本毒經，他若在湖水中下毒，我們的鯊魚群阻擊之勢就全被他破解了，將白白損失了這些可愛的傢伙。」

項思龍聽了皺眉沉吟道：「這個……嗯，若是鬼血王是個用毒高手，那我們的計畫是得改動一下了。對了，我們的戰船有多少條？」

鬼老大道：「大型戰船有五條，小型戰船有二十條。」

項思龍想起現代裡的古典名著《三國演義》裡周瑜火燒曹操幾十艘連營戰船的故事來，當即又問道：「我們這通天島處在什麼位置？這通天湖的風向一貫怎樣？」

鬼老二一愣，但還是答道：「我們這通天島處在這通天湖的正南面，只要天氣晴朗的話，通天湖起的一貫都是東南風。」

項思龍拍掌道：「如此就好，只須鬼血王來攻我們那天是晴天，起的又是東南風，那就可以施行我的計畫了。」

鬼老二不解道：「這些與我們作戰有什麼利嗎？」

項思龍解釋道：「當然有利啦！鬼血王要來我們這通天島需要從西北方向駛船過來對不對？如此我們就可以借用風力加快我們戰船的速度，而我們每一條小型戰船頂上都給它加上個防箭蓋，船頭則裝上重型的鐵鍊。向敵船衝去，必會把他們的船底撞破，那時敵船將沉，敵兵必會紛紛落水，鬼血王就再也不能向湖水下毒，此時我們就再發動鯊魚群的攻擊力量，敵人四散慌亂時，大型戰船再發動主力攻擊，我們此戰還是必勝。」

鬼老大嘆服道：「想不到思龍還對戰略之術如此精通，看來我們鬼王府揚眉吐氣是勢成定局了。」

鬼老二卻道：「發現思龍這樣的人才卻是我們二人的精明過人呢！」

鬼老大頓即道：「這倒也是！」

一切作戰計畫都按項思龍的佈署安置好了，十四鬼魅使者、幽冥四護法和由鬼冥雙怪從八大護島巡主挑選出來的兩名高手擔任前鋒，每人領五名死士駕駛一條小型戰船。

鬼冥雙怪則是負責指揮鯊魚群，上官蓮和其他的人負責大型戰船的最後對敵攻擊。

項思龍則是也跟在前鋒中負責對付鬼血王，以免他傷及其他人。

這幾日天公甚是作美，風和日麗，東南風大作，通天湖水面在風的吹擊下掀起的浪濤足有一米多高。這讓得項思龍和鬼冥雙怪等人均是心懷大暢。

項思龍通過從現代裡學來的天文知識，看了一下天氣，估計約莫在半個月之內會保持這種天氣，不由得對對付鬼血王更是信心滿懷。

因既已發現鬼血王的行蹤，半個月之內他就必會率眾前來攻打通天島，到時只要自己這方誅殺了鬼血王和他的四大心腹弟子，再取出鬼王令牌來，餘下的地冥鬼府教眾必會向自己等臣服，那時自己也就了卻一件心願，可以再返回陸上去幫助劉邦了。

想到劉邦，項思龍心神不覺一緊。自己自從追蹤岳父離開他以來，已是有兩三個月沒有與邦弟見面了，也不知他現在怎麼樣了？據歷史記載推算，劉邦自豐沛起義成功一個多月以後就攻克了泗水郡城，那他現在應該駐在泗水郡城了！嗯，只要不發生什麼意外，邦弟有鬼魅四使者保護，應該不會發生什麼問題。

忽又想到隨灌嬰、酈食其二人去沛縣的劉秀雲、王菲，也不知他們找到劉邦沒有？還有岳父管中邪，父親項少龍不知助他脫離危境沒有？再想到岳父張良和張碧瑩、曾範、曾盈他們，與他們分離至今已是有半年了，也不知他們現今下落如何？

項思龍正有些黯然神傷的怪怪想著時，身旁的鬼老大忽地道：「思龍，前面十多里遠的湖面上似是出現了鬼血王他們戰船的影子。」

項思龍聞言心神倏地一緊，忙運功極目向西北方向望去，果隱隱可見有二十多條大型戰船正快速向自己通天島這端馳來。項思龍忙沉聲對身後的十四鬼魅使者諸人道：「馬上進入戰備狀態中，待敵人船距離我們只有三四海浬之遙時，再向敵船發動衝擊。」

眾人齊聲應「是」時，項思龍又朝著鬼冥雙怪和上官蓮道：「爺爺、姥姥，我去了！後面的事就交給你們了！要審時度勢而行！」

說完一個飛縱自大型戰船上飛落到小型戰船上，又朝鬼冥雙怪和上官蓮及五位嬌女回望了眼，卻見他們個個都面露極度關切之色，上官蓮更是對著他揮手道：「龍兒，你可要小心謹慎點啊！」

五女則是似在淒然的揮袖拭淚，鬼冥雙怪只是怪目虎虎的看著項思龍，沒有什麼言語的沉默著。

項思龍心頭一熱，忽地大喊一聲道：「起船！」

話音剛落，二十艘小型戰船頓即如離弦之箭般向前急衝出去，大有乘風破浪之勢。過得盞茶工夫，敵船已是清晰可見，項思龍又沉聲發令道：「加速！」

各船上划槳的五名死士得令後頓即運功盡力揮槳，小戰船在風勢推動下更是有若現代汽艇船般的飛速向敵船疾衝過去，眾人均都感覺耳際虎虎生風。

敵船上人見得有二十來艘快迅飛船向自己戰船衝來，頓時箭如雨下的向眾船射來，但怎奈船上的擋箭蓋乃是用鋼板做成，敵箭雖是勁猛，但箭射在鋼板上均都是在「噹噹」聲中都悉數震落。

其餘的也被十四使者和四大護法等高手揮劍擊落。雙方的箭只相距二華里之遠了，項思龍下令眾槳手加大衝刺速度。

而敵方似也已發現項思龍這方小型戰船船頭上的重型大鐵鍊，亦也知道了他們的企圖，頓即有兩個龐大身影飛躍而起，倒置上空，雙掌一揮猛揮。

只聞得陣陣罡氣的「波波」之聲響起，一股股剛猛絕倫的勁氣向眾小戰船襲來，但由於船速太快，大半掌中罡氣擊落水中，「蓬蓬蓬」的水炸之聲不絕於耳，掀起五六丈高的巨浪，其他的掌風罡氣則被諸船上的十四鬼魅使者得悉數用掌力反震回去，「轟轟」的掌氣碰擊之聲也同時響起。

雙方船隻只相距一華里不到之遙了，敵人似是顯得有些著急，又有數十人站上船頭揮掌向眾船襲來，但全皆無用。就在這迫在眉睫的緊要關頭，突地響起一聲巨響，敵船中一艘船艙乍然崩裂，艙頂上隨著船艙炸裂聲衝出一個身著黑色披風，頭戴一個鬼王面具的龐大身影，竟是凌空衝出二丈多高。

項思龍身旁的一個鬼魅使者惶急的沉聲道：「少主，是鬼血王！」

項思龍聞言心念電閃之間，忙也運起道魔神功展開分身掠影的輕功身法，鬼魅使者只覺眼前幾道身影連閃，頃刻就不見項思龍的蹤跡。項思龍飛身掠空之間，鬼血王已是揮掌向眾船擊來，項思龍忙也運氣發掌，但聞得「波波波」的掌氣相觸之聲，鬼血王所發掌中罡氣被項思龍悉數擊散，但二人由於內力相拚勢均力敵，身形均被對方震退得往後直飛開去。

項思龍心中暗驚，自己方才已施展出了六層道魔神功，想不到對方竟然也能與自己拚個不相上下，看這鬼血王似也未盡全力，那麼他的武功比鬼冥雙怪估計的還要高了。

自己這一戰可要小心為是。

鬼血王卻也好不到哪裡去，他方才急怒之下已施展出了十層鬼冥神功，想不到竟被對方的一個毛頭小子給擋住，且震得他氣血翻湧，心中的那份驚駭真是難以用筆墨來形容之。

因為在他心目中，十層鬼冥神功的功力就是連鬼冥雙怪中的任何一個也不可能如此輕鬆擋住，就是當今天下也沒得幾人能擋，對方這小子到底是何方神聖呢？且看他所發掌勁，似乎與自己的鬼冥神功相似，但又似比自己還厲害，這……這到底是什麼詭異的功力呢？

二人思忖間，項思龍這方的戰船已經撞上了鬼血王的戰船，只聽得「蓬蓬蓬」之聲連連響起，敵方戰船有十多艘被撞破出了一個大窟窿，頓時漸漸下沉起來，這一下弄得船上的眾敵人心惶惶，均都驚叫著向未被撞破的船上掠身飛去，但那些戰船因人數太多，負載過重，也左搖右晃起來。

船上當即有人命令眾敵跳下水去，一時又是一陣「撲通」「撲通」的跳水聲響起。

項思龍見計得逞，發出一陣哈哈大笑。鬼血王則是氣怒恨極的狠盯著項思龍，一雙眼睛射出狼一般凶毒的目光，站在一艘完好的戰船上的桅杆上，朝著對面桅杆上的項思龍喝道：「閣下好深的心計！不過今天我鬼血王要不蕩平你們這通天島，我就誓不回西域！」

項思龍笑道：「說大話也不怕大風閃了舌頭！哼，蕩平我通天島？我還想殺了你這狗屁王呢！今天不是你願不願回西域，而本少主根本不會讓你有回西域去的機會！」

鬼血王聞言怒極反笑道：「噢？原來你是那兩個老不死的孫子，還任了鬼王府的少主！嘿，不知那兩個老鬼用開頂輸功大法輸給了你幾層功力？鬼冥神功可練成了否？」

項思龍冷聲道：「這個你就不要管了！咱們今次是要以武功決出高下，你試試不就清楚了嗎？」

鬼血王聞言叱喝道：「看來你小子是想本王早點送你歸西了！」

說完自腰間拔出一把光亮如雪的軟劍低聲道：「寒冷劍啊寒冷劍，老夫多年未曾動用過你，這一次就讓你重見天日，重新飲血江湖吧！」

言語中已是飛身挺劍向項思龍擊來，他手中的寒冰劍倏地寒芒大作，在日光照射下發出強光來，且釋發出一股寒氣，把周圍空氣都給凝聚成冰的向項思龍逼來，強大的氣勢讓得項思龍頓感沉重的壓力湧向四身，忙也拔出鬼王劍，運起道魔神功，通體血紅的鬼王劍體刹時亦也射出一片紅光。

項思龍揮劍成弧狀，空中頓時卻見一道彩虹飛躍似的紅光向鬼血王射來寒流擊去，兩股真氣相碰並沒發出炸響之聲，只見得有如火花四濺般的放射出一點點五顏六色的光點。

鬼血王冷笑一聲，劍勢倏地一轉，施展開「鬼冥寶典」中的「鬼王劍法」，頓時卻見鬼血王身形如鬼魅般的在項思龍四身周圍隨處出現，寒冰劍無聲無息的向項思龍襲來。

項思龍因鬼冥雙怪傳給他「鬼冥寶典」時日尚短，還沒來得及看，所以一時竟也破不了鬼血王這神出鬼沒的鬼王劍法，不覺衣衫已被鬼血王總是突如其來的利劍給刺破多處，手臂上和背脊上也被輕傷冒出血跡來。

鬼血王見狀忽地發聲道：「原來只不過如此爾！即便你也一身絕高內力，但沒有絕妙武功相配，那你這次也是死定了！」

項思龍聽了又驚又怒，竟是不顧鬼血王身形在哪方，把「雲龍八式」劍法應手揮出，同時索性閉上眼睛，胡亂發招起來。

不料這一來卻也被他撞個正著，此法是破解鬼王劍法的唯一方法，因為閉上眼睛就可以不受視力干擾，而能全心全意的用耳聽聲去辨別對方方位。「噹噹噹」一陣劍磕之聲響起，鬼血王每發出的一劍全給項思龍給破解，同時「雲龍八式」中守勢之餘的攻勢向鬼血王攻去。

鬼血王想不到項思龍不懂鬼王劍法竟也被他給破解，且對方的劍中攻勢卻也凌厲異常，不由得心中一凜，忙現出身形，催運鬼冥神功至最高境界——第十二層，把功力灌注劍身，剎時寒冰劍寒芒暴長三尺，劍鋒所過之處射出點點冰火，比鬼血王的鬼魅身法還要快。

只聽得「啊」的一聲鬼血王的慘叫，施即就見鬼血王龐大的身軀向湖面跌去，但在鬼血王身形下跌的同時只聽得他喊道：「小子，我死了你就永遠找不到天山龍女了！」

項思龍聽了心神猛地一震，忙飛身向鬼血王下跌的身形抓去。

第十一章　淫花奇毒

項思龍抓住鬼血王龐大的軀體時，身形剛好足踏水面，這時不經意的舉目向水面四周望去，卻見鬼血王的一眾手下被鬼冥雙怪驅策來的鯊魚群嚇得四散逃竄，幾個身手較高的鬼血王手下正與十四鬼魅使者和四大冥幽護法打得難分難解。

上官蓮的船隊也已趕到，船上的武士正紛紛向水裡遊竄的敵眾放箭，慘叫聲響成一片，海水亦也被敵兵的鮮血染成了紅色。

項思龍飛起身形，提著鬼血王縱身到上官蓮所在船上，把鬼血王交給她道：「姥姥，鬼血王交給你了！我已點了他全身的二十四大死穴和氣海穴，他已不能再作惡了！我先去收拾了那些頑抗的傢伙！」

次你用鬼劫指殺了我鬼王府的三十幾個兄弟還沒找你算帳，想不到又回西域去搬來了你師父鬼血王想蕩平我們通天島！嘿嘿，不過也得謝你把鬼血王送上門來，讓本少主試演初練成的道魔神功！威力還果然不錯，鬼血王的十二層鬼冥神功也敵不過我八層的道魔神功。」

說到這裡頓了頓，忽地豪氣大發道：「本公子方才與鬼血王一戰還未打個盡興，你們是鬼血王的親傳弟子和隨身護法吧！功夫定然也還算得上不錯，好！本公子今天就允許你們八人同時來攻我一人，若是我敗了，你們就可安然離去，且還是由你們統領地冥鬼府；但若是你們敗了呢，那就得任由我處置。這個建議怎麼樣？」

鬼青王眾人本是聽得項思龍說已練成了道魔神功，心中嚇得亡魂大冒，這刻聽得讓自己八人去攻他一人，心中又生起了一絲生機的希望，因為在他們心目中，就是兩個鬼血王也沒有把握敵得過自己這已練至了十層鬼冥神功的八人聯手之威力。十四鬼魅使者和四大幽冥護法聽了則是覺得項思龍說話太過於托大，都不由緊張的為他暗捏一把冷汗。

項思龍有了與鬼血王方才一戰，心中已是對道魔神功和鬼王千絕斬的威力信心大增。

緩緩的拔出鬼王劍後，虎目神光一閃，朝八人橫掃一遍後道：「你們發招吧！待我出手時，你們八人就會有人飲血當場了！」

八大魔道高手聞言心中雖是有氣，但臉上卻還是鎮定得很，互相對望了一眼後，八把長劍倏地發動攻勢，漫天劍影頓時從四面八方向項思龍罩來，確是有著雷霆萬鈞之勢，劍招亦也是快若閃電奔雷凌厲無匹，讓旁觀者看了生起無可抗禦的感覺。

項思龍卻是夷然無懼，待得八把長劍要攻至身前時才展開「百變迷蹤」步法，手中血紅的鬼王劍亦也展開「雲龍八式」中的「破劍式」，劍身灌注了八層的「道魔神功」內力。卻見一道道紅光如一條纏繞項思龍四身周圍空氣的巨龍般隨著他的身形疾轉起來，呈螺旋狀轉動且空間越來越大。

「噹噹噹噹」八聲清響驀地響起，觀戰者亦也被震得心神突地一跳。八大魔道高手則是在劍擊聲中攻勢不但全被破解，且被對方劍上傳來的強大震擊內震得手腕一陣劇痛，身形亦也同時被逼退兩步。

不過項思龍連接八大高手劍上強大的震擊力，手腕也是一陣發麻，心血一陣翻湧，不由心頭暗驚。看來八人聯力之威力果也在鬼血王之上，自己倒是不可太過大意了。心下想來頓即又提升了兩層內力，鬼王劍在他內力灌注之下紅光暴長，發出「嗡嗡」的龍吟之聲。

鬼青王等八大魔道高手見自己等聯手可以與項思龍的道魔神功拚個不相高下，心中在驚駭之餘卻又甚是欣喜，因為只要八人同時施展出各自的絕學殺招說不定就有打敗項思龍的可能。心下此念電閃過後，八人像是甚有默契似的，突地分成兩組成兩個「一」字形，一人接一人把一掌抵在前面一人背後，一組由鬼青王領頭，一組由一個臉上有一道很深的刀疤痕的老者領頭。

片刻卻見此領首二人衣衫盡起，老臉均都脹得通紅，目中厲芒暴漲，身上紅光若隱若現，看似二人鬼冥神功突地練至了十二層境界似的。一旁的一個鬼魅使者見了驚呼道：「啊！轉功大法！」

項思龍見狀聞言亦也頓知眾敵此舉定有蹊蹺，但藝高人膽大卻是並不緊張畏懼，只是鬼王劍虛式一晃，展開「鬼王千絕斬」的起手式，橫劍當胸，凝神靜氣，注視對方動靜。

驀地突聽得鬼青王和那老者同時一聲暴喝，手中長劍均都劍氣盈空，身形往項思龍疾衝過來，長劍均從項思龍鬼王劍難以觸及的死角攻至，封死了他鬼王劍所有的進路，教他只有運劍封架。

「噹，噹！」的兩聲脆響，項思龍的鬼王劍危急之中快若閃電的分往兩劍劈去時，鬼青王和那老者身形突地一閃，中間的兩名高手又已揮劍擊來，使得項思龍正有點應接不暇之感。

「嘩嘩」兩聲衣服被劃破之聲響起，項思龍難以還擊之際展開了「分身掠影」身法，但衣角還是被對方長劍劃破，不由又驚又怒，「鬼王千絕斬」凌厲殺著頓時發出，身體急轉中，四身像刺蝟般突射出無數劍芒，且越擴越大，龍捲風般向眾敵殺去。

鬼青王等正見劃破項思龍衣服而心下大喜時，突見得他攻勢倏地增加數倍，心神大驚之下，八人身形頓排成一行，由鬼青王發劍向項思龍長劍擊去。

這次兩劍並未碰在一起，但劍聲發出的強大真氣相碰，亦也發出「轟」的巨炸之聲，船上的木質什物頓被炸得「肢解體飛」，船身也劇烈震晃起來，四溢的真氣散及水面，海水亦也被炸得「蓬蓬蓬」的掀起了三四丈高的浪濤，十四鬼魅使者諸人也被四散真氣逼得連退數步，忙運上了自身十層以上功力才算穩住身形。

鬼青王和他身後的前兩名傳功老者嘴角均都溢出血來，臉色陣紅陣白。項思龍則是感覺一股血腥味直沖喉間，幾欲噴出，提氣運功才把這般氣血壓回心臟，但胸中亦也覺著一陣氣悶。

想不到十層功力的道魔神功竟然敵不過八人聯手真氣之擊，看來這幾人確是有點真功夫了，殺了他們似是有點可惜，但若收服不了他們則又是後患無窮。怎麼辦呢？……

打敗他們再說吧！

心念一定，項思龍頓即把道魔神功運至第十二層功力，胸中氣悶之感即時蕩然無存，且渾身似乎充盈了無窮無盡的力量，似乎大海和蒼穹的能量均都向自己的四肢百骸湧來又漸漸的容納於氣海丹田之處，身體亦也感覺有種飄然欲飛之感，手中的鬼王劍則是不動自吟，劍柄龍頭已是黯然無光的龍眼紅珠也被真氣觸發了靈性，倏地釋放出刺目的紅光，有如兩束鐳射射向蒼穹。

空中突地陰雲乍起，雷聲隆隆，但灼亮的太陽卻是沒有被陰雲遮住，只剩下一束如手電筒的光束般的光罩射在項思龍身上，然此束太陽光又受了紅珠之光所染成為柔和的紅色，使得項思龍威嚴的面容上現出了聖神之寶象，但他的長髮在狂風大作中散亂飛起，且全身散發出一股殺氣，又讓人覺得他有一股濃烈的魔性。見著此等異象，十四鬼魅使者等心中只覺一片肅穆，竟是對著項思龍俯拜起來。

鬼青王等八大魔道高手心神也被此異景所懾，愣愣不知不覺的給低垂下去。

項思龍亦也想不到會有此等景象出現，只覺這束柔和的太陽光照在身上似在給自己灌輸真力似的，讓他的渾身整個經脈都似有股溫熱的氣流在翻滾著，使他有種不發洩一下就不痛快似的感覺。當即雙手高舉，仰天發出一聲清嘯，身形卻在這時在光束籠罩之下突升數十丈，他的這聲清嘯頃刻猶如空谷回音般在整個大海上空迴盪，讓得海面上的眾人耳膜「嗡嗡」作響，然就在這聲清嘯之後，項思龍的身形突地又在數十丈高的空中狂舞起來，他的身形所到之處光束就跟到那裡，鬼王劍在他手中上下翻飛。半空中的烏雲竟被他劍氣劈得一片片的破碎散開，海面上的海水亦也被他劍氣劈得湧起數十丈高的巨浪。

良久過後，項思龍似已發洩完全身欲炸的罡氣，緩緩收劍時身形也隨光飛下落在船頭，天空烏雲亦也隨之消散，鬼王劍劍柄龍頭雙眼紅珠又歸黯然，太陽光又重漫佈空間。

一切回歸正常。但這下是連鬼冥雙怪和上官蓮等所有的人都對項思龍突地產生了一種忠服的心理，眾人都靜默地看著項思龍，似在看一個神的化身，一個魔的化身。

項思龍正沉浸在方才的那番淋漓盡致的揮舞「鬼王千絕斬」的異樣目光和神情。氣氛在靜默中只聞海浪衝擊船身的聲音。鬼青王等突地拋下了手中長劍，跪

思。像你這等忠烈之人能為我之助，我欣賞還來不及呢！其實人非聖賢，孰能無過？知過能改就是善莫大焉！」

說到這裡頓了頓又道：「好！自今天起你就是我地冥鬼府的總護法。」

說著又自革囊中拿出了鬼冥雙怪給他的鬼王令牌，高舉在手道：「地冥鬼府的教眾聽著！鬼血王一百二十年前與顯王陰謀害死鬼王，今天他已被我擒住，你們願意歸順我，我非常歡迎。願意回家的，只要你們不為害江湖，我也可讓你們自行隱居。至於鬼血王，我們一定要把他就地正法，以祭第四任鬼王在天之靈！」

話音剛落，未死的地冥鬼府教徒已是跪下了一大片，此起彼落的紛紛道：「屬下等願誓死效忠鬼王！效忠少主！」

鬼冥雙怪這時已飛身躍到了項思龍的身邊，鬼老大歐陽緯激動的道：「龍兒，我們多年的心願今天終於得以實現，現在就是死了也心甘情願啊！」

鬼老二歐陽敏也是雙目紅腫，卻對歐陽緯的話斥道：「閉上你的烏鴉嘴！我們還要看著龍兒發揚光大我們的地冥鬼府，還有就是看著龍兒與我們的五個孫女生下十幾二十個乖曾孫子乖曾孫女呢！」

鬼老大怪眼一翻道：「這個我也知道啊！不過不是十幾二十個乖曾孫女乖曾

孫子，應該是三十個四十個！」

鬼老二毫不退讓道：「既可以是三十個四十個，那麼為什麼不可以是五十個六十個？你不知道龍兒還有其他的女人喜歡著他嗎？她們也可生下二十個或是三十個孫子孫女啊！」

項思龍見二老又恢復了剛遇上他們時的風趣幽默，心下不由啞然失笑，但也不知不覺的想起了劉秀雲和王菲二女，還有呂姿、曾盈、張碧瑩、劉氏諸女的身影也在他腦中頃刻湧現，當然也有劉邦、張良、管中邪等諸人也是牽起了他黯然神傷的深深回憶了。

唉，你們現在都還好嗎？項思龍虎目低垂，目光迷離的看著沒有邊際的海面，心中湧起了悲壯的感覺，沉重之中又有一絲莫名的興奮。

與鬼血王的一戰大獲全勝，讓得鬼冥雙怪和上官蓮等人心裡都樂開了花，五位嬌嬌女也是芳心若蜜，對項思龍百看不厭，只要他在眼前時五雙秀目就意亂迷醉的直盯著項思龍，似是對他愛煞，似是意欲把他溶進自己的眼裡。

阿毛見眾人都盡是轉繞著項思龍呼前擁後，小眼睛裡除了尊敬之外卻又似有點嫉妒。

項思龍目光無意中落在阿毛身上，見著他此等神態，心中暗凜，因為一個人陷入此等精神自我壓抑的狀態之中最容易極端惡化，阿毛現在還是個小孩子，思想如長期嫉妒憂鬱下去，將來可就或許會走上極端之路，不過也正因為他年齡還小，思想有很大的可塑性，只要加以正確開導，還是可以消去他的妒忌心理的。

如此想來，項思龍即拔開人群，走到阿毛身前拍拍他的肩頭道：「阿毛，在想些什麼呢？」

阿毛抬頭望了項思龍一眼，又似有點自卑的垂下小眼睛道：「姐夫，你今天很風光呢！可是除了你之外，卻沒有一個人來理我！」

項思龍拉起他胖胖的小手笑道：「等你長大了，學會了姐夫和爺爺、姥姥他們教你的武功，你也就可以如此風光了。阿毛，大家心裡其實都很疼愛你呢！」頓了頓又道；「只要你學好了武功，姐夫就把鬼王的位子讓給你好不好？嗯，我現在也就宣佈讓你做鬼王府的少主，讓你也風光風光吧！」

阿毛頃刻高興起來道：「好哇！姐夫明天就開始教我學武功吧！鬼王府的少主啊，我當不當都無所謂。我只想練成了姐夫那樣高的功夫，打敗天下所有的高手，讓所有的人都敬服我阿毛，像我敬服姐夫你一樣！」

項思龍聞言不置可否的笑笑，心中卻對阿毛的這種心理生起一種危機感覺。這時一鬼魅使者走過來向項思龍躬身行禮道：「稟鬼王，鬼血王押上來了！」

項思龍聞言心神一斂，望了望阿毛，心念忽地一動，對著他道：「阿毛，幫助姐夫去審問這傢伙吧！」

阿毛聽了拍手歡呼道：「好！」說完已是拉著項思龍的大手，一蹦一跳的跟在鬼魅使者的身後，向大廳中央走去。

眾人見得項思龍過來都讓出了一條道來，卻見鬼血王這刻已是體無完膚，渾身皮開肉綻血液四流，一張老臉亦也被刀劃得傷痕累累，倒正成了個不折不扣的血人。

項思龍心中一陣惻然，但知道對這樣的人仁慈，就是給自己樹立一個強大的敵人，給人類留下一個凶殘的禍根，臉色一寒，語氣陰冷的對著已是只剩下半條人命的鬼血王道：「你還是說出你把天山龍女前輩給關押在哪裡吧！這樣我會給你一個痛快，免受這許多的皮肉之苦。」

但鬼血王卻是咧著一張滿是鮮血的嘴怪笑道：「豎橫都是死，我幹嘛要告訴你那賤婦的下落啊？嘿嘿，這點皮肉之苦算得了什麼？想老子當年在江湖中闖天下時比這更厲害十倍的酷刑我也承受住了，你們這麼兩招刑罰，小兒科了！」

項思龍想不到鬼血王身受如此重刑，卻仍是如此囂張，心中不由一惱，冷笑道：「是嗎？我們的刑罰是小兒科？好！那我就讓你嘗嘗我最新發明的一個刑罰

──吃大便！」

說完當即叫了兩個武士去茅廁裡裝一桶大便來。眾人聽得如此怪刑，不由得面面相覷。而鬼血王則是臉色一變的怪叫道：「小子，你……你如此做來，老夫死後就是變成鬼了也會詛咒你的！」

項思龍聞言怪笑道：「嘿嘿！這個以後再說吧！」

說完，好整以暇的坐在了鬼血王對面的一張太師椅上，翹起二郎腿來，阿毛則是大覺好玩，對著鬼血王嬉笑道：「我現在就拉大便，待會先叫你吃我拉的屎！」

說完一溜煙的向後堂跑去。鬼血王則是氣得怪眼泛紅，項思龍見了悠閒自若的道：「你就是吹鬍子瞪眼睛也沒用！大便就要運來了，我看你還是乖乖的招了吧！」

話剛說完，就見得正圍坐在鬼血王四周的鬼冥雙怪和十四鬼魅使者等掩鼻連連大叫道：「好臭！好臭啊！」

說著已是紛紛站起退離三尺，閃開一條道來，兩個武士已是脹得滿面通紅的抬來一大桶黏乎乎的大便至鬼血王身前。大廳內一時臭氣盈屋，這時阿毛手裡也拿著一個夜壺掩鼻跑了進來，興奮的道：「先叫他吃我拉的屎！」

鬼血王見了項思龍似在玩真的，不由得嚇得軀體直抖，但他的功力被廢，四身又被繩子捆住，且有兩個武士堅按著他的肩頭，教他根本動彈不得。項思龍強忍住要打噴嚏的衝動，慢條斯理道：「怎麼樣？說不說？不說我就……」

項思龍的話還未說完，鬼血王已是竭斯底里的大喊道：「我說！我說！但你得先叫他們把這些鬼東西抬走！」

項思龍這時其實也已受不了這臭氣了，聞言心下一鬆，朝兩名武士揮了揮手叫他們把髒物抬走，衝著鬼血王微笑道：「你早一點合作不就省事了嗎？」

阿毛則是一臉失望的道：「怎麼？沒遊戲玩了？」

鬼血王精神防線這時已是完全崩潰下來，有氣無力的道：「小子，我……我想喝水！」

項思龍頓即叫一名武士送了一碗水給鬼血王，餵他喝下，舒了一口長氣，渾身疲軟的脆弱道：「天山龍女被我帶回西域後，我……本欲對她非禮，豈知此女貞烈非常，竟拔劍就欲自殺，救防不及還是被她刺中了自己，不過沒有死。於是我費盡心血治好了她，她對我態度也有改善，但還是不許我碰她。日久之下我們成了一對關係微妙的朋友，我對她已是陷情太深，而她對我還是冷若冰霜，氣怒之下我起了要征服她的念頭，於是尋遍西域，找到了一種叫作移情淫花的毒草給她服食了，豈料我用毒過深，不但沒有達到預期的讓天山龍女移情於我的作用，反讓她昏迷過去。

「我知道此花的毒性，用藥過重即便施行男女交合，女方還是會死，且與之交合的男人也大有可能會染上此毒，唯一可救她的就是施行男女交合後，用強大的功力逼出女方和自身體內的餘毒。然而我自忖自己的內力不夠，於是用萬年寒冷棺把她軀體冰封，一來可降下她體內的慾火，二來可防體軀體變壞，同時亦也用舉世難求的還魂草汁液輸到她體內，護住她的心脈，想待自己功力大進後再來救得她性命，可這一百多年來我雖練成了十二層功力的鬼冥神功，但我也從一本『奇毒真經』裡得知，舉天下之間唯有練成了舉世無匹的『道魔神功』才可能解得此『移情淫花』之毒。」

說到這裡目光不經意的望了項思龍一眼，似是在說現在天下只有你小子一人可救天山龍女了！項思龍見著鬼血王望向自己的詭異目光，臉上一陣發燙道：「你還是說出天山龍女的所藏之地吧！」

鬼血王沉思了片刻忽道：「只要你答應救天山龍女，我就告訴你她的藏身之地！」

項思龍想著他所說的施救之法，一時左右為難不知措的向上官蓮望去，上官蓮此時老臉也是緋紅，但猛一咬牙，朝項思龍點了點頭道：「好！龍兒，你就答應他吧！」

項思龍聽了臉上通紅的朝鬼血王頷首道：「好吧！我答應你！」

鬼血王聽了發出一陣喋喋怪笑道：「如此我就可死得瞑目了！此生亦也了卻一樁愧疚的心事！」

頓了頓又道：「小子，你說話可要算話，否則我變成厲鬼也會陰魂不散的跟著你！想我鬼血王一生未對任何女人動情，唯天山龍女卻是例外！你救活了她可要好好的待她，她是一個好女人！她藏身的機關秘圖在我肚裡的一個黑珠裡，我死後你可剖腹取出！」

說完突地眉頭一皺，雙唇一閉，牙齒盡力往舌頭咬去，不多時，嘴中溢出血來，竟是咬舌自盡了。項思龍見得一代梟雄如此淒慘的死去，或許是佩服鬼血王對天山龍女用情之忠吧！想著一代梟雄也會如此情深的去愛一個女人卻也是難能可貴的了，但又想著他最後的遺言叫自己去救天山龍女的怪法，又覺著一陣心慌。

自己若是施救天山龍女真依鬼血王所言之法，那豈不是……亂倫麼？天山龍女可是姥姥上官蓮的師父啊！但要是那什麼「移情淫花」的奇毒真的只有練成道魔神功的人可解，自己是否可以坐視不理呢？

如此怪怪的想著，項思龍頓覺頭大如斗，目光朝鬼冥雙怪望去，卻見他們也是滿面怪容的望著自己，而上官蓮這時突地發聲道：「明天我就和龍兒眾人去西域，讓龍兒接任地冥鬼府的鬼王之位，同時救出我師父，你們兩個老怪就在這通天島守島，帶好阿毛和蘭蘭她們！」

說完竟是步履匆匆，面容古怪的在眾人詫異的目光中離去，走去時眼睛偷瞟了項思龍一眼。

項思龍和上官蓮等眾人與鬼冥雙怪及五位嬌嬌女、阿毛等依依難捨的離開了通天島，項思龍一陣傷感之後卻又是無比的興奮，不知現今天下的局勢如何了？

劉邦可否安然無恙？

現在是秦二世二年的三月了吧，據歷史記載的時間推算，現今天下陳勝已是兵敗快要身亡的時期，秦軍在章邯的指揮下，因擊敗陳勝叛軍正值氣勢如虹的時期，項羽和劉邦因此時還沒有正面與秦軍主力接觸而就是各有所成。但項羽勢力發展卻是比劉邦大得多的時期，要是父親項少龍此時叫項羽派兵去攻打劉邦，那劉邦可就危矣！

想到這裡，項思龍的心裡猛的一突，這可不是沒有可能，父親雖然答應自己不去刺殺劉邦，但沒有答應自己不發兵去攻打劉邦啊！歷史本是因自己和父親項少龍來到這古代發生了很多的改變，父親雖說現在他只是在創造歷史而不去改變歷史，但是創造本身就是改變啊！這……可怎麼辦呢？

不行！自己一定得探聽得劉邦的確切消息和項羽現今的動靜後再去西域！雖說岳父有可能現在已是投靠了劉邦，有他之助，劉邦是如虎添翼，但是無論「張良計」怎麼厲害，還是敵不過現代人知曉這時代歷史的「過雲梯」啊！唯有自己才可以阻止父親的圖謀！

項思龍思潮如浪濤洶湧，臉上神情頓時顯出焦慮之色，上官蓮在旁見了驚訝道：「龍兒，你有什麼心事嗎？為何如此不開心呢？」

項思龍目光投在上官蓮身上，沉吟了片刻，突道：「姥姥，我有些緊要事情想先去辦一下，你們先去西域，我辦完事後再來西域找你們可以嗎？」

上官蓮不解的微慍道：「龍兒，有什麼事比救我師父天山龍女更重要嗎？我看你還是把你所說的那些什麼緊要事情交給鬼魅使者他們去辦吧！」

項思龍苦笑道：「可是這些事情……」

不待他的話說完。上官蓮已不悅的打斷他的話道：「不要可是了！什麼事情說出來，要不就讓大家一起在中原裡把你的那些什麼緊要事情辦妥了，咱們再一起去西域，你不會連姥姥也信不過吧！」

項思龍知道上官蓮救師心切，同時也不放心自己一個人在這兵荒馬亂的中原裡亂闖，自己再說什麼也不會改變她的心志，說不定反會招得她一頓斥罵，當下只得裝作感激的道：「謝謝姥姥對龍兒的關心！」

接著又把自己擔心項羽會攻擊劉邦的事說了一遍，上官蓮聽了臉上轉為沉重道：「龍兒，這爭天下的事情，我們這些江湖中人還是少管為好，弄得不好就會戰死沙場的。」

項思龍知道自己是解釋不清楚的，當下支吾道：「可是劉邦是我的拜把兄弟啊！我不能丟下他不管的。若是他有什麼不測，我活在這個世上也就沒有什麼意義了！」

上官蓮聽出他話中有話，又驚又急的道：「龍兒，你可不要做什麼傻事啊！好吧，我派十四鬼魅使者和四大幽冥護法領一百死士去幫你保護劉邦好了吧！」

項思龍欣然大喜道：「有他們這幫高手相助，邦弟定可無事！」

頓了頓，但又道：「不過他們可也不要去把項羽給殺死了！」

上官蓮聽了又好氣又好笑的道：「項羽不是你邦弟的敵人麼？殺了他又有什麼關係呢？」

項思龍搖頭道：「姥姥，這中間的原因我日後再向你說吧，現在只要依我的話去做就是了。」

上官蓮輕歎道：「龍兒，只要你不傻想，你說怎麼辦就怎麼辦吧。」

項思龍笑道：「姥姥，你真是天下通情達理之人！」

上官蓮笑罵道：「不要盡拍馬屁了，還是吩咐鬼魅使者他們照你之言去辦你要做的緊要事情吧。」

項思龍頓然應「是」，叫來十四鬼魅使者和幽冥四護法，對他們陳說一番事情要點後，又商討了一下彼此今後聯絡的暗號，同時書寫了一封信簡給他們，以便與劉邦接頭。

十四鬼魅使者和幽冥四護法領命後，頓即點拔出了一百武士策騎飛馳而去。項思龍看著他們遠去的背影，心中似落下了一塊石頭，但還是有少許不踏實的感覺。

到得歷史上著名古城——彭城時，已是天將黃昏時分。項思龍這一行人有四五百人之眾，且個個都腰佩兵刃，所以格外引人注目，路上行人紛紛退避一旁，嘀嘀咕咕的朝著眾人指手劃腳著。因為在他們心目中，還以為是哪路義軍來攻打彭城了呢！所以人人面露驚懼的緊張神色，膽小者已是嚇得逃之夭夭了。

也確實，在這戰亂時候，百姓已是被戰爭嚇得聞聲變色人心怕怕了。況且這彭城先被陳勝王攻下後現又已被秦將章邯收復了呢！戰爭已經是讓得彭城有點傷痕累累的跡象了。農民百姓現在渴望的是平靜的日子。

距離彭城城門已越來越近了，城樓上到處巡邏的士兵已是歷歷在目，城門也是有大批秦兵在逐個逐個的盤查著進進出出的行人，見得項思龍這一大批人馬，守城秦兵頃刻一驚，一軍官已是吹響奏急號角，城樓上亦也衝出了三四百名手執長矛的秦兵，城門也同時關閉，行人則是嚇得倉惶奔逃，城樓上頃刻間湧現出了密密麻麻的弓弩手。

項思龍見了這等仗勢一陣苦笑，自己本已叫上官蓮繞道而行，以避免和秦兵發生衝突，但上官蓮卻是杏眉倒豎的說自己等又不是叛軍，幹嘛要繞道而行啊！且若要繞過彭城去西域，就是翻越八百里連綿的太行山，苦不堪言不說，就是怕延誤了時日，所以還是決定進城而行，這下可出了麻煩了吧！

項思龍心裡暗歎時，一身材高大，雙目若鈴，滿臉絡腮鬍子的四十左右的秦兵軍官站在城樓上，衝著眾人喝道：「喂！你們是什麼人？來彭城幹什麼？」

上官蓮見著秦軍此狀，心頭已是大怒，竟是突地從馬車上飛出衝向城樓。秦兵見了正待發箭時，上官蓮已是扣住了那名秦兵軍官的頸脖大喝道：「誰敢放箭，這軍官就沒命了！」

那名秦兵軍官已是嚇得屁滾尿流，忙顫顫喝道：「不……不要輕舉……妄動！」

眾兵士聽了，本對上官蓮那神乎其技的輕功驚若寒蟬，得令哪還敢動？上官蓮見自己一擊成功且震懾住了眾秦軍，心下得意，衝著城樓下的項思龍喊道：「這些草包角色，根本就不足懼哉！」

說完又轉向那軍官喝道：「我們並不是什麼叛軍，只是行程必經過彭城，所以只要你們讓我們進城而不給我們惹什麼麻煩，我就不會殺你！」

說著時已是鬆開了扣在那軍官喉間的手指，又道：「快開城門！讓我們的人進城！」

那軍官喉嚨差點被上官蓮捏穿，這刻連喘了幾口粗氣，舒緩了一下情緒後，思忖道：「好漢不吃眼前虧，待你們進城後，我再稟告城守司馬欣大人，來個關門打狗，看你們能跑到哪裡去？哼！我們城中現在有中丞相趙高的魔尊法王和恨天法王以及國師曹秋道的十二大樓下劍派的高手在這裡相助，你們就是再厲害，也逃不出他們的手掌心。到時把你們抓住了就可問出你們是何來歷了！」

心下想來，那軍官眼睛連轉，忙朝樓下的秦兵喝道：「這批人馬並不是什麼反賊，快開城門放他們進城！」

城下士兵也不關自己屁事，當下依言開了城門。項思龍等頓浩浩蕩蕩的進了城內，上官蓮又從城樓上飛身坐進馬車，對身旁的項思龍笑道：「龍兒，我說不用繞城的吧，瞧，這下問題解決了！」

項思龍聽了不置可否，但心下總覺有一絲不安，似乎感到暴風雨就即將來臨似的，果就在眾人起步不久，突聽得前面傳來一陣急促的馬蹄，且有一個粗野的聲音罵罵咧咧的喝道：「他媽的！是什麼人敢來彭城撒野？」

第十二章　強行闖關

項思龍見自己「想曹操曹操就到」，心底暗驚，一斂之下又不覺啞然失笑。倒是上官蓮聽得這聲粗罵，老臉一寒，陰沉沉的朝發聲處望去，卻見一頭大如斗、長髮散披、腳大手厚、目光陰冷如電的粗獷老者策騎朝眾人飛馳而來，在他身後還跟著二十幾個一身勁裝武士服的侍衛。

到了眾人身前，老者策馬駐步，橫掃了一遍眾人後冷喝道：「你們是什麼人？竟然敢公然強行進城，與朝廷為敵！是不是活得不耐煩了？」

老者話音剛落，上官蓮氣極的正待飛身去教訓教訓這傢伙，馬車右側的鬼青王這次已是率先從馬背上飛起身形往老者疾射過去，口中同時喝道：「竟然敢罵我們主人！你才是活得不耐煩了呢！」

言語中已是拔出了腰間佩劍向那老者面門劈去。老者似未想到對手竟然敢搶先動手發動襲擊，且功夫如此厲害，驚怒之下，身形也已從馬背上飛起，同時拔出了腰間的佩劍向鬼青王擊來長劍硬碰過去，「噹」的一聲清響，老者猝不及防下雖是架住了鬼青王擊至的長劍，但由於未及運注功力於劍身，被鬼青王此擊震得手腕一陣發麻，長劍差點脫手，身形亦也被震得向後暴飛。

上官蓮見了冷笑道：「此等武功也來丟人現眼！鬼青王，這傢伙若是不讓道就宰掉他算了！」

鬼青王沉聲應「是」時，老者已是穩住身形，聞言氣得暴跳如雷的道：「奶奶個熊！我魔尊法王還從來沒有人敢用如此語氣對我說話！」

鬼青王冷冰冰的道：「今天你不就聽到了嗎？你是讓道亦或是不要命？」

魔尊法王自出道以來何曾受過這等鳥氣？怒極反笑的吼聲道：「本法王今天不但不讓道，反要把你們這幫目無王法的傢伙全給宰了。」

說完已是手中長劍一晃，泛起一片劍花，額上手上青筋條條暴起，寬大的衣服也被他所運的真氣鼓起。鬼青王見了心神暗暗一斂，想不到這魔尊法王果真有點斤兩，但見如此等陣勢，便知他也練過什麼霸道的內功，且有了幾分火候，當下也不敢大意，把「鬼冥神功」提至了第八層功力，氣勢也倏然猛增，使得魔尊法王見了心中不禁暗暗納悶。

這行人到底是何來歷？

一個下屬武功已是練至如此深不可測的境地，那他主人的功夫豈不更是駭人？心下雖是如此暗凜，但魔尊法王卻也並不懼怕，因為他可也不是省油的燈。

原來這魔尊法王乃是在苗疆一帶稱雄稱霸、橫行無忌的魔頭，一身「天罡真氣」已是練至刀槍不入的至高境界，且一手「天罡劍法」更是威猛絕倫，自出道以來從未遇過敵手，在趙高的四大法王裡面，魔尊法王的一身功夫僅次於恨天法王，位居第二，所以甚得趙高器重。

此次兩大法王和稷下劍派的高手來到彭城，是因當前的形勢危急，因為項梁、項羽的江東八千鐵騎佔領吳中之後，揮師北上已是聲勢日漸浩大，而朝中唯一可用的猛將章邯卻又因為了徹底殲滅陳勝一軍而被拖在東北一帶。

彭城乃是兵家戰略重地，若然被項梁大軍所得，則對秦王朝的安危深受影響，而章邯又知項梁大軍的幕後指揮者乃是當年威震七國的項少龍上將軍，因此急奏秦二世，務必加派實力人手堅守彭城，且把自己的得力戰將司馬欣派往彭城鎮守，給兵十萬。

秦二世看得章邯所奏，知助父王登上王位，當年鬧得七國雞飛狗跳的項少龍

應該沒有再戰的能力了！但我感受到了前面的巷子裡傳來了一股隱隱的殺氣！」

項思龍一對虎目精芒一閃道：「我們後面的退路也被截斷了！現在我們所處的是一條死胡同了！」

上官蓮驚怒交急中卻是冷笑道：「我倒是有多年未開殺戒了，這次說不定會例外！」

三人正說著時，巷前巷後，屋頂上已全是站滿了手持火把的秦兵，且有大批手執弩弓的弓弩手，其中一個聲音像是從冰窟中釋發出來的陰冷道：「閣下等果也敏感得很，不過你等還是陷入了我們的天羅地網之中，我勸你們還是不要想妄動武功，因為我們屋頂上的人有部分中拿的全是油桶，若是你們一動，我就命他們潑油，那樣的話，你們應該可以想像得出其中的後果吧！」

話音剛落時，屋頂上已是站出了一個長髮掩面，渾身散發出一股陰邪之氣的粗壯高挑身形，在他身後還跟著十多個也是面色陰冷的一級高手。

項思龍見了心中一凜，暗忖道：「若是真如那『邪人』所說，自己這一行人死傷將會很是慘重，但如束手就擒，其後果又會怎麼樣呢？」

正當項思龍心念電閃的想著時，上官蓮已是喝罵道：「你……你敢如此做來，我定要把你們這幫傢伙殺個雞犬不留！」

雖是喝罵，但底氣明顯不足，那「邪人」聽了哈哈一陣森寒的冷笑道：「我恨天法王可也不是被嚇唬大的！當年歐陽明的地冥鬼府或許還有能力把我們『殺個雞犬不留』，但是就憑你們……哼！我想還不夠資格！就是西門無敵他本人在這裡，也不敢在老夫面前放肆！」

項思龍聽這恨天法王的語氣，輩份似乎比西門無敵還高，那他現在的年齡定是有一百五六十歲了，看來武功也定是高極，難怪他說話如此囂張，但不知如此老怪物怎麼會甘願被趙高這樣一個宦官所利用，難道趙高有什麼特異功能不成？

項思龍心下轉動時，突地皺眉一揚道：「是嗎？這位前輩既然敢說出如此話來，功夫定然是高絕，但不知能否敵得過道魔神功？」

恨天法王聞聽得這話，掩面長髮向後一甩，露出了一張蒼白如紙的怪臉，目中厲芒暴長的道：「道魔神功？誰？誰練成了道魔神功？嘿嘿！地冥鬼府裡雖是有這項絕頂的秘笈，但是自創此功的道魔尊者練成此項神功得道登仙之後，世上就再也無第二人練成此功。小鬼，你說這話是否想嚇退我嗎？哼！我可不是三歲小孩子！」

項思龍見恨天法王果也聞聽得道魔神功就為之色變，頓知他非己之敵，信心陡然一增道：「在下！在下就練成了道魔神功！」

恨天法王聽了仰天發出一陣大笑道：「你……就憑你這麼一個小鬼竟然敢誇口說練成了道魔神功？說出來也不怕被人笑掉大牙！」

項思龍冷冷地道：「你若不信，那有沒有膽跟我單打獨鬥一場？若是我敗了，二話不說，全部唯你是命，但若你敗了，你就得讓我們平安離開彭城。」

恨天法王聞言瞪大眼睛看著項思龍，打量了他良久，突地點頭道：「好！好膽色！就依你之言！但你若敗了就得做我徒弟怎麼樣？」

項思龍略一愕然，但頓即道：「好！咱們就一言為定，不可反悔，誰反悔誰就是烏龜王八蛋！」

恨天法王指著項思龍道：「小鬼，這裡場地太過於狹窄，我們還是換過地方比鬥吧！」此語正合項思龍心意，當即贊成道：「好！但是我的朋友們……」

恨天法王打斷他的話道：「我信得過你的話就是了，至於你的朋友也隨著去吧，但不知你可保證他們不作什麼反抗之舉否？」

上官蓮聞言插口道：「他是我們的少主，他的話對於我們來說就是命令，我們自然聽他的啦！」

恨天法王把手一揮朝眾秦兵道：「你們全部退下，領他們去校場！」

眾秦兵聞言正待撤退時，稷下劍派的一名中年老者忽地道：「且慢！」

頓了頓走上前去對著恨天法王冷冷道：「冷無心，此舉太過冒險，你要知道地冥鬼府的人個個都是高手，若是他們獲得自由，一旦作亂起來，我們豈不是要再次大費手腳？且他們很有可能是劉邦叛軍的同黨，因為據探子回報，劉邦身邊忽地多了二十幾個武功神秘高深莫測的高手相護，且武功路數頗似西域地冥鬼府的武功。我們不可放過這個可將他們一舉全部擒住的機會！」

恨天法王冷無心聽了冷笑道：「這個不用你來多管！出了問題由我負責！若是對方真練成了道魔神功，嘿嘿，不要說這些油脂燒不著他們，說不定還會被他的功力反震回來殃及己方的人呢！梁坤，你只要負責押陣就行了！」

那叫梁坤的老者被冷無心這番斥說氣得老臉紅一陣白一陣的，樣子甚是憤怒已極，但卻最終還是忍了下去沒有發作出來，只是目光恨極的瞪了冷無心兩眼。

一旁的項思龍見得他們正要狗咬狗，心下甚樂時，又見得那老者平息了下來，不禁大有失望之感，因為若他們起內哄甚至打起來，那對自己等最是有利的了，不過用激將法將住了恨天法王冷無心，解了目前的燃眉之急，項思龍心中也甚是快慰得很，雖是聽得冷無心說自己的道魔神功可以破得對方油脂的火攻，不過自己對自己可沒有多大把握，萬一出了什麼閃失也是得不償失，倒是現在如此一來，只要自己打敗了冷無心，冷無心說話算話，那自己等就可度過此險關了。

心中知道了劉邦現在安然無恙，暗暗高興不已，心中深處懸著的一個疙瘩終於消了去，心情頓時暢舒了好多。

那些進退兩難的秦兵見梁坤再也沒有與冷無心頂嘴，當下依言收起刀劍弩弓，靜靜的站立一旁。冷無心率先從屋頂上飛身落地，動作優美俐落之極，看得項思龍也不禁怦然心緊。

看來這冷無心武功還在魔尊法王之上，但不知他又是何方神聖？像這樣的頂級武林高手又怎麼會被趙高所用呢？趙高又到底是什麼真正來歷呢？歷史上只記載了他是秦始皇身邊的一個心腹宦官，但依情形看來事實絕對不止如此。

項思龍正這麼古古怪怪的想著時，冷無心突地又用他一貫冷冰冰的聲音道：「好了，小鬼，我們去彭城的練兵教場來個一決高下吧，那裡不會縛手縛腳，有得功夫可盡由你發揮施展。」

項思龍聽了一笑，點頭跟在冷無心的身後，領了眾地冥鬼府的教徒，從秦兵讓開的人叢中隨冷無心向彭城的練兵教場走去。待得眾人完全通過後，後面的秦兵頃刻整裝隊伍隨後押陣。

勁氣狂作，殺氣漫空，項思龍感覺冷無心的軀體裡散發出一股似地獄裡才有的森寒陰氣，讓得他的心神禁不住微微一陣心悸，旋即的將道魔神功運至八層功力，對方傳來的氣勢壓力頓被化之無蹤，靈台一片空明通透，所有的感覺器官都趨平靜且靈敏度大大提升，方圓百丈內的任何聲息都只要意念所至就可清晰的傳入耳中，皮膚更是清清楚楚的感應到冷無心強大凌厲的氣勢使空氣生出的變異。

同時也感覺出冷無心身體生出的強大氣勢強弱程度均是分佈不一，而是似在隨著他意念的催動在試探自己的功力深淺和找尋自己的破綻和弱點，有了這種感受後心念突地一動，當即裝作把功力已提升到最高境界的模樣，同時亦也把自身功力的強弱點隨對方的氣機強弱而發生變化。

二人對峙了良久，冷無心臉上神色愈來愈是凝重，目光疑慮的狠盯著項思龍。旁觀的那些武功低淺的秦兵見得二人只是你望著我我望著你，而沒有發動攻勢，不禁均都有點意興索然。而鬼青王和上官蓮及梁坤等稷下劍派的一眾高手諸人則都是凝神靜氣，目不轉瞬的看著場中二人，知道二人已是較上了無形的功力深厚程度。

冷無心倏地一陣哈哈大笑，但聽來仍是冷冷的道：「好！小兄弟果然內力深厚莫測！老夫今日倒要領教一下曠古絕今的道魔神功了！」說時緩緩從腰間取下一根渾體烏黑，油光發亮，長達二丈左右，粗如兒臂，也不知是用什麼木質製成的木棍，愛不釋手的輕拭著喃喃自語道：「已經有八十多年沒有用這天機棒了，想不到今天卻又遇到了如此罕世難求的高手，看來今天又得讓你重振雄風了。」說完抬頭望著項思龍道：「小兄弟，你準備好了沒有？」

項思龍想不到這天下竟還有在打鬥時告誡對手的人，心頭不覺感到好笑，同時亦也莫名其妙的對冷面老者生出一絲好感來。

「鏘」的一聲拔出鬼王劍，右鞘左劍，微笑著對冷無心施了一禮後道：「晚輩已經準備好了！」頓了頓又道：「前輩注意，晚輩出招了！」

說著，鬼王劍在身前揮出一團劍芒，身形疾向前衝，強烈的劍氣，頓時瀰漫空中，冷無心在項思龍拔劍時，就已感覺到了項思龍劍身生出的一股爆炸性的氣旋，觸體竟是隱隱生痛，但卻也夷然不懼。

冷哼一聲後，身形在空中閃了一閃，不但避過了他凌厲的一劍，也已閃電般應手發出了天機棒的攻勢，空中頓時爆起漫天棒影，把項思龍籠罩在棒影之中。

項思龍見對方反應如此快捷，且發出的棒勢無論速度勁度，均已達到了驚世駭俗的地步，棒中釋發出的勁氣也和利刃割體般的剛猛，心神不禁一斂。忙展開「分身掠影」身法把身形虛化，手中鬼王劍網，把自己守得密不透風，憑項思龍一貫的作風，在對方一擊之下竟然被迫由攻勢改為守勢，不敢冒然進擊，可見冷無心武功確是到達了出神入化之境。

「噹噹噹」不絕於耳的器擊之聲傳來，看得圍觀眾人心神均是一震，上官蓮更是一顆心都給提到了喉嚨裡，為項思龍擔心不已。

項思龍和冷無心劍棒接觸兩下之後，身形同時暴退一丈之遙，心中也均都暗震對方功力之高。二人又都目光交擊起來，互相緊盯著對方的眼神。圍觀眾人均屏息靜氣，怕擾亂了兩人的專注。連那些武功低俗的秦兵，此時也受了二人身上釋發出的凝重真氣的壓力，瞪大眼睛遙遙的看著場中的二人。

項思龍此時已把道魔神功提至了十層功力，深吸了一口氣後，再次發動攻勢，這次是腳踩「百變迷蹤步」，劍施「鬼王千絕斬」，手中長劍紅光暴長，生出讓人眼灼的厲光，劍鋒劍尖變成一條紅煉，以若狂浪推擊式的迅猛攻勢，在空氣中揮出一奇異的浪紋，向冷無心疾射過去。

冷無心見項思龍突地像變了一個人似的，氣勢陡增數倍，劍勢也比先前更是詭異迅猛許多，心神不由一驚，雙目掠過驚異的神色，但仍是凝然不懼，足尖一點，身形隨之躍起，天機棒化作漫天黑影，身形和棒影同時向項思龍的劍勢強硬攻去，棒中生出的勁氣和項思龍劍中生出的劍氣相碰，發出「啪啪」的炸裂之聲，兩道人影倏進忽退，劍棒交擊之聲連連傳出。

二人均是以快打快，兵器碰擊之聲如暴雨般打在瓦片上似的扣人心弦。突地二人身形一滯，劍棒黏在一處，臂上臉上青筋同時暴起，四目都睜得老大，互相緊瞪著，竟拚起內勁來了。

兩股罕世的強大真氣在鬼王劍和天機棒上傳遞較量著，項思龍的鬼王劍已是紅光大作，發出「嗡嗡」的龍吟之聲，冷無心的天機棒也是烏黑之光暴長，黑中透出晶瑩之色，二人真氣汝強吾弱、汝弱吾強的通過兩件兵刃交擊著，地上的沙石也被二人強大的勁氣帶著飛走起來。空中一時勁風大作，沙石漫空。圍觀眾人武功較弱者身形已是被這強大的劍棒之氣逼得連連後退。

項思龍心頭又驚又急，想不到對方竟是連十層道魔神功的威力也可承受得住，但見冷無心額上露出汗珠，知他已把功力提至極限，若自己再提升一層功力必可把他擊敗，然心中對他甚具好感，覺得此老者外表雖冷，脾氣且怪，但不失為一個一言九鼎的性情中人，又不忍傷他。

正大感左右為難之時，手中鬼王劍劍柄龍眼上的兩顆龍珠，因這兩股強大內力貫注之故而隱隱射出紅光來。項思龍見了心下叫糟，因為紅珠紅光暴長的話，自己的功力就會大增，這樣一來冷無心也必會被震成重傷。心急之下不由得把功力暗撤。

但高手過招，怎可如此作來?項思龍內力剛稍稍一撤，冷無心天機棒中的強大內力頓即急衝而來，把項思龍自身的內力和冷無心所發出的強大功力同時向項思龍反噬攻來，項思龍頓時慘叫一聲，口中噴出一口鮮血，身形也即時猛的向後暴飛，手中的鬼王劍也給跌落在地。

上官蓮和鬼青王等本見項思龍手中鬼王劍柄龍眼紅珠射出紅光而心中大喜，以為項思龍此戰必勝無疑，豈料會是這種場面？驚叫一聲，二人身形掠起，扶住震倒在地的項思龍，上官蓮滿臉驚懼乍現淚光的道：「龍兒，你……你不要嚇唬姥姥？你沒事吧！」

項思龍臉色蒼白得嚇人，嘴角鮮血不斷溢出，顯是心脈被強大內力所震碎，一雙本是神光閃閃的虎目這時也是暗淡無光，雙唇抖動著，氣若遊絲的道：「姥姥，我……不會有……事的，我還要去為……天山龍女……前輩驅……毒呢！」

上官蓮見項思龍此等重傷，不由得一把將項思龍緊緊抱住道：「龍兒，你為什麼不全力把那老鬼給殺了呢？你……你太傻了！」

項思龍此時已昏死過去，鬼青王老目也是淚光一現，因為他也看出項思龍是想讓這冷無心一把，但豈料項思龍不知此際情況下，除非兩人同時撤放內力或一方把另一方擊倒，再或有一功力比二人合起來還高的高人化解才可解去二人的內力交拚之勢。

目中寒芒一閃，鬼青王朝冷無心望去，卻見他也一臉的怔忪之色，目光渙散，天機棒也給拋扔在地，望著昏迷不醒的項思龍，口中怪怪的道：「我贏了？我輸了？」這兩句話反反覆覆的念叨著，圍觀的秦兵驚愕一時後，這時哄然叫好起來，但看著冷無心的瘋態，又都駭然的止住了笑聲，鬼青王雖對冷無心此刻的神態也感訝異，但還是拔劍冷喝一聲道：「奸賊子！竟敢傷了我家少主！」

說著挺劍向冷無心刺去。冷無心聽得這聲冷喝，神情倏地一震，飛身躲避開鬼青擊來之劍，身形縱起向上官蓮懷中昏迷的項思龍身體飛抓過去。上官蓮正沉浸在悲痛之中，一時不察，項思龍身體被冷無心一把抓著脫出懷中，上官蓮見了驚駭得花容慘變的淒厲叫道：「你……你若是敢動我龍兒分毫！我定要殺光你們這幫狗賊！」

這一聲在極度憤怒中運集全部功力喝出，竟是震得場中每人的耳膜都一陣「嗡嗡」作響，功力較弱的秦兵更有甚者竟被震得跌坐在地，冷無心看了懷中的項思龍一眼，口中露出愧疚和慈愛之色，竟是對上官蓮的喝叫充耳不聞，只自言自語的說道：「小兄弟，我冷無心欠你一個人情，要不是你心懷仁厚的話，此刻倒地不起的應該是我這老頭。我……我不會讓你死去的！」

說完頓了頓又道：「道魔神功果是天下無敵！想不到我修練多年的北冥神功

縱橫一百多年從無敵手，就是當年的鬼王歐陽明十二層功力的鬼冥神功和水月公主聯手的足有十層功力的鬼冥神功也不是我之敵，於是取號『恨天』，恨天下無我之敵。但今天卻敗在小兄弟十層功力的道魔神功手下。嘿！恨天？恨自己坐井觀天，不知天外有天人外有人！」

聽著他怪怪的喃喃自語，上官蓮心下雖是驚駭，同時也為項思龍的安危擔心，再次大喝道：「把龍兒還給我！」

冷無心這時突地雙目一揚，又恢復了一貫冷冰冰的神色道：「哼！要不是看在小兄弟的份上，你對我如此大喝大叫，平時我早就把你殺了！把他交給你？你可治得好他的內傷嗎？」

上官蓮聞言一愣，但又叱喝道：「這是我們的事不要你管！你只要把龍兒交還給我就是了！」

冷無心突地發出一陣冷冷的大笑道：「把這娃兒交給你們，不就是明擺著叫他死嗎？不關我的事？小兄弟是我所傷的當然就關我的事！你不要囉囉嗦嗦了，否則這娃兒就沒命了！道魔神功和北冥神功都是天下至剛至猛的絕世神功，一個人同時承受這兩種神功的衝擊力，能夠不當場斃命已是奇蹟。如再拖延十幾個時辰，就是我也救不了他了！」

聽得冷無心的這一番話，上官蓮一時呆住了，怔怔的問道：「你可能治好龍兒的內傷？」

冷無心語氣緩和了些許道：「這娃兒練成了十二層的道魔神功，他自身已是達到了金剛不死之身，只是由於自震心脈才造成重傷，至於我擊到他身上的功力已被他體力的道魔神功自然防護的反震力消去了一大半，只剩下少許與他自身功力融為一體攻入了他的心脈。但又由於他只運出了十層的道魔神功，體力還有餘氣，又消去了這般功力的三分之一。餘下的功力雖是不怎麼強大，但由於他是自撤功力，以致心脈失守，竄入內臟，致使受傷。但如在十多個時辰之後，他心脈中的殘留餘氣渙散，那就沒有救了。在這段時間之內，我卻是自有信心救得他的性命。」

上官蓮聽了銀牙一咬道：「好！我相信你的話，但是治好龍兒的傷，需要多長時間？」

冷無心答道：「十二個時辰就可！」頓了頓對著梁坤等道：「你們去告訴司馬將軍，就說我現在有要事待辦，暫刻不回府中去了。」說著飛身坐進馬車，把項思龍平放在車板之上，正要為他把脈時，梁坤卻突地冷冷的道：「法王要去救這叛賊嗎？」

第十三章　換血接脈

冷無心聽得梁坤這話，臉色倏地一變，陰沉沉的道：「梁壇主這話是什麼意思？」

梁坤壯著膽子道：「我們乃是奉皇上之命緝拿叛黨的！現在劉邦叛軍勢力漸長，若是這幫地冥鬼府的人物也被他網羅收用的話，那劉邦就會如虎添翼。剛才你們已有賭約在先，誰輸了誰就得依約行事。現在地冥鬼府的少主敗在法王子下，那他們就得束手就擒。而法王現刻不但沒有要擒拿他們的意思，反去施救這手下敗將，這豈不是……」

說到這裡故意拖長聲音沒有再說下去。冷無心聽了他這番冠冕堂皇的話，冷笑一聲道：「梁壇主是不是想說我此舉是在背叛皇上是嗎？哼！我冷無心只聽趙高一人之命，其他的人嘛，我還從沒放在心上！秦二世昏庸無能，天下英雄豪傑反他本是應該。再說趙高只讓我們抗抵項少龍，可沒說還要去緝拿其他的人，至於我與他們少主的賭約，只是我們兩個人之間的事，我想取消就取消。梁壇主你又管得著嗎？」

梁坤諸人想不到冷無心竟敢說出「大逆不道」的話來。那些秦兵聽了一個個是面面相覷，梁坤等人則臉色紅一陣白一陣的。梁坤驚怒得身體微顫的厲聲道：「冷無心，你可不要倚仗武功高絕就說出如此狂妄的話來！你要知道，背叛皇上將是什麼罪名！說不定連趙丞相也會因你而受牽連的！」

冷無心聞得梁坤最後一句話身體一陣震顫，臉上現出痛苦之色，沉默了一陣，低頭看了一眼昏迷不醒的項思龍，似突地下了什麼決心似的沉聲道：「梁壇主想威脅我冷某嗎？哼！只要我辦完了救人之事，我自會回咸陽向皇上請罪的！倒是現在請不要在這裡囉囉嗦嗦的！若是梁壇主想立功，可儘管放馬過來！」

上官蓮聞言插入道：「閣下只管去為龍兒療傷就是了，這些傢伙就交給我們來收拾吧！」

冷無心點了點頭道：「有夫人打發他們，我冷某也就落得個清靜了。這些傢伙平日囂張慣了，夫人給他們一點教訓也好！」

梁坤和他身後的一眾稷下劍派的劍手聽了這等冷熱嘲諷的話再也忍耐不住。梁坤手指著冷無心狠聲道：「好！今天我梁某就來領教一下你冷無心的高招。」

說完「鏘」的一聲拔出腰間佩劍，身形猛地飛起，向馬車疾衝過去。鬼青王見了左手雙指一併，「鬼劫指」罡氣應手射出。梁坤正氣怒交集之下，一心注視著馬車中的冷無心，待得鬼青王雙指射出的罡氣快要觸體時方感覺出來，慌驚之中手中長劍急往回撤。

「噹」的一聲，鬼青王的指射罡氣卻也被梁坤長劍擋個正著，可見他確實也是有點真功夫的。梁坤受擊之下身形已是緩慢下去，這時鬼青王也已躍起，身形提劍向梁坤撲去，二人頃刻纏鬥在了一塊。

上官蓮稍稍注視了一下二人打鬥的情況，自覺梁坤不是鬼青王的敵手，便也放下心來。

走近馬車，朝冷無心一拱手道：「閣下要是能救得龍兒性命，老身就代表地冥鬼府向閣下致以謝意了！」

說完又朝冷無心深躬了一禮。冷無心這刻正凝神為項思龍把著脈，倒是沒有理會上官蓮，只是臉色愈來愈是沉重。上官蓮對冷無心的態度也不放在心上，因為通過這段時間的交往也已略知了他的冷漠性格，倒是對他很難讓他變色的臉上神情感到心中一突，不由得緊張的問道：「龍兒沒事吧？」

冷無心卻是突地自言自語的道：「難道鬼冥神功真有起死回生的功效？」說完抬頭往正望著自己的上官蓮望去道：「這娃兒是不是也練過鬼冥神功？」

上官蓮忙點頭道：「道魔神功是鬼冥神功和玄陽神功合二為一才可練成的，龍兒自是練過鬼冥神功！」

冷無心聽了似是恍然大悟道：「難怪他的脈象若有若無，似是要進入冬眠狀態的症狀。對了，鬼冥神功的起死回生需要多長時間？」

上官蓮一愣道：「這個……據『鬼冥寶典』記載是需要十年時間吧，且這段時間不能有任何傷害他身體的現象發生。」

冷無心皺眉道：「十年？這……太慢了吧：還不如我用『換血大法』為他接上心脈，只需十二個時辰，這娃兒的傷勢就可好了。」

上官蓮聽了大喜道：「那就麻煩你了！」

冷無心臉色沉沉道：「這倒沒有什麼！我這條命本就是這娃兒的！何況在一百二十年前自我大敗了歐陽明夫婦後就曾許過一個諾言——凡是能在我天機棒下走過十招者，我就答應他一個要求。

「八十年前有一個少婦從我手下走過了十招，我為了答應她的要求，已是被自己的諾言封鎖了一輩子。今天小哥兒不但走過了十招，並且還可打敗我，那我前面的那個諾言就已破解，現在就要還自己的第二次諾言了。

「我想現在小兄弟對我的要求莫過於是治好他的內傷吧，那我自是捨了這條命也會救治他的，因為我孤獨行一生從未說過食言的話，更何況小兄弟為我破解了幾十年的一樁苦惱事，累得我想死也不能死的苦惱了八十年的愁煩事呢！」

說到這裡突地發出一陣哈哈大笑，雙目竟是落下了兩行熱淚來。上官蓮見了大訝外，卻也對他的話甚是驚駭異常，脫口道：「什麼？你就是當年北冥宮的少宮主孤獨行？江湖傳言你不是失蹤了麼？」

冷無心淒然一笑道：「不！我是冷無心。孤獨行已經死了，他的心已經死了。」說著雙目迷離起來，像是進入了對遙遠日子的回憶之中。

原來冷無心確是當年的北冥宮少宮主孤獨行，當年的北冥宮也是江湖中威名與地冥鬼府差不多的一個幫派，只是他們宮中的人都居住在風沙瀰漫、日光灼烈的沙漠地帶。所以江湖中人很少知道北冥宮所在地，但是都知道北冥宮宮主孤獨無情曾一劍力挫中原武林盟主楚原，也因此而揚名天下。

孤獨行是孤獨無情的獨生兒子，所以孤獨無情對他十分疼愛。但孤獨無情還未與武林盟主楚原比武時，孤獨行就已愛上了楚原的獨生女兒楚虹虹。

由於二人父親的這一場決鬥，楚原羞怒交加之下，帶著楚虹虹離開了武林盟主的行宮而不知到什麼地方隱居，中原武林盟主的位子也就懸置了起來。武林因此也就四分五裂，但大半不是投靠了地冥鬼府就是投靠了北冥宮，因為此兩大派系在江湖中最有影響力，由此一來地冥鬼府和北冥宮的實力均是大振。

孤獨行自楚原、楚虹虹父女二人失蹤後，就心神不定，於是決定離家出走尋找伊人。孤獨行出走後可把孤獨無情給急壞了，派出了許多人馬去尋找孤獨行，但孤獨行可以說繼承了孤獨無情全部武學的精華，一身北冥神功也已練至了十層火候，江湖中敵手也是無多，父親派出來找他的人全被他打得鼻青臉腫，然這些來找他的人又不敢對他用強，所以一直也沒有把他帶回北冥宮。

不過孤獨行這樣自己去找，人還需躲躲藏藏，那還怎麼找人啊！於是化名為冷無心，同時被他在一山洞裡無意中獲得了天機老人的天機棒和易容秘笈。天機老人乃是二百多年前的一位隱世高人，以天機棒法聞名於世。

孤獨行巧獲天機老人的武學秘笈後，於是把自己易容成一副四十歲的中年老者，從此孤獨行也就宣告失蹤。

化名為孤行客冷無心的孤獨行，自此也就清靜了下來，於是一心一意的去尋找楚虹虹。

但找了十多年也是音信杳無。失望之下性情也就變得怪僻冷漠起來，開始專門向江湖中有名的高手挑戰，直至打敗了與他父親齊名的歐陽明夫婦，江湖中除了父親孤獨無情之外，就再也沒可以挑戰的高手。

孤行客開始覺得日子甚是無聊空洞煩悶起來，於是傳出了一個消息，就是任何人只要能在他手下走過十招，就答應對方的一個不管怎樣困難的要求，若是接不下他十招，就需去幫他尋找楚虹虹。這一來卻有不少江湖中頗為自負又想獲孤獨行的武功秘笈之人物前來找他挑戰，但一個個均都敗得一塌糊塗，因此這樣一來孤獨行有了一批「手下敗將」幫他尋找楚虹虹。

這些「下三流」的人物武功雖不怎麼樣，找人卻也確是在行，不到三年就有人幫他查探到了楚虹虹的下落，在一個默默無名的叫作桃花村的村落裡。孤獨行聞聽了心懷異常激動的趕去桃花村找到了楚虹虹，但二人分別已是有四十多年了，時過境遷，楚虹虹已與桃花村一個藉藉無名的趙姓漢子結了婚，且生下了一子取名趙高。

楚虹虹乍見孤獨行後淒然滿面，但卻記起父親楚原就是因敗在他父親孤獨無情的手下而告身敗名裂且結鬱成疾而亡，自己在心灰意冷之下準備自殺時，被現丈夫趙姓漢子所救，且這漢子在她傷重期間對她悉心照顧，於是在感激之下嫁給了這漢子。

現刻見著孤獨行，心中的愛意仇恨一併升起，她也曾聞聽過孤獨行為找自己所歷經的艱辛和他訂下的規矩。於是在又愛又恨之下要求與孤獨行比劍，孤獨行驚愕異常時，楚虹虹已是提劍向他刺來，孤獨行卻是毫不閃避。

楚虹虹一劍刺在他身上時，倒是傻愣了，但旋即怪笑著說孤獨行你已敗了，現在你就必須依你的諾言答應我一個要求。

孤獨行被楚虹虹刺了一劍已是萬念俱寂，因為他想不到自己深愛著的女人，尋找了幾十年的女人，彼此一見面之下，她竟如此對待自己，但又想著是自己父親孤獨無情害得他們父女二人背井離鄉的，覺得這是自己在替父親還債，心下又十分的安然。

楚虹虹見自己一劍刺過去，孤獨行竟然不閃避，知道他對自己愛之深愛之切，芳心愧疚欲碎，於是決心自盡以謝孤獨行對自己的深愛和自己對他的無情。見著孤獨行似笑非笑的古怪神情，楚虹虹突地趁他不備之下揮劍刺胸。

孤獨行見了大驚失色，忙抱住楚虹虹的軀體時，楚虹虹已是奄奄一息了，但她卻是為能死在深愛著自己和自己深愛的男人懷中而感到滿足了。楚虹虹在孤獨行懷中嘴角掛著一絲慘然的微笑，斷斷續續的道：「行哥哥，虹兒能死在你的懷中已是覺得很幸福了。我……對不起你！但在我死之前，還有一樁心事未了，就是高兒，他爹在三年前上山砍柴時跌斷了腰骨和雙腿，已經是個癱子，我希望你能幫我照顧高兒，這孩子性格甚是陰晦，你要好好的教導他。算是虹兒臨死前向你撒次嬌，要你答應你『敗』在我手下的諾言吧！」

孤獨行見楚虹虹本也愛著自己，心中又是歡喜又是傷心欲絕的連連點頭，楚虹虹見孤獨行答應了自己的最後要求，含笑死去。

孤獨行見佳人已逝，頓覺自己活在這世上再也沒有什麼意義了，本欲自殺陪著楚虹虹去九泉之下，但突地見著一個臉色陰冷中帶著淒容的八九歲男孩站在自己身後不遠處抽泣著，方記起楚虹虹的臨終遺托，要自己照顧她兒子趙高的話來，於是強忍悲痛也在這桃花村隱居了起來。

趙高性格陰沉冷毒，不喜言語，對孤獨行深懷仇恨，認為是他害死了自己的母親。但當他得知孤獨行身懷絕世武功時，態度大為改變，又對孤獨行百般逢迎起來。

孤獨行看出趙高骨子裡的陰險毒辣，雖是不想教他武功，但為了兌現自己的諾言，還是教了他一些武功，可想不到趙高竟膽大包天的偷了孤獨行的「天機神功」秘笈，這「天機神功」孤獨行自己也沒練過，因為要練成此功的最高境界，必須揮刀自宮。可想不到趙高本是個性無能，竟然為了練成神功真的割去了自己的命根子。

這天機神功此種怪異練功方法又得從天機老人說起。

原來這天機老人在未隱居之前，乃是當年周景王時宮中的一名太監，因在宮中無意間得到一本武功秘笈，於是偷偷依法修練，怎奈他是個太監，練了多年始終不能突破，但這太監卻也是個武學奇才，竟能根據自身的缺陷而獨發創新練成了自成一派的奇功。

武功大成之後，這太監因練功而漸趨怪僻，性子暴燥陰毒異常，身入江湖掀起了當年的一場武林浩劫，後來被一佛家的太虛上人收服為徒，凶性頓斂，晚年時潛心修佛。

太虛上人得道登仙後，天機老人魔性再發，意欲重出江湖作惡，豈料太虛上人早有洞察先機之明，竟在他魔念之中加上一層經咒，當他魔念一動時，這凝聚了太虛上人深厚功力的經咒頓即發出威力，毀去了天機老人的一身魔功。

天機老人功力被毀，悔恨交錯之下就寫了這麼一部「天機神功」留待有緣人，想待他人得到自己這武功秘本後，繼承自己魔念，至於天機棒和天機棒法乃是仙逝的太虛上人傳他的，易容秘笈則是天機老人當年為惡時在江湖他人手中奪來的。

孤獨行得到天機老人的武功密本後。看了這「天機神功」，雖覺得其中陰毒異常，但其中確實有不少可取的一面，一時捨不得毀掉，想不到卻為歷史留下了禍根。

趙高練「天機神功」一月有餘之後，孤獨行發現了他的異狀，於是在自己革囊裡查尋，知道趙高偷了「天機神功」秘本，心下又驚又怒，於是逼趙高交出來，趙高卻說你害死了我母親，「天機神功」秘本給我算是作補償吧！孤獨行想不到趙高竟說出此等大逆不道的話來，真是氣得要吐氣，本準備狠下心廢去趙高的一身武功，可趙高卻突地說出「我娘叫你照顧我，你若是廢我武功，我娘一定會在陰曹地府裡詛咒你的。」

孤獨行聽得這話，一愣之下竟也真下不了辣手，只是叫趙高交出神功秘本也就了事。可誰知趙高早有心計，已是抄下了副本。真冊雖被孤獨行收去，但趙高卻仍按副本練習「天機神功」。

孤獨行雖是有察，可趙高神功已是練成了十之七八，無奈之下也只得任其行事，更何況孤獨行本也是個亦正亦邪的人物，對許多事情也是見解怪僻得很，當時他認為既然趙高已練了此種邪功，那表示是天意中冥冥註定了他是個邪派高手，只要他不濫殺無辜，行事怪邪也無關緊要。

趙高見孤獨行對自己管教放鬆了許多，知道自己抓住了孤獨行的心病，於是時時藉他應承楚虹虹的諾言來要脅他，要孤獨行幫他成就一番霸業。孤獨行無奈之下於是收服了江湖中的幾大凶人金輪法王、千毒法王和魔尊法王等做了趙高手下，加上他自己，組成了趙高得力的四大法王。

當秦始皇登上秦國王位時，趙高看準秦國最有發展前途，於是入宮晉見秦始皇。秦始皇見了趙高一身絕藝和他手下各都身懷絕學的四大法王，龍心大悅。得知趙高乃已閹之身，於是任他為自己身邊的貼身宦官，掌管宮中所有太監。

此職雖是地位不大，但終日在秦始皇身邊卻實是最易取得皇上信任的職位。趙高心下大喜之下便作了秦始皇身邊的太監之首，經過十多年在秦始皇面前表現出的忠心耿耿，便獲得了秦始皇的寵信，在朝中的權勢也就日日上升，直至秦始皇死後，竟敢要脅丞相李斯與他合謀篡改秦始皇的遺詔，賜死太子扶蘇，把胡亥擁上了皇位。

至現今又見大下大亂，趙高更是意欲明謀發動政變，自己來當當皇帝過過癮，不過胡亥的實力派擁護者也不少，像國師曹秋道，統領全國軍隊的大將軍章邯和與他一起謀害太子扶蘇的丞相李斯等都是胡亥的擁護者，因為他們知道一旦趙高當權，那他們的權勢富貴也就全完了，甚至會有殺身滅族之禍。胡亥有這些實力派擁護，趙高一時也不敢輕舉妄動，不過胡亥和他的擁護者雖知道趙高懷有野心，卻也不敢開罪，雙方現在處在僵持狀態。

對於趙高這些惡劣行徑，孤獨行雖是知道，卻也已無回天之力了，更何況自己身上還有一把自己的枷鎖把自己束縛住，讓得自己也不得不聽命趙高，今天孤獨行見了項思龍不卑不亢的說話語氣，又見他長得玉樹臨風，似乎從他身上看到了自己昔年的影子，心中對項思龍生出歡喜之心，同時想到自己已是一百八十多歲的垂暮之年，自己一身絕世武學還無人繼承，若老死黃土太過可惜，於是心生收項思龍為徒之念。

可豈知項思龍雖是小小年紀，卻已練成了曠古絕今的不世絕學道魔神功，自己反落敗在他的手下，幸虧他手下留情，頓時心中一片死灰木然。但被鬼青王喝醒之後，見得重傷的項思龍，心生慚愧之色，便出手為項思龍搶救，同時也為自己找到了一個脫離趙高控制的藉口，解了多年的心病，心情頓然輕鬆了許多。

聽了孤獨行講的這麼一個悲慘的愛情故事，上官蓮心下不勝唏噓，想不到外表冷冰冰的孤獨行，竟還是一個用情如此之深的情種。且後半生的遭遇竟給拖累在了他的一個對他心愛女人的承諾上，不禁對這孤獨行肅然起敬之餘又生出一絲同情來。

沉默之中，孤獨行覺察出了上官蓮對自己的心境，不由得冷冷突地道：「我這人做事從不後悔，雖然我的一生是有著悲劇色彩。」

頓了頓忽地又望向躺在車板上的項思龍露出一絲難得的笑意，自言自語道：「但願我能在我生命的最後時光裡，做一件能讓我開心的事，讓我死後也覺得值得回憶的開心之事。」

上官蓮想不到孤獨行如此敏感，竟能洞察自己心中所想，老臉一紅，但聽到他後面幾句喃喃自語的話時又覺他話中有話，臉色也不禁為之一變道：「孤獨前輩難道不掛念北冥宮的家人嗎？據聞孤獨無情老前輩還有一個女兒，也就是你妹妹孤獨梅鳳在孤獨無情仙逝後接掌了北溟宮，難道你就不想回去看看你妹妹？」

孤獨行聞聽得這話，臉上一陣抽動，現出痛苦之色緩緩道：「孤獨行已經死了，又怎麼會回北冥宮呢？我現在是冷無心！」

上官蓮聽出他話中似對北冥宮有恨意，知他不能原諒他的父親孤獨無情，正待出言勸解時，突聽得一聲慘叫和幾聲驚呼聲，這時才想起鬼青王與梁坤打鬥的事來，二人均都聞聲舉目向戰場望去，卻見梁坤握劍的左手被鬼青王齊肩砍斷，正痛得滾地慘叫，其他的十一名稷下劍派高手見了正驚呼著，有幾人去扶起梁坤。還有幾人則在厲喝聲中拔劍向鬼青王撲來，但地冥鬼府的高手見了，頓即也有幾個衝出阻住，那些秦兵則是一個個嚇得不知所措。

孤獨行見了冷哼一聲，突地飛出馬車落在混戰的場中，暴喝一聲道：「住手！」

正在打鬥的眾人聞得喝聲倒真依言分了開去，其實是稷下劍派的劍手對地冥鬼府強大的實力生出怯意，所以聞言率先退了開去。孤獨行走到已有幾個武士正在為之包紮傷口的梁坤身前，看得他怨恨、痛苦之極的蒼白面容，冷冷道：「梁壇主，叫你的手下帶著你滾回去吧！憑你們這點下三濫的功夫又怎是人家的敵手呢？還有，請你回去告訴趙高，我冷無心已經不再聽他的命令行事了！」

說完目中厲芒暴長的瞪了梁坤一眼。梁坤此時心中已是驚駭已極，哪還敢與冷無心頂嘴，強忍住臂上疼痛，從牙縫裡擠出顫顫的聲音道：「好！冷無心，我會把你的話帶給趙丞相的！咱們走！」說完由兩個劍手攙扶著狼狽而去。

那些秦兵卻是不知所以的暗暗對望著，因為恨天法王的權威可比梁坤等大得多啊！他們自是聽冷無心的命令行事。

冷無心見得那些左右為難的秦兵，揮了揮手道：「你們隨梁大人他們去吧！」

眾秦兵一聽，遲疑了片刻，但旋即轉瞬就向梁坤眾人奔去，校場中頓時冷靜下來。

孤獨行走回馬車對上官蓮道：「我看夜間也不要休息了，咱們連夜出城去吧！」

頓了頓又道：「還得找個比較隱密的地方為這娃子療傷，咱們是不能拖延時間了，要是司馬欣帶了大批的秦兵對咱們進行圍攻，那可也是件麻煩事，從這練兵校場往城西門出城，差不多只要半個多時辰，咱們就從西門出城吧！」

上官蓮這時只要孤獨行能夠治好項思龍的傷勢就什麼都對他唯命是從了，當下點頭應：「是。」

一行人頓即向彭城西門馳去。到得西門時，守城門的軍官似是還不知道恨天法王已經背叛了朝廷之事，雖是對上官蓮等一行感到懷疑，但卻也不敢對這位權勢極高的法王查問，聽得他要出城，還是恭恭敬敬的開了城門，送了眾人出去。

出得城後，孤獨行叫眾人迅速趕路，直至天色微明時，眾人才發覺進入了一個大山脈裡，四周均是怪石嶙峋，山峰連綿不絕，高木森森，時時傳來各種飛鳥怪蟲的叫聲，腳下的山路也甚是崎嶇不堪。

孤獨行叫眾人就此休息一會，朝正目光訝異的上官蓮解釋道：「走山路使大批的官兵不易追來，彭城中的高手也只有魔尊法王和梁坤等諸人，他們也知不是汝等之敵，不會不要命的追來的，更何況彭城中也不可無人防守，所以只要司馬欣發現我們進了這太行山脈，就會捨棄追擊我們的。其實說來我們的運氣還算不錯，沒有在彭城裡被阻截下來。可能是魔尊法王以為你們此行是要去西域，所以往你們去西域的必經之路城北門追去了，反疏忽了西門。」

上官蓮嘆服道：「孤獨前輩原來早就算計好了他們會去北門防守，所以領了我們出其不意的從西門逃出。」

頓了頓又道：「唉，其實龍兒也勸我不要進彭城去的，說這麼一大隊人馬會惹人注目，說不得會有什麼麻煩，叫我們從西邊這太行山脈繞過，但我嫌延誤時日，誰知今日還是得從太行山脈繞過去西域，且龍兒他……」

說到這裡雙目倏地一紅。孤獨行聽了心下一陣黯然，默然無語。因為項思龍是被他擊傷的啊！他又能說些什麼話去安慰上官蓮呢？更何況以他一貫的冷漠性格，也不善於說什麼安慰別人的話來。

上官蓮見了孤獨行的神態，頓知自己的話觸動了他的心事，不由得望著孤獨行尷尬的笑了笑，轉過話題道：「孤獨前輩說用『換血大法』為龍兒療傷，但不知這『換血大法』怎麼施為？」

孤獨行聞言斂神道：「這『換血大法』乃是用為他療傷之人的精血輸入這娃兒體內，直至接上他被震傷的心脈為止。施行此法極端危險，施法時絕對不允許有絲毫干擾，否則輸功者和受傷者均會全身炸裂而亡，所以必須找個清靜隱秘的地方讓我為這娃兒療傷，同時也必須有高手護法。」

上官蓮聽了當即吩咐鬼青王領了一眾武士去山脈中看有什麼山洞之類的隱秘清靜之所沒有，待得鬼青王領命去了之後，上官蓮還是不解的問道：「輸精血接心脈，這不對施功者有很大的危害嗎？」

孤獨行慘然道：「我已活了一百五十四歲，已經活夠了，也已經活累了，在臨終前能夠救得這小兄弟，是我生命最完美的結局，不過遺憾的是我冷無心這一身武學卻是長埋地下了。」

上官蓮聽了忽地道：「龍兒是我孫女婿，我可以為他作主讓他做前輩的記名弟子，不過前輩卻不必說出那等傷感的話來，因為不管生命活得怎樣艱難，活著總是一件美麗的事情，希望還在明天呢！」

孤獨行聽了上官蓮前面的話頓時臉露喜色，但對她後面的話卻是不以為意，淡淡的語氣中帶著一絲激動道：「你真的願答應這娃兒做我的記名弟子？這太好了，那我此生就再無遺憾了！」

說到這裡，目中又露出迷離之色道：「明天？明天的事情太過遙遠了！能夠把握今天的美好就已經讓人可以含笑瞑目了！唉，北冥宮！」

說著突地歎了長長的一口氣，解下腰間的天機棒和革囊遞給上官蓮，語氣沉重而又富有感情的道：「老妹子，若是我真有什麼不測，你就把我這些遺物交給龍兒吧，革囊中有我撰寫的一生武功所學的秘本和一本易容秘笈，還有我北冥宮少宮主的令牌和我北冥宮總行宮的地址所在地圖，龍兒他日有暇時可代我去北冥宮拜祭一下……我的父母和看望一下我妹妹孤獨梅鳳，讓她也……知道一下我的下落吧！」

說完老目中竟是顯出隱隱的淚光，聲音也顫抖起來。人之初，性本善，孤獨行一生漂泊，性格冷漠，恨極父親孤獨無情，但在他內心深處裡卻還是有著對父母和妹妹的想念，這或許乃親情是世界上最讓人難忘的緣故吧！

上官蓮的心中感覺也有些酸酸的，但是她又能說些什麼呢？叫她勸孤獨行不去救項思龍？這個她可辦不到，因為在她心目中無論如何項思龍生命還是最重要的。上官蓮對初識孤獨行的憤恨發展至現在的頗具好感和同情，可全是想要孤獨行救項思龍。

二人正沉默的都看著昏迷不醒的項思龍時，鬼青王領著眾武士返了回來。鬼青王走到上官蓮身前顯得有點氣喘，可見他也確是對項思龍關切非常。只聽他恭聲道：「稟夫人，在距離此地五十里地的峽谷裡的岩坡上有一個天然石洞，可供少主療傷！」

上官蓮聞言點了點頭，望了孤獨行一眼，卻沒有發話，孤獨行已是接口道：「好！我們就趕去那峽谷！龍兒的傷勢已經不能再拖了，否則當他的腦域也被鬼冥神功的寒氣鎖住時，那他就需十年後才能醒過來了！我可等不了十年了。」

石洞在一陡崖突幾起的中壁處，地勢甚是險峻非常，洞內甚是寬敞乾燥，陽光斜射進洞內，使得石洞並不黑暗。石洞約有十米多深，地面剛被打掃過，顯得比較乾清幽靜，倒也確是個運功療傷的絕佳之所。上官蓮和孤獨行滿意的點了點頭，前者用讚賞的目光看了身旁的鬼青王一眼，似是在誇他辦事細心得力。

把腋下挾著的項思龍輕放在地面上後，孤獨行沉聲道：「吩咐峽谷內的武士小心防備。洞內就留下四名高手在這裡護法就夠了。」

上官蓮聽了當下叫鬼青王去谷下負責防守指揮工作，只留了四個鬼府的護法在洞內陪自己一起為孤獨行給項思龍運功療傷作護法之用。

鬼青王領命而去後，孤獨行叫上官蓮扶正項思龍的身體，讓他盤膝坐正，同時從一名護法那裡借了一柄短劍，提起項思龍的手臂用短劍朝他的手掌劃去。上官蓮見了驚聲問道：「你……這是幹什麼？」

孤獨行用短劍邊劃項思龍的手掌邊道：「換血大法乃是把我自身的精血和真氣通過勞宮穴輸入龍兒的體內，自是要劃破手掌才可施行。否則我體內的精血怎可與龍兒身上的血脈相通？嘿，你是不是怕我害龍兒啊？我現在把我一生的希望都寄託在他身上了，又怎會對他不利呢？要想害他我就不會救他了。」

上官蓮心中的猜疑被孤獨行說中，不由得老臉一紅，訥訥的說不出話來，這時孤獨行已在項思龍雙掌內各劃開了一條四五寸長的口子，鮮血順著項思龍的掌心汩汩溢出，讓得上官蓮見了一陣心痛。孤獨行劃完項思龍雙掌後，又提起劍在自己手掌刺劃起來，竟是連眉頭也未皺一下，連上官蓮和幾個護法見了心中都對他敬服不已。

因為在手掌勞宮穴處劃出一寸多深的口子，一個清醒的人要強忍住這種痛苦已是很難了。更何況孤獨行是自己在給自己劃傷口呢？

孤獨行在自己雙掌劃破傷口後，把短劍拋還給了那護法，盤坐到項思龍的對面，平伸雙掌抵住上官蓮抬舉起的項思龍的雙掌，微閉雙目，吞納了一口氣後，運功提至手掌勞宮穴處，讓自身真氣輸入項思龍勞宮穴中，在他體內經絡中運行了一周天後，再緊閉雙目，讓自身的精血隨著真氣一起輸入項思龍的體內。

上官蓮和四護法站在一旁屏息靜氣的看著孤獨行和項思龍，卻見前者因功力提升極限之故，臉上變得通明如玉，四身寬大的衣服都被真氣鼓起。

二人雙掌交接處隨著時間的推移漸漸的冒出一縷一縷的白氣來。項思龍蒼白的臉色也漸漸轉紅，身軀也突地有若觸電般的微微震動了一下。上官蓮和四護法見了心中同時一陣大喜，倒是施功中的孤獨行因項思龍身體的震顫而緊閉的眉頭稍稍跳動了一下，似是有什麼不對頭的感覺。但旋即進入平靜。

項思龍經過孤獨行真氣和他體內灼熱精血在自己體內經脈的流動，思想似是漸漸復甦過來，他模糊中記起了自己與恨天法王打鬥時的情景來，但意識卻還是並不清醒，只是覺著身體漸冷漸熱，靈魂似欲和身體脫離關係但卻又在掙扎不止。渾身僵硬麻木，若毫無感覺但又若痛楚難當，雙掌之中傳來一股灼熱氣流，全身氣血都在膨脹，經脈則似要爆炸開來般，那種痛苦的感覺讓他想大聲叫出，但又音息全無。

孤獨行似是覺出項思龍的思想正在漸漸凝聚，當即加緊與項思龍血脈的轉換，讓項思龍體力冰冷的血液轉入自己體內，通過自己體力的真氣熱力使之溶化後再送回項思龍體內。

二人手心似一座橋樑般把兩人的經脈連接為一體，各自的血液在兩人體內輪流轉換著。

孤獨行的臉上通明之色正在漸漸消褪而略現蒼白，額上也隱隱逼出汗珠，顯示出他功力耗費之巨，項思龍這時卻是頭頂百會穴也冒出了縷縷白氣，臉色愈來愈紅，孤獨行體內的氣血與他體內氣血的輪流轉換已經慢慢喚起了他被鬼冥神功的特異功能所封住的生機，意識愈來愈是清晰，震碎的心脈也在孤獨行所聚真氣和被他之真氣所引發的自身體力的真氣，在兩股真氣的牽引下也正慢慢的凝合著。

二人盤坐的身體突地旋轉起來，且速度越來越快，最後只見著一團光影，孤獨行知道項思龍的真氣正在一點一點的凝聚，行功已至緊要關頭，渾身雖有點虛脫似的感覺，但還是強行撐住，提升體內所剩無幾的內力。

項思龍的思想已是完全清醒過來，從體內真氣充盈的異樣感覺中，就是他不開眼也知道正有高手在為自己療傷，且對方的內力愈來愈弱，似快到了油燈瀕臨乾竭之境。

不由得心神一驚，忙用自己已恢復了六七成功力的道魔神功的內力把對方輸到自己體內的真氣也試著想送還至對方體內，但豈知他心脈正在凝結之中，根本不能妄動真力，功力剛被提至胸部的腹中穴時，頓然一陣鑽心劇痛，由心脈處傳遍全身，差點忍不住慘叫呻吟出聲來，且心脈中的血團經受真力一擊，頓時湧至喉間，「嘩」的一聲一股血箭噴口而出。

噴得孤獨行的頭、頸、胸般紅一片，觸目驚心，上官蓮和四護法見得光影中突地鮮血四濺，且光影由白色變成了白裡透紅之色，不由心神劇震，孤獨行見項思龍突生變故，知他一片好心，心中不由生起一股暖意，他的內力已輸送至項思龍體力十層之多，自己體內還有一二層的內力，這時黑色的頭髮已全皆變白，臉上的皺紋也漸多漸深，手臂也消瘦得如一根乾柴棒般，但他還是強提最後一絲真力，語氣脆弱的低聲對項思龍道：「小子，不要妄動真力，任由身上的內力在經血中循環，你的心脈剛在接續之中，現在還經受不住你強大內力的湧動，待得再過十二個時辰後心脈完全接續好了時，才可運集自身功力，且要運行七十二周天後你的傷勢才算痊癒。」

說著時聲音已是越來越弱，二人身形也是漸漸緩慢下來至終於寂止。孤獨行的手掌已是無力的與項思龍雙掌分了開來，嘴角亦在溢著鮮血，但臉上卻是掛著安祥的笑意，只聽他口中還喃喃抖動的弱聲道：「小子，收回雙掌，合什置於丹田之處，凝聚意念於心脈之處，任真氣自我運行於任督二脈之中。」

頓了頓，喘息了一口粗氣，忽地臉上泛出紅光，目中精芒連閃，發出迴光返照的最後一絲內力哈哈大笑道：「老夫一生中可說是毫無意義的過了一生，但至臨終前卻做了一件讓我足以快慰此生的開心事情。這種結局生命的方式我喜歡，我足可死後瞑目了！」

說完身體突地向後倒去，寂然不動。上官蓮和四護法見孤獨行為救項思龍死得如此慘烈悲壯，雙目不由一陣發脹，心裡在感激中帶有一絲酸酸的味道，都不由自主的跪地朝孤獨行的遺體恭敬的禮拜起來。

項思龍雖是不敢動彈，但耳朵卻是清清楚楚的聽到了孤獨行的話，心中雖是激動，卻又不敢讓這股激動發作出來。但虎目卻已是情不自禁的流下了兩行熱淚。

請續看《尋龍記》卷五　虎穴

無極作品集

尋龍記 卷四 闖關

作者：無極
發行人：陳曉林
出版所：風雲時代出版股份有限公司
地址：10576台北市民生東路五段178號7樓之3
電話：(02) 2756-0949
傳真：(02) 2765-3799
執行主編：劉宇青
美術設計：許惠芳
業務總監：張瑋鳳
出版日期：2024年10月
版權授權：蔡雷平
ISBN：978-626-7464-66-3
風雲書網：http://www.eastbooks.com.tw
官方部落格：http://eastbooks.pixnet.net/blog
Facebook：http://www.facebook.com/h7560949
E-mail：h7560949@ms15.hinet.net
劃撥帳號：12043291
戶名：風雲時代出版股份有限公司

風雲發行所：33373桃園市龜山區公西村2鄰復興街304巷96號
電話：(03) 318-1378　　傳真：(03) 318-1378
法律顧問：永然法律事務所 李永然律師
　　　　　北辰著作權事務所 蕭雄淋律師

行政院新聞局局版台業字第3595號 營利事業統一編號22759935
©2024 by Storm & Stress Publishing Co.Printed in Taiwan
◎如有缺頁或裝訂錯誤，請退回本社更換

定價：340元　**版權所有 翻印必究**

國家圖書館出版品預行編目資料

尋龍記／無極 著. -- 臺北市：風雲時代出版股份有限公司，2024.10 -- 冊；公分
ISBN：978-626-7464-66-3（第4冊：平裝）

857.7　　113007119

風雲時代 風雲時代 風雲時代 風雲時代 風雲時代 風雲時代 風雲時代
雲時代 風雲時代 風雲時代 風雲時代 風雲時代 風雲時代 風雲時代 風雲
風雲時代 風雲時代 風雲時代 風雲時代 風雲時代 風雲時代 風雲時代
雲時代 風雲時代 風雲時代 風雲時代 風雲時代 風雲時代 風雲時代 風雲
風雲時代 風雲時代 風雲時代 風雲時代 風雲時代 風雲時代 風雲時代
雲時代 風雲時代 風雲時代 風雲時代 風雲時代 風雲時代 風雲時代 風雲
風雲時代 風雲時代 風雲時代 風雲時代 風雲時代 風雲時代 風雲時代
雲時代 風雲時代 風雲時代 風雲時代 風雲時代 風雲時代 風雲時代 風雲
風雲時代 風雲時代 風雲時代 風雲時代 風雲時代 風雲時代 風雲時代
雲時代 風雲時代 風雲時代 風雲時代 風雲時代 風雲時代 風雲時代 風雲
風雲時代 風雲時代 風雲時代 風雲時代 風雲時代 風雲時代 風雲時代
雲時代 風雲時代 風雲時代 風雲時代 風雲時代 風雲時代 風雲時代 風雲
風雲時代 風雲時代 風雲時代 風雲時代 風雲時代 風雲時代 風雲時代
雲時代 風雲時代 風雲時代 風雲時代 風雲時代 風雲時代 風雲時代 風雲
風雲時代 風雲時代 風雲時代 風雲時代 風雲時代 風雲時代 風雲時代
雲時代 風雲時代 風雲時代 風雲時代 風雲時代 風雲時代 風雲時代 風雲
風雲時代 風雲時代 風雲時代 風雲時代 風雲時代 風雲時代 風雲時代
雲時代 風雲時代 風雲時代 風雲時代 風雲時代 風雲時代 風雲時代 風雲
風雲時代 風雲時代 風雲時代 風雲時代 風雲時代 風雲時代 風雲時代
雲時代 風雲時代 風雲時代 風雲時代 風雲時代 風雲時代 風雲時代 風雲
風雲時代 風雲時代 風雲時代 風雲時代 風雲時代 風雲時代 風雲時代
雲時代 風雲時代 風雲時代 風雲時代 風雲時代 風雲時代 風雲時代 風雲
風雲時代 風雲時代 風雲時代 風雲時代 風雲時代 風雲時代 風雲時代
雲時代 風雲時代 風雲時代 風雲時代 風雲時代 風雲時代 風雲時代 風雲
風雲時代 風雲時代 風雲時代 風雲時代 風雲時代 風雲時代 風雲時代
雲時代 風雲時代 風雲時代 風雲時代 風雲時代 風雲時代 風雲時代 風雲
風雲時代 風雲時代 風雲時代 風雲時代 風雲時代 風雲時代 風雲時代
雲時代 風雲時代 風雲時代 風雲時代 風雲時代 風雲時代 風雲時代 風雲
風雲時代 風雲時代 風雲時代 風雲時代 風雲時代 風雲時代 風雲時代
雲時代 風雲時代 風雲時代 風雲時代 風雲時代 風雲時代 風雲時代 風雲
風雲時代 風雲時代 風雲時代 風雲時代 風雲時代 風雲時代 風雲時代
雲時代 風雲時代 風雲時代 風雲時代 風雲時代 風雲時代 風雲時代 風雲
風雲時代 風雲時代 風雲時代 風雲時代 風雲時代 風雲時代 風雲時代
雲時代 風雲時代 風雲時代 風雲時代 風雲時代 風雲時代 風雲時代 風雲
風雲時代 風雲時代 風雲時代 風雲時代 風雲時代 風雲時代 風雲時代
雲時代 風雲時代 風雲時代 風雲時代 風雲時代 風雲時代 風雲時代 風雲
風雲時代 風雲時代 風雲時代 風雲時代 風雲時代 風雲時代 風雲時代
雲時代 風雲時代 風雲時代 風雲時代 風雲時代 風雲時代 風雲時代 風雲
風雲時代 風雲時代 風雲時代 風雲時代 風雲時代 風雲時代 風雲時代
雲時代 風雲時代 風雲時代 風雲時代 風雲時代 風雲時代 風雲時代 風雲
風雲時代 風雲時代 風雲時代 風雲時代 風雲時代 風雲時代 風雲時代
雲時代 風雲時代 風雲時代 風雲時代 風雲時代 風雲時代 風雲時代 風雲
風雲時代 風雲時代 風雲時代 風雲時代 風雲時代 風雲時代 風雲時代

風雲時代 風雲時代 風雲時代 風雲時代 風雲時代 風雲時代 風雲時代
雲時代 風雲時代 風雲時代 風雲時代 風雲時代 風雲時代 風雲時代 風雲
風雲時代 風雲時代 風雲時代 風雲時代 風雲時代 風雲時代 風雲時代
雲時代 風雲時代 風雲時代 風雲時代 風雲時代 風雲時代 風雲時代 風雲
風雲時代 風雲時代 風雲時代 風雲時代 風雲時代 風雲時代 風雲時代
雲時代 風雲時代 風雲時代 風雲時代 風雲時代 風雲時代 風雲時代 風雲
風雲時代 風雲時代 風雲時代 風雲時代 風雲時代 風雲時代 風雲時代
雲時代 風雲時代 風雲時代 風雲時代 風雲時代 風雲時代 風雲時代 風雲
風雲時代 風雲時代 風雲時代 風雲時代 風雲時代 風雲時代 風雲時代
雲時代 風雲時代 風雲時代 風雲時代 風雲時代 風雲時代 風雲時代 風雲
風雲時代 風雲時代 風雲時代 風雲時代 風雲時代 風雲時代 風雲時代
雲時代 風雲時代 風雲時代 風雲時代 風雲時代 風雲時代 風雲時代 風雲
風雲時代 風雲時代 風雲時代 風雲時代 風雲時代 風雲時代 風雲時代
雲時代 風雲時代 風雲時代 風雲時代 風雲時代 風雲時代 風雲時代 風雲
風雲時代 風雲時代 風雲時代 風雲時代 風雲時代 風雲時代 風雲時代
雲時代 風雲時代 風雲時代 風雲時代 風雲時代 風雲時代 風雲時代 風雲
風雲時代 風雲時代 風雲時代 風雲時代 風雲時代 風雲時代 風雲時代
雲時代 風雲時代 風雲時代 風雲時代 風雲時代 風雲時代 風雲時代 風雲
風雲時代 風雲時代 風雲時代 風雲時代 風雲時代 風雲時代 風雲時代
雲時代 風雲時代 風雲時代 風雲時代 風雲時代 風雲時代 風雲時代 風雲
風雲時代 風雲時代 風雲時代 風雲時代 風雲時代 風雲時代 風雲時代
雲時代 風雲時代 風雲時代 風雲時代 風雲時代 風雲時代 風雲時代 風雲
風雲時代 風雲時代 風雲時代 風雲時代 風雲時代 風雲時代 風雲時代
雲時代 風雲時代 風雲時代 風雲時代 風雲時代 風雲時代 風雲時代 風雲
風雲時代 風雲時代 風雲時代 風雲時代 風雲時代 風雲時代 風雲時代
雲時代 風雲時代 風雲時代 風雲時代 風雲時代 風雲時代 風雲時代 風雲
風雲時代 風雲時代 風雲時代 風雲時代 風雲時代 風雲時代 風雲時代
雲時代 風雲時代 風雲時代 風雲時代 風雲時代 風雲時代 風雲時代 風雲
風雲時代 風雲時代 風雲時代 風雲時代 風雲時代 風雲時代 風雲時代
雲時代 風雲時代 風雲時代 風雲時代 風雲時代 風雲時代 風雲時代 風雲
風雲時代 風雲時代 風雲時代 風雲時代 風雲時代 風雲時代 風雲時代
雲時代 風雲時代 風雲時代 風雲時代 風雲時代 風雲時代 風雲時代 風雲
風雲時代 風雲時代 風雲時代 風雲時代 風雲時代 風雲時代 風雲時代
雲時代 風雲時代 風雲時代 風雲時代 風雲時代 風雲時代 風雲時代 風雲
風雲時代 風雲時代 風雲時代 風雲時代 風雲時代 風雲時代 風雲時代
雲時代 風雲時代 風雲時代 風雲時代 風雲時代 風雲時代 風雲時代 風雲
風雲時代 風雲時代 風雲時代 風雲時代 風雲時代 風雲時代 風雲時代
雲時代 風雲時代 風雲時代 風雲時代 風雲時代 風雲時代 風雲時代 風雲
風雲時代 風雲時代 風雲時代 風雲時代 風雲時代 風雲時代 風雲時代
雲時代 風雲時代 風雲時代 風雲時代 風雲時代 風雲時代 風雲時代 風雲
風雲時代 風雲時代 風雲時代 風雲時代 風雲時代 風雲時代 風雲時代
雲時代 風雲時代 風雲時代 風雲時代 風雲時代 風雲時代 風雲時代 風雲
風雲時代 風雲時代 風雲時代 風雲時代 風雲時代 風雲時代 風雲時代